O Fim do Terceiro Mundo

Outras obras do autor

MOSTRADOR DE SOMBRAS
UBE/Amazonas e Editora Sérgio Cardoso
GALVEZ – IMPERADOR DO ACRE
Edições Governo do Estado do Amazonas. Editora Record, 2001
LEALDADE
Editora Marco Zero. Editora Record, 2001
A EXPRESSÃO AMAZONENSE
Editora Alfa-ômega
OPERAÇÃO SILÊNCIO
Editora Civilização Brasileira
TEATRO INDÍGENA DO AMAZONAS
Editora Codecri
FEIRA BRASILEIRA DE OPINIÃO
Editora Global
MALDITOS ESCRITORES
Movimento
MAD MARIA
Editora Civilização Brasileira, Editora Record, 2002
TEM PIRANHA NO PIRARUCU
Editora Codecri
A RESISTÍVEL ASCENSÃO DO BOTO TUCUXI
Editora Marco Zero
A ORDEM DO DIA
Editora Marco Zero
O PALCO VERDE
Editora Marco Zero
A CONDOLÊNCIA
Editora Marco Zero
O BRASILEIRO VOADOR
Editora Marco Zero
O EMPATE CONTRA CHICO MENDES
Editora Marco Zero
BREVE HISTÓRIA DA AMAZÔNIA
Editora Marco Zero
A CALIGRAFIA DE DEUS
Editora Marco Zero
ANAVILHANAS, O JARDIM DO RIO NEGRO
Editora Agir
TEATRO COMPLETO – VOLUMES I, II E III
Editora Marco Zero
SILVINO SANTOS, O CINEASTA DO CICLO DA BORRACHA
Edições Funarte
PARQUE DO JAÚ
Editora Agir
FASCÍNIO E REPULSA
Edições do Fundo Nacional de Cultura
ENTRE MOISÉS E MACUNAÍMA
Editora Garamond, com Moacyr Scliar
DESORDEM
Editora Record
REVOLTA
Editora Record

Márcio Souza

O Fim do Terceiro Mundo

EDITORA RECORD
RIO DE JANEIRO • SÃO PAULO
2007

CIP-Brasil. Catalogação-na-fonte
Sindicato Nacional dos Editores de Livros, RJ.

Souza, Márcio, 1946-
S718f O Fim do Terceiro Mundo / Márcio Souza. – Rio de Janeiro: Record, 2007.

ISBN 978-85-01-07892-6

1. Romance brasileiro. I. Título.

CDD – 869.93
07-2677 CDU – 821.134.3(81)-3

2ª edição (1ª edição Record)

Capa: Evelyn Grumach
Projeto gráfico: Evelyn Grumach

EDITORA RECORD LTDA.
Rua Argentina 171 – Rio de Janeiro, RJ – 20921-380 – Tel.: 2585-2000

Impresso no Brasil

ISBN 978-85-01-07892-6

PEDIDOS PELO REEMBOLSO POSTAL
Caixa Postal 23.052
Rio de Janeiro, RJ – 20922-970

CÓPIA NÃO AUTORIZADA É CRIME
ABDR
ASSOCIAÇÃO BRASILEIRA DE DIREITOS REPROGRÁFICOS
RESPEITE O DIREITO AUTORAL
EDITORA AFILIADA

Pelas idéias, incentivo e, muito especialmente,
pela paciência, este romance é dedicado
a Ida Vicenzia.

"Quem acha vive se perdendo."

Noel Rosa

"Não é elegante abusar da falta de sorte; certos indivíduos, como certos povos, nisto tanto se comprazem que acabam por desmoralizar a própria tragédia."

***Syllogismes de l'amertume*, Cioran**

SUMÁRIO

Livro 1

Quarenta Graus à Sombra

SOBRE OS INSÓLITOS COSTUMES DOS ESCRITORES

Tudo começou quando um jornalista quis saber o que eu andava escrevendo. Perguntar aos escritores o que eles estão escrevendo é quase tão comum quanto perguntar aos políticos o que eles não estão fazendo. Aceito esta curiosidade como uma manifestação perfeitamente natural, até mesmo lisonjeira. Nos dias atuais, querer saber, com uma certa antecedência, sobre o novo livro de determinados escritores é uma das poucas coisas ainda inofensivas que nos resta neste mundo conturbado. Por isso mesmo, quando me vejo perante um leitor curioso, jamais me aborreço ou sequer me mostro sarcástico. Mas apresso-me a dizer que minha atitude é muito pessoal e não deve ser generalizada, pois há escritores, alguns bastante conhecidos, que reagem de forma bem diversa. Certos leitores mais afoitos já pagaram amargamente pela ousadia. No passado, grandes escritores se notabilizaram também pela maneira como enfrentaram esta questão. Petrônio, o do *Satiricon*, agarrava o curioso pelo braço e contava o seu projeto com tantos detalhes e de uma forma tão completa que o incauto logo se arrependia. O mau hálito de Petrônio era proverbial em Roma. Balzac, que viveu tantas dificuldades financeiras que bem poderia ter nascido no Brasil, ao ser abordado sobre seu próximo livro, ia logo pedindo um adiantamento em dinheiro, por conta da futura obra. Dostoievski, de situação financeira não menos complicada, quando não reagia com um surto epilético, ficava mudo. Entre todos, o caso mais lamentável é o de Juan Sender. Sender é um romancista chileno que conheci num congresso literário na Bulgária. Vive exilado em Barcelona e, no dia-a-dia, é um homem bom e cordato. Mas que ninguém ouse perguntar-lhe sobre o seu próximo livro. O tímido e pacato Juan enlouquece, fica literalmente uma fera. E morde. É evidente que esta irrefreável atitude tem lhe custado muitos dissabores. Como se não lhe bastasse amargar um longo exílio, Sender tem os seus parcos direitos autorais constantemente consumidos por vultosos honorários advocatícios, elevados custos processuais e assustadoras contas hospitalares.

Como evito, por uma questão de ética profissional, fazer indagações de tal natureza aos meus colegas, nossa amizade prosperou em meio ao festivo congresso búlgaro, regado a vinho tinto, iogurte e um ainda vigente socialismo real. Ouvi de viva voz o seu triste drama. E a lista de afoitos interrogadores não era pequena, numa evidente demonstração de que a curiosidade humana é por si mesma tão extravagante quanto as idiossincrasias dos escritores. Sem contar seus acessos anteriores ao exílio, em pouco mais de uma hora ele enumerou uma sucessão de dilaceramentos de orelhas, bochechas, dedos, artelhos, joelhos etc., sem esquecer uma minuciosa estatística, pois é homem metódico, onde suas vítimas estavam determinadas em porcentagens redondas, conforme sua profissão, sexo e nacionalidade. É uma pena que eu não possa reproduzir aqui a complexidade de sua estatística, mas alguns detalhes saltavam aos olhos, se assim se pode dizer. Por exemplo, os mais numerosos pareciam ser os entrevistadores de televisão, vindo em segundo lugar os professores de literatura latino-americana e, em terceiro, as turistas chilenas. A fama de Juan Sender se consolidou mundialmente depois de sua desastrada participação na Feira do Livro de Frankfurt de 1984, quando por pouco não ganhou a duvidosa honra de um registro no Guiness.

Sender é um homem magro e alto, uma figura de El Greco, como o vejo numa foto tirada na festa de encerramento do congresso búlgaro. Ele se destaca facilmente do grupo, porque está entre um poeta vietnamita e um crítico literário afegão. Naquela noite, depois de alguns copos de vinho, ele me confessaria sua maior amargura. Não era tanto o custo material de seu problema que o agastava, mas o fato de limitar o seu contato com editores. Sim, porque uma das peculiaridades dos editores é justamente estarem sempre a perguntar aos seus autores, quase por dever de ofício, qual o próximo livro. Por isto, um único livro de Sender tinha sido publicado em sua língua materna. Os outros, e isto não era exatamente simples de entender, tinham aparecido apenas em servo-croata e urdu. Em belas edições, diga-se de passagem, e com bastante sucesso, embora os romances de Sender tratem sempre de assuntos costumbristas extremamente nebulosos e construídos sobre tortuosos gongorismos, se é que o leitor me entende.

— Sabe por que isto acontece comigo? — me perguntou, com um meio sorriso de tristeza que entremostrava sua perfeita dentição.

— Não, não sei — respondi, guardando prudente distância.

— É que um livro, cujo autor pode resumi-lo numa simples conversa, não vale a pena ser escrito.

De fato, meu pobre amigo jamais poderia resumir suas complicadas histórias sem chegar antes ao paroxismo. O que não é exatamente o meu caso. Meus livros, em geral, não apenas podem ser resumidos numa simples e rápida entrevista, como foram quase sempre resenhados e trucidados em vinte linhas por criaturas tão candidamente entusiasmadas quanto as vítimas do meu ilustre colega chileno.

E assim, sem nenhum estremecimento de ordem psicológica, ao ser perguntado sobre o meu próximo livro, não frustrei a curiosidade do jornalista. Menti, é claro, mas isto faz parte das regras do jogo. Eu não estava escrevendo coisa nenhuma naquele momento, mas dizer a verdade seria algo tão agressivo quanto cravar os meus caninos na tenra orelha daquele jovem que acabara de sair do curso de comunicação direto para o caderno de variedades.

— Estou trabalhando agora — eu disse, com uma jovial entonação que uso para falar aos jornalistas dos cadernos de variedades — num romance que se chamará *O mundo perdido*, segunda parte.

— Segunda parte?

— Sim, a primeira parte já foi publicada em 1912...

— Em 1912! — ele exclamou, perplexo, enquanto fazia uma busca nervosa no papel xerocado fornecido pelo departamento de documentação do jornal, sem qualquer resultado, porque o inesperado título aparentemente estava omitido de minha bibliografia.

— Mas não fui eu que escrevi a primeira parte — apressei-me a confessar. O rapaz não devia ter mais de 25 anos, e logo se recompôs, abandonando o olhar de espanto que me dirigia, como se eu fosse um milagre gerontológico. — É isso aí, quem escreveu foi o Conan Doyle.

— ?...

Não havia ironia em sua reação, apenas candura e expectativa.

— Sir Arthur Conan Doyle.

— ????...

— O criador do Sherlock Holmes.

— Ah! sim — exclamou com o ardor dos que reconhecem algo familiar numa paisagem estranha.

— Parece que Conan Doyle escreveu o livro para brincar com os seus amigos evolucionistas, como o H. G. Wells e o Huxley — eu disse. — Mas não tenho as mesmas ambições com a continuação que pretendo fazer do livro dele. Afinal, de evolucionista eu só conheci minha professora Gioconda Mussolini, da USP, que já desapareceu, vitimada pela seleção natural posta aqui em prática pelos militares. Meu livro vai ser algo bem mais simples.

O jornalista agora me ouvia com estudada neutralidade, porque as entrevistas nunca são realmente diálogos, mas uma encenação onde chapinhamos na penumbra, simulação de conversa, evasivas como um eco que vai se perdendo. Pelo canto do olho, eu o observava, manejando a caneta com a qual pretendia aprisionar as minhas palavras, cioso da enganosa cadeia de poder do qual acreditava fazer parte. Quanto a mim, como uma silhueta um pouco mais sombria que a escuridão, mal e mal conseguia me fazer perceber.

— No romance de Conan Doyle — prossegui —, o professor Challenger, um zoólogo inglês, baixinho e musculoso, que adorava socar jornalistas, faz uma viagem ao Amazonas. Ali, no alto Rio Negro, ele encontra um platô onde a evolução se manteve estacionada no período Jurássico. O lugar é um tanto inacessível, e, na volta, as poucas provas concretas que ele levava se perdem num acidente. Restam apenas um caderno de desenhos e a asa ressecada de um pterodáctilo. É claro que em Londres ninguém leva a sério as palavras do professor, a imprensa passa a ridicularizar a história, os cientistas dizem que a asa não passa de uma falsificação (os ingleses são peritos em falsificação de fósseis), e o professor se isola em sua mansão. Finalmente, é desafiado por um colega, o professor Summerlee, e logo uma expedição é organizada. Partem de Southampton para Manaus, em transatlântico da Booth Line, e, de Manaus, sobem o Rio Negro até o tal platô. Para resumir, tudo o que professor prometia estava realmente lá. Dinossauros, brontossauros, diplodontes, iguanodontes, até mesmo uma horda de hominídeos, todos a fim de provar carne britânica. Bem, na segunda parte, tem a neta do professor Challenger, uma inglesa baixinha e petulante, que trabalha para uma revista de economia endereçada aos *yuppies*. Depois de fazer a cobertura de uma reunião de países ricos em Genebra, morta de tédio, ela entra numa agência de viagens e compra passagem para o lugar mais distante onde pudesse passar um fim de semana. Acaba em Manaus, hospedada no Hotel Tropical, onde tem três dias de aventuras inusitadas. De volta a Londres, aproveita a reunião de pauta e faz uma tremenda revelação. Conta que na América do Sul, no Brasil, na cidade de Manaus, ela descobriu que ainda vivem, razoavelmente saudáveis e bem alimentados, espécimes de capitalistas considerados extintos, na Inglaterra, desde o século XVIII. Seus colegas explodem de tanto rir. Seu amigo mais chegado, de orientação marxista, explica-lhe que isto é impossível, que o Brasil, com todos os seus problemas, teve avanços significativos em suas forças produtivas e nas suas relações de produção. Mas ela não é de ficar desanimada, insiste, briga, até conseguir convencer os editores da importância de sua descoberta. Uma equipe de jornalistas é enviada a Manaus e mais uma vez o ceticismo britânico vê-se obrigado a se dobrar frente às excentricidades de uma região exótica e ao testemunho de um Challenger. É claro que eles não serão perseguidos por dinossauros famintos ou agressivos pterodáctilos, mas há uma coleção de outros fósseis vivos tão ferozes quanto aqueles.

Ela descobriu que ainda vivem, razoavelmente saudáveis e bem alimentados, espécimes de capitalistas considerados extintos na Inglaterra desde o século XVIII.

Vejam só, lá estava eu, para contentar um jornalista, irresponsavelmente atirando uma jovem britânica nos rigores amazônicos, o que me fazia lembrar de uma amiga minha, também inglesa, que passara alguns meses em Manaus. Chamava-se Ellen, era antropóloga e supostamente deveria estar preparada para enfrentar condições muito mais precárias que o calor daquela cidade. Quando nos conhecemos, ela estava presa a um leito do Hospital de Moléstias Tropicais, internada sob suspeita de malária. Não era malária, apenas uma virose, contraída ainda no aeroporto. A doce Ellen, como mais tarde observaria um parasitologista pouco sutil, tinha um metabolismo irresistível para os vírus locais. E ela acabou se transformando na grande atração do Hospital de Moléstias Tropicais, onde ficou durante toda a sua permanência em Manaus, visitada protocolarmente pelo cônsul honorário da Inglaterra, Mr. Varney, exportador de orquídeas, e pelos quintanistas de medicina, que a usavam como compêndio vivo de parasitologia. Por isto, compreensivelmente, Ellen seria outra mulher depois daquela experiência. Quando deixou o hospital, e Manaus, para nunca mais regressar, abandonou a antropologia e resolveu — em suas próprias palavras — "encontrar o seu espaço". Atualmente ela joga búzios e faz *performances* num restaurante natural do West End, mas as viroses não corroeram inteiramente o seu espírito combativo. Uma vez por mês ela participa de um piquete em frente à embaixada do Brasil, protestando contra a redução da camada de ozônio provocada pelas queimadas na Amazônia.

Ellen é uma prova viva da experiência transcendental que é a Amazônia.

Assim, como prever o destino da senhorita Challenger?

Um amigo, Peter Schneider, escritor berlinense, caiu na besteira de visitar Manaus em pleno mês de agosto. Fui encontrá-lo derreado junto a uma parede, à sombra de um dos derradeiros fícus que restaram da antiga arborização da cidade. Peter ofegava como um bárbaro germânico após uma refrega com centuriões romanos da guarnição do Reno. Há um ditado amazonense que diz que, ao meio-dia, nas ruas de Manaus, só encontramos cachorros e alemães. Confesso que nunca entendi esse ditado, de resto tão enigmático quanto a sabedoria do povo local. A verdade é que, ao meio-dia, nem o pior vira-lata ousa deixar a sombra amiga onde encontrou asilo, e nem mesmo um alemão de Stuttgart arriscaria abandonar o conforto de um ar-refrigerado para torrar ao sol. Meu amigo Peter, que não é de Stuttgart, jamais conseguiu caminhar mais que alguns metros em qualquer direção em Manaus, sem que seu corpo protestasse com vertigens e torrentes de suor. A visão que ele teve da cidade foi no mínimo turva. A luz violenta quase não deixava lugar para contrastes na sua mente, e a impressão que ele levou dali foi de uma paisagem ondulante, certamente um efeito da constante evaporação, e a sensação de lassidão como jamais havia experimentado, onde qualquer gesto era um esforço físico, e até mesmo o ato de pensar era doloroso. Quando nos encontramos, algum tempo depois, em sua casa em Berlim, ele insistiu para que eu explicasse como alguém podia escrever em Manaus, já que o cérebro, como que lutando para não ferver na intensa temperatura, parecia ter dificuldade em realizar até mesmo as sinapses mais elementares.

Para deixá-lo tranqüilo, expliquei-lhe que os nativos estavam perfeitamente adaptados ao clima. Mistérios da seleção natural, argumentei. Mas ele não conteve o próprio horror ao me ouvir descrever como todos os dias, trajando apenas uma bermuda, eu me sentava à máquina de escrever e, na mesma proporção em que me desidratava, ia produzindo meus romances. Desde esse dia, ele passou a me olhar com o mesmo respeito com o qual costumamos contemplar os loucos e os excêntricos.

E Peter estava carregado de razão, porque Manaus é uma cidade excêntrica, fruto de um projeto excêntrico e habitada por gente muito excêntrica. O calor, já fica claro, é ingrediente fundamental para essa excentricidade, porque, ao cozinhar em banho-maria os nossos cérebros, faz de cada habitante de Manaus uma peculiar criatura que jamais desperdiça energia com o raciocínio e se contenta com a baixa voltagem dos reflexos instintivos mais primitivos, atitude um tanto réptil numa cidade que tem ares de grande e decadente sáurio próximo à extinção.

O calor é de fato terrível. Não que a cidade experimente temperaturas altas, como as do verão carioca, onde 50 graus centígrados à sombra é coisa corriqueira nos meses de fevereiro e março. O problema não é a temperatura muito alta, é a persistência e a alta taxa de umidade. Quase faz 32 graus centígrados o ano todo e durante todo o dia. Amanhece, e nada daquela fresca brisa matinal, já acordamos suados, porque lá estão os perseverantes 32 graus. Vai alta a madrugada, o povo dorme e os boêmios bebem — e como se bebe ali —, e nada daquela doce aragem vagabunda das noites insones, porque os 32 graus não arredam o pé nem mesmo para uma boemiazinha. Para as pessoas como a senhorita Challenger, que vivem em clima temperado, com variações de temperatura bem acentuadas e definidas, os efeitos dessa persistência costumam ser devastadores. Agora, acrescente-se a esta constância a alta taxa de umidade relativa do ar. Na faixa equatorial, esta taxa chega a quase 95%, é como respirar debaixo d'água. A umidade do ar e o renitente calor fazem um consórcio no mínimo inusitado, e a cidade de Manaus, por isto, tem uma certa atmosfera devoniana mais apropriada ao metabolismo dos grandes répteis que ao sangue quente dos primatas superiores. Este efeito estufa muitas vezes me fez imaginar que o planeta Vênus um dia ainda será colonizado por astronautas amazonenses, os únicos adaptados para tal aventura.

O problema é que o efeito do calor em certos metabolismos não é algo exatamente passageiro. Euclides da Cunha, o celebrado autor de

Os sertões, por exemplo, homem ultra-sensível, logo percebeu que com aquele calor Manaus era um ecossistema ideal para as palmeiras. Quanto aos seres humanos, bem, deixar-se expor ao calor de Manaus poderia ter resultados imprevisíveis. O próprio escritor, ainda que confortavelmente hospedado numa bela casa em Adrianópolis, bairro de clima ameno, aparentemente sofreu danos irreparáveis. De volta ao Rio, suas atitudes não mais pareciam ser conduzidas por um cérebro em perfeito estado, acabando por se envolver na tentativa de homicídio que lhe tirou a vida. Isso sem que antes ele tivesse notado a realidade extravagante do lugar, com surpreendentes contrastes urbanos, as mansões e palacetes *art nouveau* ao lado de periclitantes palafitas, o movimento humano nas ruas que colocava na mesma calçada ingleses empertigados e ianques apressados ao lado de indígenas em andrajos e nordestinos achamboados, fosse lá o que fosse o que ele queria dizer com isso. As rápidas pinceladas de Euclides da Cunha davam conta de uma cidade de ritmo nervoso, que exalava ambição em cada esquina, e, na busca pela riqueza rápida, seus habitantes pareciam levar uma vida provisória que não lhes permitia a menor reflexão sobre a própria cidade. Muito do que este trágico e celebrado autor escreveu sobre Manaus ainda é inteiramente pertinente. Quase vinte anos depois, um outro visitante percorreria as ruas de Manaus e enfrentaria o calor com uma boa dose de sarcasmo, o que aparentemente o salvou de quaisquer seqüelas no regresso. O visitante era Mario de Andrade, criatura arejada por natureza, que, entre um banquete e outro, ainda encontrou tempo para conversar com os intelectuais da terra e registrar uma espécie de falta de sintonia entre o projeto urbano, que era típico da virada do século, e as proporções acanhadas desse mesmo projeto. Sem se preocupar com o calor, mas dando sempre estocada nos intelectuais "passadistas" da cidade, Mario de Andrade se sente agredido com a arquitetura de Manaus, com aquele *art nouveau* pretensamente sóbrio mas na verdade ostentatório, sem a grandiosidade dos originais europeus que queria imitar, como se aquelas avenidas, praças e palácios tivessem sido achatados, miniaturizados, acachapados por alguma perversa timidez equatorial ou, ele não soube dizer, pela síndrome de banho turco que a tudo encolhe e emagrece. Mas se o poeta nada sofreu, a viagem não deixou de ter suas conseqüências, pois foi no calor de Manaus que ele concebeu a síntese do brasileiro: a total ausência de caráter.

Está certo que eram homens bem diferentes, mas cada um deles experimentou ali algo substancial. Euclides da Cunha sofreu o clima como somente ele podia sofrer, na contramão do riso e do olhar irônico do poeta Mario de Andrade. Mas aqui entre nós, sem que ninguém nos ouça: acho o calor sufocante e a falta de caráter tão novo-rico de Manaus duas virtudes que só um amazonense pode perceber. Duvido que uma inglesinha de nariz empinado compreendesse essas coisas. Com um clima nada ameno, Manaus está longe de ser uma cidade de cura. Ao contrário, a capital amazonense está mais bem aparelhada para corromper. E isto a torna atraente, porque nada mais plácido e horrendo que o ambiente de sanatório de certas cidades de bons ares e clima temperado, com os seus tísicos e pálidos turistas a se banharem em águas sulfurosas e medicinais. Manaus é exatamente o contrário disso, é cidade onde se contrai, não onde se cura. E se o calor, além de convidar à deselegância, pede banho, muitos banhos, ali não se vai encontrar águas cristalinas, mas o acetinado dos igarapés gelados ou as águas escuras e mornas como placenta do Rio Negro. São águas que nada curam, mas despertam uma euforia primeva que deve ter sido experimentada, ainda na aurora da vida, pelo primeiro bicho a abandonar o mar e experimentar a terra, milhões de anos atrás.

Tenho a impressão de que logo a senhorita Challenger chegaria à conclusão de que o calor era o responsável pela ciclotímica e ralentada excentricidade de seus habitantes, o que não é toda a verdade, embora o calor ali tenha peso, espessura e volume, fazendo o tempo fluir com uma lentidão desesperadora, como se nadasse numa sopa primordial que a umidade sintetiza sem parar, sob a temperatura constante e inabalável. Se bem que teve um inglês que não achou nada disso. Foi o naturalista Wallace, homem tão particularmente extravagante, que chamou de país romântico aquela fornalha. O que vem provar que excentricidade não é privilégio de ninguém. Mas, excentricidades à parte, minha personagem não era nenhuma descendente de Wallace, mas do professor Challenger, que acharia tão absurdo chamar o Amazonas de romântico quanto encontrar inteligência num londrino médio.

Mas, pensando bem, nada disso vem ao caso. Esses infelizes estiveram ali no passado, antes dos vôos charter e dos hotéis cinco estrelas. O mais provável é que minha personagem sequer percebesse o clima, saindo de um ambiente refrigerado para outro. Restando apenas o cuidado de evitar qualquer possibilidade de exposição mais prolongada ao meio ambiente hostil. Além do mais, é quase certo que a senhorita Challenger não gostasse nem um pouco da, digamos, informalidade do lugar, limitando-se a observar aquilo com o olhar objetivo de repórter. De resto, se detestasse a cidade, não seria nenhuma novidade, porque Manaus, como vimos, não é exatamente o tipo de lugar capaz de deixar boas impressões. Eu mesmo, não fosse um nativo com muito esforço de aclimatação, bem que preferia meus ancestrais infensos ao fascínio da América, ou pelo menos com um certo critério nas latitudes. Sim, porque os escritores têm o insólito costume de nascer em qualquer cidade. Inclusive Manaus.

Para mim, é apenas a minha cidade natal, ainda que escreva esta frase com uma certa hesitação, porque, embora existam não mais que três tipos de relacionamento entre as pessoas e suas cidades natais —

amor, ódio e indiferença —, Manaus não é uma cidade exatamente fácil de ser enquadrada num dos três sentimentos enumerados, ou em todos eles de uma vez, muito menos na repousante explicação de que é minha cidade natal. Especialmente esta Manaus que mais parece uma simbiose de Miami com uma feira-livre de Calcutá.

Esta Manaus só interessa aos que ali vão para cair de boca no consumo, aos basbaques das quinquilharias eletrônicas, o que não será o caso da senhorita Challenger, porque esse será o lado exótico da cidade que ela logo reconhecerá, pois nada é mais exótico que uma loja repleta de artigos eletrônicos em meio à magnífica paisagem amazônica, privilegiado ambiente para a preservação de todo tipo de fóssil econômico. Mas se esta cidade — que nasceu sob o signo da Segunda Revolução Industrial para se ver transformada sob decreto em plataforma de exportação — parece ter perdido o seu rumo, inchada pela migração interna e vilipendiada por sucessivas administrações públicas medíocres e saqueadoras, é ainda como cadinho de estranhas alquimias sociais que ela pode ser usufruída por quem a visita em busca de algo mais do que um aparelho de videocassete.

Quando era uma grande cidade, nos idos da borracha, Manaus era conhecida como a capital mais isolada da cristandade. Não o é mais, chega-se e escapa-se de lá por muitos vôos diários que a ligam aos quatro cantos do mundo. Para os seus habitantes, talvez tenha ficado um certo isolamento psicológico, que é mais medo de olhar de frente o lugar que acabou por ocupar no contexto do país que propriamente um problema real. Mas, aos visitantes, a sensação de isolamento acaba sendo algo inesperadamente revelador, porque Manaus é como um microcosmo do país, uma variante de seu futuro que estagnou no passado.

Quem sabe não será essa a Amazônia que interessará à senhorita Challenger?

ONDE FICA MAPLE WHITE?

A verdade é que não liguei para as conseqüências daquela entrevista. E quase já tinha me esquecido da senhorita Challenger, quando, um dia, ainda morando em minha casa nas terras do sem-fim, fui procurado por uma jornalista inglesa. Ser procurado por jornalistas estrangeiros não era uma novidade. Quem se arrisca a viver em Manaus sabe que essas coisas acontecem. Há sempre alguém se aventurando ali por algum motivo.

Essas equipes internacionais, de TV, de jornais, de universidades, não cessavam de passar por Manaus. E acabavam sempre na minha casa. Chegavam como se estivessem sob a influência de... do quê? Dos cheiros? Do calor? Talvez do uísque que alguns carregavam em frascos de 1/4 de litro. Mas também da fustigação das cores berrantes, rebrilhando nos bairros miseráveis, do ritmo sinuoso das músicas em alto volume e do langor daquela gente marrom, guardiã dos últimos mistérios. Sem motivo aparente, com uma sensação de brusca alienação, eu me sentia um estrangeiro também. Queria me perder nas ruas de Manaus, observá-las com a mesma estranheza daqueles olhos verdes, azuis, com suas barbas de exploradores antigos, sandálias artesanais e bolsas de couro contrastando com os caros equipamentos fotográficos. Mas deve existir algo decididamente elusivo no ato de viver em Manaus. É quase como submeter-se a constantes doses de drogas depressoras, há uma irrealidade provavelmente ativada pela alta temperatura, que compele a imaginação a adormecer, a se transformar em relâmpagos de lucidez, em fugazes espasmos que vão esmaecendo nos labirintos do isolamento tropical, uma navegação aquática que convida ao esquecimento; nada parece real, a miséria funde-se com a simplicidade, as cores berrantes com a opacidade das pessoas, a calmaria dos gestos com a turbulência da consciência que se afoga, mas tudo em subtons, como uma melodia plangente inspirada em árvores submersas. E eu já não perguntava mais o que estava fazendo ali, porque as perguntas eram impossíveis em Manaus.

Então, eu me perdia. Não como um estrangeiro, mas como um nativo no colapso da familiaridade. Igual à lenda de Theodore Mommsen.

Mommsen, um dos grandes historiadores da era clássica, nasceu e viveu na velha Berlim guilhermina. Suas conferências eram famosas pela erudição e agudeza literária, pois era capaz de descrever durante horas e horas a geografia de Atenas no século de Sócrates, assinalando as ruas, os logradouros, as fontes, reconstruindo o espaço onde muitos diálogos ocorreram, chegando à minúcia de localizar certas casas, como a de Lísias, que vivera com Epícrates, segundo uma passagem do Fedro. No entanto, Mommsen precisava de um assistente para caminhar na rua. Ele, que era capaz de identificar o templo de Zeus Olímpico na Atenas do século V, não conseguia se orientar no trivial percurso entre o Zoológico e a Unter den Linden.

Mas, voltando ao Amazonas, daquela vez não se tratava de uma jornalista inglesa qualquer. O nome dela era Virginia Challenger. Exatamente: Challenger! Conforme estava no seu cartão de visitas.

E fazia um documentário para a BBC.

Foi uma entrevista um tanto tumultuada. Eu não queria falar da Amazônia. Será porque eu vivia tão desorientado em Manaus quanto Mommsen em Berlim? Eu lembrava do tempo em que vir a lugares como a Amazônia era vir ao reino do desconhecido e da aventura. Terras como a Amazônia eram desafios, mas desafios com estatura humana, não estatísticas de catástrofes. Naquela época, cada relato de viagem podia ser um assombro, uma coleção de portentos que celebravam a diversidade das civilizações, o capricho e a força da natureza indomada, a viva face da tenacidade. Esses aventureiros arriscavam tudo porque ofereciam suas próprias vidas e, ao regressarem, salvos e abatidos pelas durezas das jornadas, nos remetiam de volta à delicadeza do dia-a-dia, ao conforto da civilização, à crença arraigada no encanto prosaico da vida nas cidades. O Ocidente era um telhado de ardósia, uma boa e decente mesa, e o café da manhã tomado negligentemente ao som do vento nas casuarinas. Agora tudo não passava de crises morais.

— Eu diria que somos feitos de crises morais, senhor Souza.

Era uma ironia, é claro. A repórter da BBC estava suando por todos os poros, e no rosto lívido, de fundas olheiras, apenas os lábios finos ainda apresentavam alguma cor, um leve tom esmaecido de vermelho, memória do sangue correndo num metabolismo ralentado pelo calor opressivo.

— A nossa matéria-prima é outra — respondi.

— Outra? — ela estranhou.

— Somos feitos de ressentimentos.

— É o que ouvi falar a respeito do Terceiro Mundo. O ressentimento como propulsor. Mas será que dá certo? Não será um combustível um pouco explosivo? — Ela parou e enxugou o rosto com um lenço de papel, rapidamente escondendo o lenço usado na bolsa, como se tivesse vergonha daquela comodidade industrial.

Ela é daquelas que ainda sentem vergonha, pensei O cinismo só servia para degradar ainda mais.

— O que eu quero dizer — ela prosseguiu, ofegante — é que o ressentimento é muito instável para que se possa construir com ele alguma coisa.

— Vivemos num mundo instável, daí o ressentimento funcionar como elo em nossa cadeia de eventos. O Terceiro Mundo é uma singularidade, estou cada vez mais convencido disso. É como um enorme buraco negro social e econômico, tragando tudo o que dele se aproxima. Até mesmo as boas intenções.

A repórter me observava com uma jovial severidade. Muito inglesa, diria, se isto não fosse um clichê perigoso. O rosto oval, magro, meio queimado de sol, encontrava a sua maior intensidade nos olhos cinza, charmosamente oblíquos como os de uma eurasiana. Pena que ela se escondesse numa roupa tipo pobre-chique, um sinal de que as poderosas forças do buraco negro já a estavam arrastando. De fato, ela exalava, além do suor, comiseração por todos os poros.

— Esta deve ser a décima equipe de TV européia que passa por aqui este ano — observei, neutro.

Eram todos iguais, porque as forças de atração da singularidade eram sempre iguais. Por isso, eu não podia exigir nada diferente daquela gente avidamente simpática, marcada por sentimentos de solidariedade que equivaliam mais à ingenuidade, sentimentos que tinham a consistência de bolhas de sabão, fugazmente bonitos e hipnoticamente inconseqüentes, uma coalescência improvável que apenas simulava firmeza, efetividade. E ela vinha falar da instabilidade do nosso ressentimento, mas o ressentimento era apenas o reverso do remorso deles, simetricamente posto como matéria e antimatéria, diferentemente polarizado e sempre prestes a se aniquilar numa incandescente liberação de energia inútil, o raio gama dos conflitos políticos do século.

— Veja só — eu disse — aqui o ministro da Cultura só há pouco tempo descobriu que falava em prosa o tempo todo. Mas isto não interessa ao seu projeto, suponho.

Ela sorriu, procurando ser compreensiva com aquela criatura que lhe parecia anacrônica, que insistia em turvar a conversa. Como sempre, sob os olhos dela, olhos de tediosa saciedade, testemunhos acabados da afluência de seu tempo, eu me via encarnado na pele de alguma figura emblemática, algo dostoievskiano no sentido de convulsões do atraso ou coisa parecida, porque estavam sempre esperando de nós saraivadas de acusações e algumas profecias.

— Aqui em Manaus, não há muito o que fazer — eu disse. — É tapar o nariz quando o índice de folclore está muito alto. De resto, é uma franja interessante no turbilhão do buraco negro. De certo modo, fazemos e não fazemos parte dele. Estamos sendo tragados e ao mesmo tempo ainda deixamos escapar alguns fluxos de matéria, alguns fótons. Nós, os brasileiros, ocupamos um espaço bastante grande para que as imposturas efetivamente se estabeleçam. Daí a descrença generalizada e o desânimo. Somos os primeiros americanos cansados, tentando preservar, com ares de política progressista, a surrada prática da lobotomia rural que reduz o país a um patético latifúndio de cordel e figurinhas de barro.

Ela não me entendia, não estava ali para isso. Precisava de informações que ajudassem a equipe do programa, lugares, pessoas, fatos, cores, andrajos, moléstias, injustiças, cataclismos étnicos. Como fazê-la entender que o interessante, de vez em quando, era ouvir com atenção a fala dos "homens"? Que não havia nada mais caracteristicamente exótico do que as figuras de retórica, ou, se quiserem, os lapsos freudianos, como o de um recente ministro da Justiça que classificara o governo a que servia como a "vanguarda do atraso"? Mas nem sempre a língua portuguesa instrumentalizada pelo poder se deixava flagrar com a generosidade do loquaz ministro, um causídico nordestino com um pouco mais de proteína, meio perdido na estratosfera rarefeita de Brasília.

Em todo caso, a nossa posição na singularidade não nos privilegia, porque estamos perdendo mais do que ganhando. É a parte da entropia que nos cabe.

— Às vezes eu penso que até mesmo a nossa língua foi parcialmente devorada por essa voracidade enlouquecida. Tenho a impressão de que, para os que estão aprisionados nessa anomalia, mesmo a língua já não é um padrão de comunicação confiável. Você, que é inglesa, o que me diz de um falante de inglês do Quênia?

— Não sou francesa — ela respondeu, dando de ombros e reafirmando a propalada tolerância lingüística dos anglo-saxões.

— Pode ser — resmunguei. — Mas não venha me dizer que vocês saíram da Índia derrotados pela resistência pacífica. Tenho certeza de que Lord Mountbatten não suportava mais aquele sotaque horrível e o fedor de urina de Gandhi. Preferiu entregar o país a dar mais uma audiência àquela figura odiosa, emblema do Terceiro Mundo.

A jornalista me encarava fixamente com um ar de "sua versão da história parece prejudicada pelo sarcasmo brasileiro". Eu sei, ela devia estar pensando que, por trás da fachada rude que as pessoas ali apresentavam, deviam ser forradas de seda, a meiguice do homem natural escondida pela belicosidade subdesenvolvida. Mas ela jamais faria qualquer coisa para derrubar essa fachada, atravessá-la, para constatar se havia mesmo seda, veludo ou couro cru do outro lado. Mas, pensando bem, para que faria isso?

Acontece que, todas as vezes que o vórtice da singularidade que nos devora parecia mais real que o calor, eu me recordava de uma conversa com Heinrich Böll numa pizzaria de Colônia. Fazia frio, é claro. Um suave e adorável frio outonal renano. E Böll, fumando seus cigarros sem filtro, falava de seu corpo-a-corpo com a língua alemã.

— Imagino que os brasileiros, depois de uma ditadura militar, devem estar enfrentando o mesmo problema — ele disse.

Vejam só: Böll cresceu vendo os nazistas aos poucos ganharem as ruas, com seus desfiles e provocações, escreveu um livro tocante e repleto de compaixão sobre essa parte de sua vida, e passou a juventude lutando como soldado na guerra. Viu o seu país ser literalmente reduzido a escombros pela retórica histérica dos nazistas. Depois da guerra, decidiu ser escritor. E qual não foi a sua surpresa. Não eram apenas as cidades que estavam em ruínas, mas a própria língua alemã se encontrava esgarçada e contaminada pela sandice nazista. Para um escritor como ele, formado na tradição do catolicismo renano, era desesperador constatar que a sua língua se transformara num lodaçal fétido, e que o trabalho de sua geração de escritores não ia ser fácil. Para se realizarem como artistas teriam nada menos que reinventar a língua alemã. As palavras necessitavam ser novamente pesadas, cada expressão depurada, limpa, tratada, para delas serem retiradas as distorções deixadas pelo nazismo. Centenas de palavras tinham sofrido abomináveis alterações em sua semântica, diversas expressões aparentemente triviais haviam recebido conotações terríveis. Por exemplo, se hoje alguém utilizar aqui no Brasil a expressão "arte degenerada", quando muito as pessoas vão pensar na programação da TV. Mas, na Alemanha, dizer tal coisa é um escândalo. "Arte degenerada" é uma das expressões que não foi possível reciclar, tornou-se um conceito histórico, ficou marcada para sempre pela intolerância nazista. Percebi isto muito claramente quando participava de um debate na televisão, na mesma Colônia onde horas depois nos sentaríamos em torno de uma pizza para conversar. No debate, além do próprio Böll, estava também um dissidente soviético. O tema era sobre escritores no exílio. O soviético, cujo nome me escapa, era um sabujo, estava lá pedindo dinheiro, falando mal da burocracia stalinista e externando a mais completa ignorância política, mas, de repente, veio uma pergunta para Böll, citando um ministro, o hoje falecido Strauss, da direita, que declarara pela imprensa que a literatura produzida pelo velho Böll deveria ser saneada na Alemanha Federal por ser "arte degenerada". A intervenção de Strauss tinha sido mesmo intempestiva, o ministro bávaro chegara a chamar Böll de "avô dos terroristas" e outras pérolas semelhantes, numa prova de que também certos políticos alemães sofrem de intemperança verbal de vez em quando. Notei o clima de mal-estar, uma espécie de remissão amarga e desagradável no estúdio da TV, mas Böll não era homem de se intimidar, e refrescou a memória dos telespectadores quanto ao significado da expressão "arte degenerada", sem levantar a voz em nenhum momento. No outro dia, Strauss estava se retratando pelos jornais, um cordeirinho, dizendo que tudo não passava de mal-entendido, que não usara tal expressão etc. Como bom alemão do pós-guerra, mesmo de direita, Strauss sabia que, depois do nazismo, a questão do uso das palavras era uma coisa seriíssima. Ele tinha consciência de que a instrumentalização da língua através do discurso político, mesmo sendo um representante da direita, não lhe permitia recuar tanto. Muito menos num debate com Heinrich Böll, um homem cuja vida se misturava com a reconstrução democrática da Alemanha. A geração de Böll, obrigada a contestar tudo, tinha drenado o pântano deixado pelos nazistas, reinventando um velho idioma. A retratação de Strauss era uma prova disso. Mas Böll tratava a questão com a atenção voltada para o Brasil, para o período pós-ditadura. E no Brasil? Bem, não tínhamos passado por nenhuma guerra mundial, embora os efeitos não tenham sido menos devastadores. Mas eram poucos os escritores que encaravam a língua como uma questão política. Um país de reverberações, de aventuras da linguagem, de ansiedades pelo moderno que somente se realizavam quando unidas ao primitivo e ao rural — *Macunaíma* e *Grande sertão: veredas*. Mas nesses casos a língua era uma construção, uma ilusão, como na poesia. O que não era primitivo, ou rural, permanecia reflexivo, intimista e excludente. Por isso, não bastava tratar a questão apenas como um fenômeno dos últimos vinte anos, era preciso ir mais fundo, fazer uma arqueologia, para percebermos que a raiz estava na tradição bacharelesca, como um neurótico atavismo de ser atrasado, estranho destino manifesto às avessas. Aquele país tão distante de Colônia, que o russo dissidente identificava com calor, praia e crioulos de paletó branco, era um país onde a língua era coisa de juristas, de advogados chicanistas do tipo Rui Barbosa. Curiosamente, esses eram os mestres do idioma. Ninguém lembrava de Machado de Assis ou de Graciliano Ramos. Assim, do jurista cafetão ao tecnocrata vigarista foi menos que um pulo. Afinal, entre as réplicas e tréplicas de Rui e as medidas provisórias, qual é a diferença? O vigilante horror beletrista das medidas provisórias só poderia gerar a crueldade humorística do discurso dos tecnocratas. O idioma dos juristas parecia latim vulgar, o dos tecnocratas um inglês supostamente sofisticado de campus universitário, ambos criados por uma horrível seleção natural, apropriando-se de milhares de palavras, da semântica, da maneira de ser do português falado no Brasil. Bastava uma audição regular e não estar entorpecido para que não se deixasse de sentir náuseas ao ouvir palavras e expressões como "revolução", " integração nacional", "corrupção", "objetivos nacionais", "memória nacional", "segurança", "inflação inercial", "distribuição de renda", "modernidade" "desenvolvimento", "dívida externa", " identidade nacional", "anarquia", "competência", "liberdade com responsabilidade", "chefe da nação", e toda a crueza sintática da ética do "levar vantagem". Mas havia semelhanças com a experiência de Heinrich Böll. Aqui, como lá, a língua tinha sido degradada por ignorantes, por uma escória de políticos e militares incapazes de aplicar a mais elementar regra de concordância, mas como um modelo cultural nostálgico dos senhores de engenho, dos escravocratas, posto em prática pelos seus juristas e tecnocratas. O que fazer? Transgredir nos textos as funções do "que"? Subverter o uso dos pronomes? Insurgir-se contra a flexão dos verbos? Sim, mas também evitar as armadilhas do "escrever bem", porque não há anistia em questão de língua.

A inglesa devia ter um bom coração, pois continuava ali, perspirando sem cessar, aguardando que o meu silêncio se materializasse em alguma coisa útil para seu trabalho. Parecia bem treinada para enfrentar as esquisitices dos latinos, e vez por outra olhava de esguelha para fora do escritório, onde a evaporação ganhava a consistência de uma leve cortina de *voile* agitada por um vento que não existia, que nem mesmo tinha forças para empurrar as poucas nuvens preguiçosas que estavam encalhadas no céu escandalosamente azul.

— Quer saber de uma coisa? Acho bom que vocês venham fazer essas coisas aqui.

Ela sorriu, sacudindo a cabeça.

— Não, é verdade — insisti. — Isto aqui fica menos absurdo quando visto num programa de televisão estrangeiro.

— É um lugar extraordinário, senhor Souza.

Mas tudo é extraordinário. Quando deixamos a pizzaria de Colônia, eu não sabia que seria a última vez que via Heinrich Böll. Ele se despediu, sorridente, caminhando firme para o carro da TV que o deixaria em casa. Mas a nossa conversa ficaria ressoando, uma astuciosa suavidade emitindo radiação, persuasiva na responsabilidade que encerrava.

A língua, a linguagem.

O engraçado é que, antes de deixar Colônia, o espectro de Conan Doyle subitamente se manifestou.

— Você sabia que ele esteve aqui, em Colônia? — disse uma professora de língua portuguesa da universidade.

— Conan Doyle, aqui? Não me diga!

— Em 1911. Colônia fazia parte do trajeto do famoso *rally* que o príncipe Henry organizou naquele ano. Começava em Hamburgo, passava por aqui, seguia para Munster, Southampton, Edimburgo e, finalmente, Londres. Sir Arthur Conan Doyle, que homem de letras atípico! Adorava a ação. Guiava um belo carro, do qual se orgulhava muito, um 20 CV Dietrich Lorrain.

— Você está escrevendo alguma tese sobre Conan Doyle?

— Claro que não. Eu gosto de corridas de carro. Como ele.

— Eu detesto automóveis, correndo ou estacionados.

— Estranho!

— Acho que o automóvel foi um desvio tecnológico da Revolução Industrial. Um erro individual numa época que aspirava ao coletivo.

— Ah! Tem outra coisa que você vai gostar de saber — ela disse, sem prestar atenção ao meu ataque contra os automóveis. — Naquele mesmo ano, Conan Doyle fez a sua primeira viagem de avião.

— Pode-se dizer que 1911 foi um ano cheio para ele.

— E no outono ele escreveu *O mundo perdido*, primeira aventura do professor Challenger.

Em 1911, no outono. E agora estamos no final do século XX. O professor Challenger pouco reconheceria da densa e escura selva que tanto o impressionou. Que Conan Doyle só conhecia por ouvir os relatos de seu amigo Alfred Russel Wallace, um homem de porte delicado, minucioso, que viajava pelo alto Rio Negro numa grande canoa, carregando frugais mantimentos como farinha e cachaça, mas que podia também ser excêntrico e incluir um peru vivo para oportunamente ser assado. Um temperamento tão diferente do criador do professor Challenger.

— O que vocês querem da Amazônia? — perguntou a jornalista.

— Viver, simplesmente — eu disse.

Mas talvez não fosse suficiente. A fita cassete, silenciosamente correndo no pequeno gravador, parecia conter mais do que estava sendo dito. Não, não se tratava de paranóia. Eu não acreditava que estivessem ali, por alguma estratégia inconfessável, colhendo material. Longe disso. A minha impressão é que aquelas fitas chegavam pré-gravadas, nelas havia uma banda extra, secreta até mesmo para eles, onde estava registrado um componente tribal, primitivo e idílico, mas em tudo europeu e dado como extinto, que devia ser comparado com aquele mundo tribal, primitivo e idílico supostamente ainda vivo. No fundo, era como um reencontro. Porque aqueles europeus pareciam secretamente lamentar que o asfalto das auto-estradas tivesse soterrado os velhos campos de cultivo dos desaparecidos borgonheses, suevos, cachúbios, godos, gauleses, iberos e tantas outras tribos.

Certo, a Amazônia exigia viver. Mas não estaria a profunda verdade da região enfrentando o risco de se perder sempre e sempre, por força desses contatos tão amáveis, desses simpáticos embustes previamente organizados, onde os componentes nunca parecem mudar? De um lado, o afã de reconhecer ali uma vertigem, um lugar que é fascinante porque o primitivo, nestes tempos de conservacionismo e dúvidas quanto ao conceito de progresso, mostra-se quase sagrado, negação e mistério, um convite ao pudor bem distante da antiga atração pela aventura. Enquanto do outro lado, onde estamos nós, os observados, o nosso papel é de reconhecer este esforço de solidariedade, manifestando, através de nossas bocas de pobres, a fragilidade dos pobres.

Durante muito tempo, ensaiamos em nossa imaginação um gosto pela vivência. Somos daqui, portanto sabemos o que é isto aqui. A vivência era uma espécie de saber universal de uso localizado, que nos instituía como criaturas da Amazônia. Perante os que chegavam, tínhamos o direito a ela porque a vivência nos havia outorgado a sua posse.

Na verdade, a vivência nos paralisava. Mas não suspeitávamos.

E sabem por quê?

Porque, embora não sonhássemos em profundidade, a realidade de nossas interrogações invadia o vazio. Daí que, no amplo interesse que a região suscitava, tínhamos a impressão de que ninguém percebia a nossa real estatura.

Empíricos, estávamos invisíveis. Até as tarefas mais humildes nos teriam enchido de alegria. Mas, vendo a desenvoltura dos viajantes, perdíamos a nossa própria habilidade, o nosso arcabouço de vivências, a nossa inteligência particular se reduzia a cinzas e nos postava à margem.

A verdade é que estivemos sempre à espera de que nos levassem a sério, mas não pelo que poderíamos oferecer. Aspirávamos por uma alquimia particular que transformasse a nossa defasagem em privilégio.

Era isto! O olhar daqueles estrangeiros, daqueles afáveis visitantes de tantas nacionalidades, nos deixava pasmados, nos desconcertava até a medula por nos medirem, por sopesarem as aparências, por se deixarem enredar na tentação de apontar soluções, porque os casos como o nosso sempre parecem simples, de fácil manuseio: destruição ou conservação.

Então, eu pensei.

Antes de simular desagrado, por que não fazer com que a senhorita Challenger perceba o nosso orgulho de uma outra forma? Por uma nova espécie de contato, distante de tudo o que já experimentamos para nos livrarmos do papel de implorantes, que já se colou por demais à nossa pele, o que provoca a nossa exclusão e nos reduz ao ressentimento e ao desejo de vingança, quando não à aceitação pura e simples de um suposto destino de retaguarda.

— Você leu *O mundo perdido*, de Conan Doyle? — perguntei.

Ela me observou perplexa, os músculos nervosos, retesados. Era bonita, mas não de uma forma convencional de beleza, pois havia algo de estranho nela, algo que não conferia unidade aos detalhes bonitos, como o nariz e as maçãs do rosto.

— Quando eu era menina, creio — ela respondeu, devagar. — Por quê?

— Nada, é que talvez nós sejamos muito complacentes com as nossas próprias fraquezas.

Ainda é possível ser herói hoje em dia?

Na noite seguinte, a equipe da BBC me convidou para uma caldeirada de tucunaré. Mesmo em Manaus há as suas compensações, a caldeirada de tucunaré é uma delas. E a mais saborosa, se você não pode comer na casa de um amazonense, é a do restaurante São Francisco. O restaurante não poderia estar melhor situado, no bairro dos Educandos, no único lugar em que a cidade não vira o rosto com medo do rio e podemos ver a imensidão acetinada do Rio Negro descendo rumo ao encontro com o Amazonas.

— Sabe que esta é a segunda vez que venho aqui? — disse Virginia.

— E nós estamos aqui por insistência dela — revelou Lester, um dos membros da equipe. — Se você soubesse o que ela fez para convencer os nossos diretores, diria que ela é louca.

Eu sei, pensei, tenho certeza disso. No romance que eu vou escrever, a senhorita Challenger não será muito diferente desta outra senhorita Challenger.

— O que aconteceu — prosseguiu Lester — é que um novo diretor assumiu o nosso departamento justamente quando Virginia estava fora.

Um novo diretor. Só que não na BBC, mas na revista de economia. E por ter assumido numa semana difícil, poucos sentiram o impacto. Spender, o novo editor, vinha do departamento de documentação e sua nomeação deve ter sido tão surpreendente para ele próprio quanto o foi para o pessoal da redação. Mas aquela semana estava fadada a ser excepcional. Os índices *Dow Jones* da Bolsa de Nova York sinalizavam desastre e uma ventania caíra sobre a cidade, arrancando de suas raízes velhas árvores do Hyde Park. As chuvas de outono chegaram com a mesma intensa perversidade do dólar a rolar encosta abaixo, e Jane Challenger, sim, ela se chamaria Jane, como por encanto, tinha desaparecido em Genebra, deixando atrás um rastro de especulações desencontradas e maliciosas na redação.

— O cara não é exatamente um jornalista do primeiro time da TV — disse Virginia, sorrindo. — Mas parece ter a confiança da diretoria, o que talvez seja o mais importante num momento sensível como o que vivemos com a senhora Thatcher no governo.

— Para você entender melhor, eu diria que ele é um daqueles tipos de óculos de aros de tartaruga, olhar esgazeado de completa perplexidade ante as surpresas da vida, *tweed* de lã e calças de flanela cinza mesmo no verão, um desses homens tão desprotegidos que teria ficado celibatário se não tivesse encontrado uma mulher de alma tão pouco exigente quanto a sua esposa...

— Pelo amor de Deus, Lester — protestou Virginia.

— Tudo bem, eu entendo — eu disse, rindo, pois no meu romance o cara era casado com a filha mais velha do terceiro vice-presidente da empresa *holding* que controlava a revista. Era este o novo editor da *New Economist*.

Todos na redação conheciam Spender, que estava na revista desde os anos 60, e sabiam que não era má pessoa, ao contrário. Conservador com inclinação liberal por distração, podia até ser uma figura encantadora se mantivesse uma certa distância e parcimônia nos contatos. O seu lado encantador vinha da paz que parecia ter consigo mesmo, como se tivesse sido declarada muito recentemente, após uma adolescência belicosa e repleta de inadequações. De outro lado, era uma criatura enfadonha, por aceitar sua total inadequação aos lugares que ocupava com estoicismo irritante.

— O nosso amigo — prosseguiu Lester — é daquele gênero de indivíduo que já nasce sabendo que, quando viaja, sua bagagem jamais se extraviará, mas será sempre a que vai aparecer por último na esteira do aeroporto.

Virginia caiu na gargalhada e completou:

— Ou o tipo ao qual, numa festa de amigo secreto, caberá o nome do presidente da emissora, a quem não se deve presentear com algo abaixo de quinhentas libras.

— E se há alguém cuja existência parece feita sob medida para pôr à prova o nosso bom amigo — disse Lester —, este alguém é Virginia Challenger.

Ou Jane Challenger, a ruiva jornalista que se tornara lendária cobrindo os últimos estertores da atual ordem econômica mundial, sem demonstrar o menor sinal de asco ao atravessar os corredores daqueles hotéis cinco estrelas de Genebra.

— Virginia tinha sumido — continuou Lester —, e quando voltamos na segunda-feira, esperávamos mais uma semana caótica. O novo diretor estava transtornado. Eu desconfiava que ela fosse o problema, o que logo se confirmou.

No final do expediente, Spender seguiu um deles, um jovem de porte atlético, de cabelos louros desbotados e que fazia parte, apesar da idade, da equipe de redatores mais antigos. Seu nome era Billy Lester, e os leitores da revista o associavam a textos conscienciosos e bastante críticos, mas naquela tarde ele caminhava visivelmente incomodado com a companhia de Spender, que o seguia como um cão abandonado segue alguém na rua.

Mais tarde, em meio ao burburinho do *pub*, ele podia ouvir o sotaque *public school* de Spender a desfiar lamuriosamente algo a propósito de um problema que Jane Challenger estava criando. Embora raramente um jornalista se permitisse entrar com o seu editor no mesmo *pub*, aquela tarde tinha sido impossível escapar. Mal folgara o nó da gravata e desligara o terminal, Spender desabara sobre a sua mesa com o conhecido ar de membro do gabinete exposto em flagrante delito nas manchetes do *The Sun*. Era a sua expressão mais grave, quando todas as rotas de fuga aparentemente já tinham sido bloqueadas.

— Sim, ela voltou — ele estava dizendo com uma alta dose de masoquismo que o tornava repugnante. — E quer uma verba especial, suplementar, seja lá o que ela quer dizer com isto. Eu esperava que a viagem fizesse bem a ela, mas regressou simplesmente impossível. Por Deus, eu não esperava que ela me colocasse numa situação como esta. O que você acha que eu devo fazer?

Lester já começava a sentir pena do editor, mas logo tratou de afastar tal sentimento. Se a tradição diz que um bom jornalista jamais deve sentir pena de seu editor, não era ele que ia começar agora, muito menos com um Spender a olhá-lo com aqueles olhos baços e ansiosos.

— Não creio que possa ajudá-lo, Spender. Eu ainda não tive a oportunidade de falar com Jane depois que ela voltou. Eu nem sabia que ela tinha aparecido na redação hoje à tarde.

— Ela apareceu — ele disse, ressentido. — Foi direto ao meu gabinete.

O *pub* aos poucos ia ficando mais animado, com quase toda a redação da revista confraternizando, como era costume, com o pessoal de uma agência de publicidade que ficava nas redondezas. Escondendo o constrangimento, Lester olhava em volta, em busca de cabelos ruivos, mas só enxergava as cabeleiras *punk* das secretárias da agência de publicidade e os cabelos louros e curtos das garotas da redação. Nenhum sinal da rubra nuvem radioativa que contaminara a existência de Spender.

— Mas, afinal, por onde ela andou? — perguntou, Lester, rendendo-se.

Spender passou a ponta dos dedos pelo colarinho e piscou.

— Então você não sabe?

— Não. Nossas relações não andam boas desde a última greve dos mineiros.

— Mas isto já faz quase um ano. O que aconteceu?

— Divergências de interpretação quanto ao papel dos jornalistas.

— Entendo — disse Spender, obviamente não entendendo nada, posando por alguns segundos como um calejado-profissional-que-já-passou-por-tudo, mas logo voltando ao estado de ansiedade.

— Você não me disse onde ela esteve — insistiu Lester.

Spender curvou-se sobre a mesa e sussurrou bem próximo ao rosto do jornalista. Até o hálito dele não tinha nenhum odor.

— Esteve na América do Sul — ele disse, escandindo as palavras com asco, como se formassem uma frase indecorosa.

Lester reuniu o que ainda lhe restava de ironia e, simulando horror, recuou. Spender, que nunca fora de maiores sutilezas, sentiu-se reconfortado.

— Não! — exclamou o jornalista.

— Sim! — retrucou Spender, piscando furiosamente os olhos.

— Mas, mas... — balbuciou o jornalista numa tentativa de encontrar lógica naquela conversa

— América do Sul! Realmente! — reafirmou Spender.

— É um lugar muito vasto — comentou Lester.

— Como? — Spender se surpreendeu.

— Eu disse que a América do Sul é um lugar muito vasto.

— E ela quer voltar — ele completou, com visível desconforto, como se o fato de alguém ter ido lá uma só vez já fosse algo reprovável, quanto mais voltar.

Lester deu um lento gole na sua cerveja e parecia ter momentaneamente esquecido Spender. O que teria Jane Challenger visto de tão importante naquela parte atribulada do mundo para querer voltar? Afinal, ele pensava, Jane não era de se impressionar com criancinhas morrendo de fome ou violações dos direitos humanos. O que haveria por lá, além da monumental dívida externa, para alguém como Jane, que se julgava a perfeita encarnação da objetividade profissional e inimiga do sentimentalismo, regressar tão abalada? Para quem a conhecia tão bem, que se acostumara a vê-la transitar altaneira em meio a tanta miséria, certa de que pior que o subdesenvolvimento era a comiseração dos ricos, toda aquela conversa não fazia muito sentido. Lester podia se lembrar de uma escura e calorenta noite em Madras, noite de vivo pesadelo para ele, em que vira Jane atravessar impassível as ruas próximas ao porto daquela cidade indiana, seus cabelos de fogo refulgindo na negrura do mar da baía de Bengala, passando sem a menor cerimônia pelos mendigos que morriam de inanição e que pela manhã teriam seus cadáveres recolhidos pela limpeza pública. A Conferência dos Não-Alinhados, que eles estavam cobrindo, encerrara-se no dia anterior, cheia de bons propósitos, mas aquela visão inacreditável de degradação clamava por algo mais que retórica política. De volta à Inglaterra, ainda sob o impacto daquela noite, ouvira estarrecido Jane comentar que felizmente deixara para trás aquele país que fedia a merda o tempo todo, até mesmo no bar executivo do Hilton onde tinham se hospedado. E para sua surpresa, na edição seguinte, ele comparava humilhado o seu artigo com o dela, onde a análise clara e até mesmo brutal retratava o inútil palavreado da Conferência dos Não-Alinhados e fazia saltar em pedaços a piedosa visão na qual seu texto estava embebido.

— América do Sul, você disse? — pediu a confirmação de Spender mais uma vez.

— Foi o que você ouviu — ele respondeu, com um suspiro.

— Mas que diabo ela viu por lá? — Lester explodiu.

Spender deu de ombros, gesto predileto que ele tinha para afirmar sua autoridade de editor e que quase sempre levava os seus subordinados às portas do assassinato. Não era nada agradável você receber um gesto tão carregado de desprezo de quem se espera uma definição clara. Mas Spender era assim, se você chegasse para ele e perguntasse se podia examinar os urinóis do Palácio de Buckingham para um artigo sobre a desvalorização do dólar, ele responderia com um solene dar de ombros. Ele esperava com o gesto de descaso demonstrar aos seus subordinados que não havia a menor diferença entre ser experiente, como ele esperava que todos acreditassem que ele era, e estar morto de tédio, seu estado de ânimo aparente em qualquer situação que julgava de risco. É claro que todo mundo sabia que Spender não morria de tédio; por trás daquela máscara esnobe, o que havia era um cara com medo de se comprometer.

— Ela está louca, eu ousaria dizer — informou Spender.

— Você tem certeza?

— Bem, sou jornalista, não um psiquiatra — ele disse, dando partida a uma série de guinchos que logo viraram gargalhadas convulsas, implosivas, enquanto seus olhos piscavam como se emitissem sinais de alarme, anunciando que tinha acabado de produzir uma magnífica demonstração de humor britânico.

Lester esboçou um sorriso complacente e ficou imaginando se Spender não seria um recorde de males psicossomáticos, já que até suas manifestações de humor pareciam escorrer para dentro e não emergir em esplendor, como era normal.

— Ela disse que ia falar com Lord Delamare — completou Spender, rindo histericamente e entrando em total colapso sobre o banco de assento giratório.

As pessoas começavam a olhar cheias de comiseração para aquela ponta do balcão, e alguns colegas lançavam expressões de lástima e solidariedade para o colega sem sorte. A garganta de Lester estava seca, e a curiosidade aos poucos ia substituindo a má vontade inicial. Fez, então, algo que jamais lhe passaria pela cabeça em outra circunstância: pediu mais uma rodada de cerveja. Spender se recompôs rapidamente e se apressou a beber o resto de cerveja da caneca, antes que a outra fosse servida.

— Você tem que falar com ela, Lester — ele suplicou.

— Eu? Você está completamente maluco, Spender — reagiu Lester.

— Mas vocês são amigos, suponho.

— Amigos! O que isto significa?

— Não se faça de desentendido, Lester. Até eu sei que ela é sua amiga de infância. Vocês se tratam por, por... apelidos.

Lester pegou a caneca de cerveja que acabara de ser servida e bebeu de um só gole. Limpou a boca com as costas da mão e levantou. Mas seu gesto rude não fez o efeito esperado no suscetível editor, e ele teve a certeza de que Spender estava realmente apavorado, tão apavorado que, suplantando o horror que sentia em qualquer contato físico com os seus subordinados, segurou-o pelo braço.

— Você tem de me ajudar, Lester. Ela não pode falar com Lord Delamare.

Lester olhou espantado para a mão de Spender em seu braço e viu os dedos amarelados dele afrouxarem e se retirarem como um molusco indolente.

— Isto é impossível, Spender. Não adiantaria nada, ela sequer me ouviria.

Spender descaiu os ombros e pendeu a cabeça, num sinal de completa desolação. Parecia um joão-teimoso em processo de desinflar, relutando em aceitar as tentativas de Lester de se eximir do caso como um fato consumado.

— Além do mais — afirmou Lester —, eu nem sei exatamente o que está acontecendo. Tudo o que você disse até agora é muito vago.

— A culpa não é minha — ele se queixou. — Ela se recusou a expor seus planos para mim. Pediu uma reunião de pauta para amanhã.

— E você vai convocar?

— Nunca. Que editor seria eu se convocasse uma reunião de pauta sem saber o conteúdo da pauta a ser discutida?

Tecnicamente, Spender estava corretíssimo, ainda que ele jamais viesse a influenciar um milímetro na composição da pauta da *New Economist*.

— Quando eu disse que não faria nenhuma reunião de pauta extra — prosseguiu Spender —, ela simplesmente ficou enfurecida. Quase pulou em cima de mim, você sabe como ela é. E saiu de meu gabinete dizendo que ia procurar Lord Delamare.

— Vou ver o que posso fazer — Lester prometeu, sem nenhuma convicção, dando por encerrada a conversa.

Deixou Spender derreado sobre o balcão, como um triste cetáceo à morte numa praia poluída, e ganhou a rua. Se ele bem conhecia Jane, àquela altura ela já devia estar importunando o mordomo em Pembroke Square, insistindo para ser recebida por Sir Delamare.

Ele agora tinha pressa, estava inquieto, com a sensação de que algo estava para acontecer e não seria nada bom. Correu para Aldwytch e desceu os degraus do metrô no meio da silenciosa multidão de funcionários de escritórios. Com um pouco de sorte, esperava chegar em casa antes das nove da noite. Mas a fauna cosmopolita das ruas londrinas a todo momento levava seus pensamentos para a misteriosa viagem de Jane Challenger, porque o Terceiro Mundo também estava ali, no crioulo de cabelos em mil tranças, que tocava um exótico instrumento de cordas africano, naqueles quatro rapazes de ponchos coloridos que tocavam flautinhas de bambu ou na garota pálida vestida de sari que vendia bastões de incenso. O vagão em que ele embarcara estava lotado de festivos paquistaneses, ou seriam indianos? Aquela dúvida, ele sabia, como bom londrino que era, caso pronunciada em voz alta, poderia ser fatal. Resolveu deixar de lado as sutilezas nacionais asiáticas, de resto bastante visíveis nas ruas londrinas, e se esforçou por compreender a estranha conversa que acabara de ter com Spender. Teria Jane realmente dito que ia procurar Sir Delamare? Afinal, uma das coisas tácitas na redação da revista era que não se devia incomodar Sir Delamare por pior que fosse a crise. Sir Delamare, aos 90 anos, em plena forma, não fossem a surdez conveniente e o hábito de jogar uma espécie de golfe senil em qualquer lugar, era um daqueles homens cujas contas com a vida já estavam plenamente encerradas. Seu título de nobreza tinha sido outorgado nos anos 50, aparentemente por engano, diziam as más línguas. E, pensando bem, a perfídia de seus inimigos não devia estar tão longe da verdade. Até a data de sua elevação a cavalheiro do império britânico, seu único feito tinha sido participar, na última guerra, de uma obscura rede de informações na Libéria e de ter se casado com a filha de M.R. Wilbur, o magnata da imprensa. Sobreviveu aos dois e acabou dono do império jornalístico, onde demonstrou um tino empresarial invejável. Hoje, a influência do grupo Wilbur se estendia a muitos outros setores das comunicações e da informática. Mas Sir Delamare não dirigia suas empresas há pelo menos dez anos, embora freqüentasse diariamente o seu gabinete para assinar regularmente cartas de felicitações e, em certas ocasiões, telegramas de condolências. Vivendo por antecipação a bem-aventurança que o aguardava, era regra de ouro da empresa não perturbá-lo jamais com questões menores, categoria tão abrangente que abarcava praticamente tudo. Quebrar esta regra, em suma, significava desencadear algo tão sinistro, que até aquela data ninguém ousara tentar. Não era por nada que o velho Spender estava suando frio. E Jane, onde estaria? Estaria em Pembroke Square, na magnífica mansão Tudor que Sir Delamare mantinha, em boas condições, em Kensington?

Desembarcou em Hampstead e foi caminhando na garoa fina tentando se ver no meio de toda aquela confusão. Ele não podia arriscar o pescoço agora. Acabara de comprar aquele maldito apartamento conjugado, de janelas imensas de vidro e armários embutidos, que custava uma fortuna de calefação no inverno. Jane era uma mulher rica, herdara uma renda anual de quase 150 mil libras, trabalhava porque gostava e, por isto mesmo, podia lançar qualquer desafio. A família de Lester arruinara-se no pós-guerra, e seu pai, ao morrer, deixara tantas dívidas que por pouco não mendigaram na rua. Ele ainda tinha bem nítido na memória as vezes em que se deixara envolver pelas confusões armadas por Jane. Objetiva e muitas vezes glacial em sua profissão, ela conservava um contraditório e anacrônico espírito heróico tipicamente Challenger. Isto sempre o fascinara, por ser o reverso da parcimoniosa mentalidade burguesa de sua família, ainda que os acessos de heroísmo de Jane sempre acabassem por nocauteá-lo no final.

Entrou no apartamento. A pilha de revistas empoeiradas, a pia congestionada por louças esperando uma boa lavada e as velhas embalagens gordurosas de pizzas invariavelmente o deprimiam, mas era o que ele tinha: um apartamento conjugado no bairro dos intelectuais, jornalistas e escritores liberais, dessa gente afável e bem-educada que demonstrava suas preocupações políticas através de discretos adesivos afixados nos pára-brisas dos automóveis. Aquele apartamento era a sua perfeita imagem, uma imagem em tudo diferente do mundo de Jane Challenger.

Nunca arrisque seu pescoço por um anacronismo econômico

Lester, o da equipe da BBC, foi internado, alguns dias depois da caldeirada de tucunaré, no Hospital de Moléstias Tropicais. Fui vê-lo, mas ele não estava recebendo visitas. Virginia caminhava na entrada do hospital, muito preocupada. Achei que devia haver algo mais do que camaradagem profissional entre eles, mas não era da minha conta. Ela usava um vestido azul, muito leve, e não parecia nem um pouco aquela jornalista com ares de excursionista nos trópicos. Mostrava-se tensa, a inquietação visível no rosto limpo e queimado pelo sol. Disse a ela o que um médico amigo me informara. Lester estava sob observação, mas nada indicava que a febre fosse sintoma de algo maligno. Ela ouviu-me com atenção, mas deixava transparecer que não confiava nem um pouco na nossa medicina. Tive vontade de lhe dizer que não havia motivos de preocupação, porque em meu romance Lester não adoecia: naquele momento, ele estava acordando tarde, depois do meio-dia, numa pálida e úmida terça-feira, porque dormira mal, um sono entrecortado de pesadelos que ele esquecia tão logo despertava. Vivendo sozinho há tantos anos, entrando na casa dos trinta sem qualquer companhia, ainda que não sofresse de solidão, ele perdera a capacidade de compartilhar suas emoções com as outras pessoas. Mas por não ter um temperamento egoísta, construíra para si um ideal, uma visão de mundo solidária, que julgava firme, por onde escoavam seus sentimentos. Era por este seu lado não entorpecido que ele, amiúde, se deixava apanhar.

Nos últimos tempos, ele andava descontente com o seu trabalho. E foi com este estado de ânimo, e mais o cansaço da noite insone, que ele entrou na redação da revista ostentando uma palidez em tudo requerida para enfrentar mais um dia infeliz. O tempo também não ajudava, com aquela tarde de persistente neblina outonal e uma fina garoa que o predispunha a enfrentar mal o que ele julgava ser um antro de carreiristas, revistinha cheia de modismos para a jovem elite financeira da City, *yuppies* como diziam os americanos, sempre os primeiros a catalogar o surgimento de novas tribos neste fim de século. A verdade é que ele não conseguia participar mais daquela redação. A *New Economist* começara a ser editada há cinco anos, atravessara uma fase inicial que lhe deu o rótulo de irreverente e, hoje, graças ao desempenho de sua redação, uma equipe que materializara um estilo próprio, um texto que mais parecia ter sido vomitado que propriamente escrito, ganhara a preferência dos rapazes e moças bem vestidos, bem pagos e mal alimentados por suas dietas naturais dispendiosas, que dedicavam suas existências tecnologizadas a fazer circular sangue novo nas artérias esclerosadas da economia do ex-império. Esses leitores, mais do que os colegas da redação, para quem ele estava obrigado a produzir textos semanais de seis a dez mil palavras, o deixavam com a consciência queimando. Mas quem, se não ele, o pobre Lester, como Jane de vez em quando o chamava, ainda tinha consciência para queimar?

A redação tomava um andar inteiro do Wilbur Building. O chão estava coberto por carpetes verde-claros, e o ambiente era dividido por meias paredes de material sintético, não combustível, branco como um marfim de pesadelo. Os móveis eram bastante contemporâneos, como nesses comerciais de *jeans* da televisão, e toda a redação estava informatizada. Neste reino de perfeição ergométrica e avançada filosofia taylorista, cada um buscava personalizar o seu canto como podia. As secretárias e telefonistas eram as mais criativas, e enchiam seus terminais, monitores e PBXs com bonecas, vasos de flores, ídolos pop e retratos de Lady Di. Algumas vezes, quando exageravam, eram alvos de memorandos da chefia de pessoal, que, em certa ocasião, tinha chegado a limitar a presença do que foi chamado de "objetos pessoais de estimação" a dois itens por indivíduo. O esforço de humanizar dessas meninas servia como medida para a descrição do resto da redação. Um dos colegas do cubículo de Lester, Hayne Williams, dono de um temperamento soturno e que jamais tinha sido visto em outro tom que em solenes roupas pretas, colara uma caricatura indecorosa de Thatcher em seu monitor. Até mesmo Spender não escapara dessa fraqueza humana e decorava sua bem-arrumada mesa com um pequeno retrato emoldurado em prata da Rainha Mãe, que ele guardava a chave na gaveta, ao final do expediente. Por baixo do tampo de vidro da mesa de Jane, havia uma foto em preto e branco do antigo ministro Profumo, um nome inesquecível desde os anos 60. Segundo Jane, o infeliz cavalheiro inaugurara uma espécie de estado paranóico na política doméstica, conhecido como síndrome de Profumo, o que provocava um enorme dispêndio de energia e altas doses de frustração sexual nos membros do gabinete desde então. O "objeto pessoal de estimação" de Lester, também emoldurado, era, é claro, um retrato de Engels que algumas vezes ficava perto do telefone; apenas algumas vezes, porque, quando a sua consciência atingia a consistência de cinzas ardentes, o retrato desaparecia de vista, para tornar a aparecer em sua glória vitoriana quando bafejava uma atmosfera menos poluída de ressentimentos, ou nos momentos em que ele desejava afrontar os pruridos de nova direita que evolavam por todo o andar como um miasma.

O que Lester não podia adivinhar é que naquela terça-feira o velho Engels ia testemunhar o instante exato em que sua vida foi posta de cabeça para baixo.

Assim que chegou à redação, procurou ver se Jane já estava em sua mesa, mas não havia nem sinal dela. Muito menos sinal de Spender, o que era ainda mais estranho, porque o editor era o primeiro a chegar em seu gabinete de paredes de vidro e venezianas de bambu, o toque distintivo do seu posto a se refletir na decoração. Conjecturou vagamente sobre aquelas ausências e relanceou o olhar pela redação ainda calma, os terminais e *fax* zumbindo discretamente.

Hayne estava absorvido em digitar algo em seu terminal. Completara 25 anos, freqüentava academias de cultura física, e se fosse eleito alguém na redação que encarnasse os leitores da revista, este alguém seria ele.

Tirou a japona de couro, perguntando-se de novo pelo significado daquelas ausências. Sentou-se, cauteloso, na cadeira, e contraiu os lábios, porque o suposto projeto ergométrico da cadeira maltratava a sua espinha acostumada a assentos menos funcionais, e, por isso, cada vez que sentava, não conseguia deixar de dar um gemido que incomodava Hayne. Quase sempre ele parava o que estava fazendo, olhava para Lester com a mais acabada expressão de sarcasmo e esperava que ele abrisse a gaveta e dali retirasse o retrato de Engels. Naquela tarde, Lester sequer abriu a gaveta.

Ligou seu terminal e puxou do bolso seu bloco de anotações. Preparava uma matéria fria sobre o retraimento das lideranças sindicais dos mineiros ao longo do século XX, e este era o seu trabalho das terças. A matéria seria publicada também por *The Nation*, dos Estados Unidos, para quem regularmente remetia artigos desse tipo.

O sistema de aquecimento, como tudo ali, funcionava com estudada sutileza, e Lester começou a sentir frio na ponta dos dedos. Faltavam alguns meses para o inverno, mas a redação era normalmente fria. Tentou se concentrar no trabalho, porém sua mente não correspondia. A todo momento os pensamentos se afastavam dos mineiros e Lester se levantava, esticava o pescoço por sobre a divisória, para ver se Jane já tinha chegado.

— Então você não sabe? — Hayne se dignou a falar com ele, na décima esticada de pescoço.

— Não sabe o quê? — disse Lester, preocupado.

— Ela foi demitida. Não sabia?

Lester arrastou a cadeira para perto da mesa de Hayne.

— Quer dizer que...

— Ela tentou falar com Sir Delamare. Ontem à noite.

— E conseguiu?

— Não, é claro. A secretária dele, aquela cadela irlandesa, você conhece, interceptou Challenger no hall de Eastmoore.

— Então ela foi mesmo lá, como eu pensava.

— Foi. Saiu daqui, depois de falar com Spender, e foi direto a Pembroke Square. Ela agora anda numa Ferrari branca, você sabia?

— E Spender? Não o vejo por aqui.

Hayne deu o seu típico sorriso neogótico e apontou para cima.

— Está havendo o diabo lá no 25° andar.

Lester olhou para cima, para o teto forrado de acrílico fosco, e imaginou, com uma ponta de crueldade para com Spender, o que devia estar se passando naqueles círculos superiores.

— Parece que a cabeça de Spender também vai rolar — disse Hayne, na sua voz — roufenha que era uma perfeita imitação dos últimos estertores de um doente terminal. — Segundo os executivos, Spender deveria ter sido mais enérgico com Challenger.

Lester deu um sorriso condescendente, correspondido por um esgar de Hayne. Os dois sabiam que pedir atitudes enérgicas de Spender era como exigir firmeza de um rato no confronto com um gato. E acreditar que alguém poderia ser enérgico o suficiente com Jane Challenger, para impedi-la de fazer o que queria, era tão ingênuo quanto esperar que um fundamentalista do islão aceitasse o Boy George como alternativa filosófica.

Hayne era a pessoa mais bem informada sobre as variações meteorológicas da alta administração da casa, salvo a telefonista-chefe, que era amante do subdiretor financeiro. Ao contrário da telefonista-chefe, que era absolutamente discreta, Hayne usava os seus conhecimentos com o mesmo cuidado de um gambá a espalhar seu mau cheiro. Por isso, sabendo que o interesse de Lester pelo assunto transcendia a simples curiosidade mórbida de um subalterno pelo seu superior caído em desgraça, parou de digitar e, depois de passar diligentemente um lenço no rosto macilento e permanentemente úmido, prosseguiu.

— Ela esteve em algum lugar do Terceiro Mundo — disse, observando cuidadosamente as reações de Lester com um olhar oblíquo. — Fosse outra pessoa, eu diria que o sol dos trópicos lhe fez mal, ou a água, ou foi atacada por alguma virose exótica.

— Como assim?

— Ela regressou meio estranha, se recusando a dizer onde esteve exatamente. Deve ser mal de família — insinuou Hayne. — Primeiro o avô, depois o pai, agora a filha. Que herança!

— Ela esteve na América do Sul, é o que eu soube.

— Sim, mas em que lugar? Aquilo lá é um imenso território fumegante.

— E não há nada de mau em ir à América do Sul.

Hayne franziu os lábios numa expressão de dúvida.

— Talvez — redargüiu lentamente, desejando provocar. Ele sabia das simpatias de Lester por aquelas terras distantes e trágicas. — Não haveria nada de mau se nossa impetuosa ruiva não regressasse dizendo ter encontrado por lá coisas inacreditáveis.

— Que coisas inacreditáveis?

Hayne agora exagerava o seu perene ar de enfado, brincando com uma caríssima caneta Le Blanc.

— Ela andou falando por aí em voz baixa, mostrando uns papéis velhos, afirmando coisas absurdas.

— Você chegou a falar com ela?

— Claro que não, tudo o que eu sei foi o que ela andou dizendo em Pembroke Square. A cadela irlandesa que toma conta do velho quase chamou os homens do hospício.

— Mas foi assim tão grave?

— Ela está louca, acredite. Dessa vez a irlandesa teve toda a razão, embora me custe admitir. Pense bem! Se uma pessoa chega para você dizendo que encontrou vivos, com boa saúde, os empresários Mallet e Ottley, o que é que você acharia? Que a pessoa ficou maluca, não é?

— Mallet? Ottley? Do que você está falando?

Hayne esboçou um sorriso que mais parecia uma contração de dor.

— Suponho que você leu *O capital*.

— *O capital*. E que diabo tem a ver *O capital* com a senhorita Challenger?

— Se você realmente leu *O capital*, obra um tanto superdose para mim, então deve estar lembrado de que no Volume I existe o comovente capítulo intitulado "A produção da mais-valia absoluta"?

— Sim, claro.

— Não é o meu capítulo predileto. Prefiro Charles Dickens em matéria de miséria, mas há lá algumas criaturas impressionantes. Faz a gente pensar sobre a ilimitada natureza da ambição humana.

O cansaço de Lester não ajudava, seus pensamentos estavam lentos, sem nenhuma agilidade. As palavras de Hayne não tinham significado. É claro que ele conhecia *O capital*, mas naquele momento, citado daquela forma frívola, não queria dizer nada, era como um proposital sarcasmo sob encomenda para irritá-lo. Afinal, que diabo *O capital* tinha a ver com a América do Sul? Então, ele lembrou. Sim! Eram quase setenta páginas em que Marx fazia desfilar a situação dos antigos trabalhadores ingleses obrigados a massacrantes jornadas de trabalho nas fábricas. E ele dava muitos exemplos, como era de seu estilo, citando nomes e cifras. O capítulo VIII estava cheio de relatos que para sempre se associaram em sua mente com a palavra dantesco. Obrigados a enfrentar jornadas de doze horas, sem nenhum intervalo para as refeições ou necessidades fisiológicas, o que era ilegal, aqueles trabalhadores rapidamente perdiam as características humanas. E quando os patrões eram obrigados a dar explicações aos tribunais, afirmavam que os próprios trabalhadores se opunham a qualquer interrupção da jornada. Numa tecelagem de lã em Dewsbury, Yorkshire, cinco meninos de 12 a 15 anos foram obrigados a trabalhar trinta horas seguidas, sem nenhuma proteção, em cavernas de desmanchar trapos de lã, onde nuvens de poeira e resíduos afetavam gravemente os pulmões. Perante o magistrado, os proprietários da fábrica, piedosos membros da seita quacre, informaram que, embora tivessem permitido que os meninos dormissem quatro horas por noite, os garotos não quiseram ir para a cama. Eles não eram empregados do senhor Mallet, ou do senhor Ottley, dois outros patrões que aparecem citados por Marx e que também enriqueciam à custa da prática da exploração sem limites, mas representavam ao lado de seus patrões os tempos antediluvianos do capitalismo.

— Ela não precisava ir tão longe — argumentou Hayne com uma certa brutalidade — para encontrar em plena ação esses cavalheiros. Bastava dar um passeio pelas ruelas do West End, ou nos pardieiros de Handsworth, para surpreender os imigrantes clandestinos passando pelo mesmo tipo de problema.

Lester aquiesceu, agitando-se nervosamente na cadeira.

— Aliás, foi o assunto de seu artigo no inverno passado — lembrou Hayne. — A redação em peso ficou chocada com o tom dickensiano do texto. Por Deus, e que elenco você escolheu: orientais tuberculosos mourejando dia e noite em mefíticos cubículos de tinturarias chinesas, subnutridos rastas definhando de sol a sol nos abatedouros de porcos de Manningham, miseráveis paquistaneses morrendo lentamente de fome nas fábricas de confecções ilegais de Bradford. Foi um sucesso, Lester. Você bateu duro em todos nós. O senhor Graham Greene nem precisava mandar a carta que mandou, para que o artigo tivesse o êxito que teve.

O artigo, publicado em novembro, despertara um grande debate na redação. Menos pelo assunto que pelo estilo. Originalmente escrito para *The Nation*, o texto acabou saindo na *New Economist* sem modificações, já que o editor, um liberal do velho estilo, queria alguma coisa "tocante" para o início da temporada. A posição de Lester na revista era um tanto ímpar, pois seus textos eram publicados sem passar pela liofilização dos copidesques. Este privilégio vinha do fato dele ter publicado dois livros jornalísticos de relativo sucesso de vendas e muita repercussão crítica. O primeiro era uma exposição da indústria farmacêutica britânica, e a editora teve de sustentar doze processos por difamação. O segundo ganhou o prêmio de imprensa da Fundação Bertrand Russell, e dissecava as relações dos conservadores com os movimentos neofascistas europeus. Quando este livro foi publicado, *New Economist* estava em sua fase irreverente e chamou Lester para fazer jornalismo investigativo. Durante os dois anos seguintes, ele preparou matérias sobre alcoolismo, drogas, desemprego dos jovens, proletarização da classe média e crises no movimento sindical, até que a irreverência foi substituída pelo atual cinismo iluminado, que teve seus dias de glória na cobertura da guerra das ilhas Falkland.

Pelas coisas espantosas que Lester vira, enquanto levantava material para o artigo sobre o trabalho dos imigrantes clandestinos, Hayne estava coberto de razão em destilar tanta ironia. Jane não precisava de um vôo transatlântico de 12 horas para saber que a extração da mais-valia não mudara muito em quatro gerações.

Cada vez mais perturbado, Lester agradeceu as informações, regressou à sua mesa, e ali ficou imóvel por um longo tempo. Depois, abriu a gaveta e retirou o retrato de Engels, depositando-o próximo ao terminal. Ele tinha sido fotografado aos 40 anos, uma década mais velho que Lester, e parecia olhar o mundo com uma serenidade digna de inveja, para quem vivera tantos embates amargos e passara à história como o amigo fiel, porém menor, do grande mestre.

Morosamente, Lester retomou o trabalho do artigo, repassando do gravador uma entrevista que fizera com um líder sindical mineiro do País de Gales. Fazia isto usando fones de ouvido, tão atento ao sotaque arcaizante do entrevistado que não percebeu Spender, que chegava com uma expressão desconsolada.

— Lester!

Ele retirou os fones de ouvido e, um tanto assustado, olhou para o agitado editor que se aproximava.

— Você não sabe o que aconteceu — disse Spender, queixoso.

— O que foi, agora?

Os nervos de Lester começavam a dar sinais de colapso.

— Acabo de descer de lá — disse, apontando reverente para o andar superior.

— Eu já sei, ela perdeu o emprego. Mas não se preocupe, Spender. A senhorita Challenger certamente não vai morrer de fome.

Spender ajeitou a gravata italiana de seda e levou a mão ao peito, como se estivesse prestes a ter um ataque cardíaco.

— A coisa não é tão simples assim, Lester.

— Nunca é!

— Exatamente. Sir Delamare ainda estava acordado ontem à noite, quando a senhorita Challenger esteve em Pembroke Square. Ouviu a altercação que ela teve com a senhorita O'Henry e quis saber o que tinha acontecido.

— Mas ela já foi demitida, não foi?

— Claro, tão logo a diretoria foi informada. É a norma, não é? Mas Sir Delamare agiu, como sempre, de forma imprevisível. Pobre velho! Ao saber que alguém da revista o tinha procurado, ficou muito feliz. Disse que era a primeira pessoa, em dez anos, que não o considerava um velho caduco e impertinente, um morto que se recusa a descer à cova. Sir Delamare exige ver a senhorita Challenger imediatamente.

Excelente.

— Mas agora é ela que não quer falar com ele. Mandou o nosso vice-presidente para você sabe onde! Fui chamado lá em cima e me deram o prazo de 24 horas para promover esse encontro ou me transferem... Para a África! Oh! Deus!

— Você vai gostar da África, Spender.

— Espero que você também goste, Lester. Você está no mesmo barco. Eu disse a eles que você era a única pessoa capaz de fazer a senhorita Challenger mudar de idéia.

Lester sorriu, um sorriso jovial, sua primeira manifestação de bom humor naquela terça-feira infeliz.

— Pelo menos vamos estar bem longe de Jane Challenger — ele disse, porque um posto na África em nada o assustava. Era bom demais para ser verdade. Sair daquela redação, fosse até mesmo para uma sucursal no inferno, seria como um inesperado milagre.

— Você não está entendendo — gritou Spender.

Ao lado, Hayne olhou para o editor com uma irônica máscara de espanto e, voltando-se para Lester, pigarreou. Lester sacudiu a cabeça, em desaprovação.

— Desculpe, Lester — Spender tentou consertar. — Talvez você não se importe em ser mandado sabe lá Deus para onde. Mas eu não posso sair daqui. Minha esposa não se acostumaria. Ela sequer consegue passar o verão na Espanha.

— Não se devem levar mulheres brancas para os trópicos, Spender — disse Hayne, sardonicamente, com a presteza de um ator. — A não ser que queiramos nos livrar delas.

— Ora, tenha paciência, Hayne — protestou Spender, as mãos entrelaçadas como as de uma velha senhora em oração.

— Está bem, Spender — rendeu-se Lester. — Vou ligar para Jane. Mas não acredito que adiante alguma coisa.

Lester sentou-se à sua mesa e pediu uma linha. Discou o número que sabia de cor, sob o olhar de Spender. Embora a temperatura da redação fosse baixa, gotículas de suor escorriam pelo rosto do aflito editor. Até mesmo Hayne, mas por razões totalmente inversas às de Spender, mantinha silêncio.

— Ela não atende — disse Lester após várias tentativas. — Apenas uma maldita secretária eletrônica, e a voz nem ao menos é de Jane. Ela deve ter mandado o Henry fazer a gravação.

— Henry? Que Henry? — quis saber Spender.

— O mordomo — explicou Lester.

— Ah! Claro, ela tem um mordomo — comentou Spender, quase para si mesmo, cogitando sobre se aquele não era um problema grande demais para ele, um mero editor. Jane Challenger, afinal, não era exatamente uma simples jornalista sob suas ordens. Era muito mais. Tinha nome, berço. Tinha mordomo. Exatamente como Sir Delamare.

— Spender! Tenho uma idéia — disse Lester, tirando o editor daquela súbita apatia. — Mandamos uma carta...

— Você manda, Lester. Você assina. Eu providencio a entrega imediatamente.

— Vou tentar ver se ela nos recebe hoje à noite — explicou Lester. — Mas eu preferia mesmo era ir para a África.

Meia hora depois, a carta seguiu por um dos adolescentes do serviço de entregas. Spender se recolheu ao seu escritório e, entornando uma chávena de chá atrás da outra, aguardou a resposta. Sem condições de continuar a trabalhar no artigo sobre as lideranças dos mineiros, Lester abriu um exemplar da *New Economist* e passou a folheá-lo várias vezes, para espanto de Hayne.

O suspense terminou por volta das cinco da tarde, quando o estafeta de um serviço privado de correios entrou na redação, procurando por Lester. Se havia uma coisa que ele admirava em Jane, era a sabedoria com que ela realizava uma provocação. A chegada do estafeta, um rapaz asiático ataviado numa indumentária que lembrava um hussardo de opereta, elevou a pressão arterial de Spender a píncaros dignos de registro no *Lancet*, se esta revista promovesse um concurso para hipertensos. Malignamente ignorando o nome de Spender, embora seu nome estivesse citado na carta, a resposta de Jane não surpreendeu Lester.

Era um belo exemplo de estilo. E dizia o seguinte:

Enmore Park, W.

Lester,

Fui surpreendida esta tarde por uma carta sua. Como sei que se o serviço de correios dependesse de você não teria prosperado, confesso que a carta despertou em mim uma grande curiosidade. Apressei-me a ler o seu conteúdo para logo dissipar a expectativa que o simpático entregador, numa barulhenta motocicleta que contrastava com o seu mutismo servil, conseguira despertar. E mal o silêncio voltou a imperar aqui, consolidei a certeza de que você decididamente não é mais o mesmo Lester que eu conhecia. Pondo de lado as nossas diferenças políticas, que muitas vezes nos azedaram o relacionamento mas não foram capazes de exterminar a nossa amizade, esta carta revela uma falha de caráter que eu considero imperdoável. Por certo você terá bons argumentos para justificar semelhante atitude, mas espero que os use apenas ao tentar aplacar a própria consciência, poupando-me de ouvi-los. Quanto ao fato de estar preocupado com o meu futuro, quero dizer que me senti duramente insultada por você reduzir as minhas perspectivas profissionais aos destinos de uma revista que se apresenta como paradigma da solidez econômica do Império e não se peja em promover festinhas suspeitas em suítes do Clarence, para arrancar anúncios coloridos de página dupla de obesos príncipes dos Emirados. Ao contrário desses senhores dos desertos, que aqui chegam ávidos para transgredir sob o fog londrino suas éticas medievais, não estou disposta a abrir mão de meus princípios. Alguém já afirmou que nós, ingleses, somos especialistas em fabricar estranhas tradições. Concordo, embora tenha as minhas dúvidas quanto à originalidade desse costume. E a mais recente tradição cultivada entre nós tem sido a transformação de velhotes ricos em cadáveres em estado de animação.

Reinventamos a criatura de Mary Shelley com a adição da senilidade controlada pelos gerontologistas e o concurso dos comitês de administração. Foi Bernard Shaw quem disse que não se envelhecia mais nesse país, ia-se para o túmulo, aos 90 anos, com um taco de golfe na mão. Essa perversão inglesa da taxidermia conseguiu superar até mesmo os mumificadores do antigo Egito. Criou esses prodigiosos infantes de Tanatos, protegidos por sacerdotisas de busto farto e escribas de terno de lã. O que eu não podia imaginar, caro Lester, é que, depois de tantas perorações devidamente arrancadas do ideário dos anos 1960, você viesse a se inscrever entre esses mumificadores. Por favor, sinta-se desobrigado quanto à minha pessoa. E não gaste seu tempo vindo aqui, só ou acompanhado.

Atenciosamente,
Jane Amazon Challenger

A carta, lida em voz alta por Lester, funcionou como uma dose nada sutil de arsênico na já combalida esperança de Spender. E como um soco no estômago do destinatário. Hayne, que ouvia a leitura com uma expressão que faria inveja a um selvagem antropófago a observar a vítima cozinhando na panela fumegante, engasgou-se no final. De pé, ao lado direito da mesa de Lester, Spender arfava no que parecia uma série de espasmos histéricos, enquanto do outro lado, sentado à sua mesa, Hayne tossia desesperado em busca de ar, engasgado pela própria saliva que o seu contentamento inicialmente secretara. Em meio a essas duas manifestações histéricas, Lester sentia-se um verdadeiro palerma. Hesitava entre distribuir algumas bofetadas nas bochechas lívidas daqueles dois pretensiosos ou deixá-los agonizar até a morte. Foi salvo pelo que restava de seus brios.

— Parem com essa palhaçada — gritou.

Os dois engoliram em seco e olharam espantados para ele. Ninguém levantava a voz naquela redação, por pior que fosse a divergência. Durante alguns segundos, nada se moveu na redação. As secretárias pararam de digitar seus terminais, as telefonistas cristalizaram seus gestos compulsivos de apertar comutadores, e os garotos que faziam a distribuição de papéis congelaram seus impulsos peripatéticos. O único som audível era o ressonar distante do sistema de calefação.

— Vamos ao meu gabinete, Lester — convidou Spender, meio envergonhado, mas reassumindo o seu posto de editor. — E você, Hayne, nem uma palavra sobre o que acaba de ouvir — advertiu um tanto inutilmente, retirando-se para o seu refúgio.

Ainda trêmulo de raiva, Lester guardou na gaveta o retrato de Engels, antes de ir atrás do editor.

No gabinete, depois de pedir mais chá, Spender ficou esperando que Lester se manifestasse. Ele julgava estar nas mãos de um refratário, de uma pessoa não-cooperativa, que detestava hierarquias, e isso o desesperava. Mal sabia que não era de Lester que dependia, mas das mãos avarentas do acaso.

— Não temos saída, não é verdade, Lester? — quis saber Spender, vendo que o outro teimava em beber seu chá numa total mudez.

Lester terminou o chá e recostou-se na poltrona de couro sintético que cheirava suavemente a desinfetante, um odor perfeito para o ocupante daquele gabinete.

— Acho que devemos arrumar nossas gavetas, Spender — respondeu Lester, friamente.

Ele deu de ombros e passou os olhos, já nostálgicos, pelo gabinete.

— Poderíamos ir lá de uma vez, Lester. Quem sabe...

— Seria inútil. Perderíamos o nosso tempo.

— Talvez não. Se conseguíssemos entrar — disse Spencer, pensativo, as gotículas de suor descendo e empapando o colarinho. Ficou em silêncio por alguns segundos, depois voltou a falar, meio sussurrando. — Se conseguíssemos entrar, ela seria obrigada a falar conosco.

— O que é que você está dizendo, Spender?

— Nada, nada. Quero apenas um tempo até o final do expediente. Não vá embora, Lester, pois vamos juntos a West Enmore Park — ele respondeu, levantando-se num rompante e abandonando Lester no gabinete.

Uma fina garoa desabava na cidade quando o Morris da editoria deixou o estacionamento da revista. O trânsito não andava, e Spender ia calado, ruminando seus rancores, enquanto Lester — um tanto desanimado — procurava imaginar uma maneira de convencer Jane a falar com eles.

Lester conhecia muito bem a mansão de Enmore Park, embora não a freqüentasse mais com a mesma assiduidade de antigamente. Toda a sua infância se passara na vizinhança, na casa construída por seu avô e vendida por seu pai a uma empreiteira. A casa não existia mais, e no terreno tinha sido construído um horrendo condomínio bem ao gosto dos anos 60. Aliás, quase toda a área em volta de Enmore Park estava mudada, restando apenas a imponente residência dos Challenger, com seu pórtico majestoso de linhas gregas, escada de mármore branco, portas de carvalho trabalhadas e aldrabas de bronze que rebrilhavam na iluminação noturna.

Quando o carro estacionou, Lester percebeu que as duas amplas janelas, protegidas por cortinas pesadas de veludo, não mostravam nenhum indício de luz.

Quase a seguir um velho costume, ele galgou a escada e tocou a campainha, enquanto Spender se refugiava às suas costas. A porta foi aberta por quem ele esperava.

— Olá, Henry — Lester saudou o homem com familiaridade, no momento em que Spender pareceu recuar assustado com aquela visão.

— Boa noite, senhor Lester — respondeu Henry, o mordomo, um tipo muito peculiar, que estava ligado àquela casa tanto quanto um Challenger, porque nascera ali, onde seus pais tinham vivido, como antes os seus avós. Era um homem baixo, feições de malaio e um corpo musculoso que mal cabia no terno e gravata que sempre usava. A impressão que Henry logo causava era de que não se sentia confortável naqueles trajes, por alguma razão ancestral.

— Gostaria de falar com a senhorita Challenger.

Henry permaneceu impassível, mas a sua voz o traiu. Ele e Lester eram amigos e, por isto, as ordens que recebera não eram fáceis de executar.

— Sinto muito, senhor Lester, mas...

— O que foi, Henry? Jane não está em casa? — Propositadamente, Lester usava o tratamento familiar para deixá-lo ainda mais embaraçado.

— Está, sim, senhor. Mas, sinto muito, deu-me ordens expressas...

— Vamos lá, Henry. Não me diga que ela não quer me receber?

Henry aparentemente não se abalou, mas Lester o conhecia o suficiente para saber que estava constrangido.

— Puxa, ela deve estar realmente furiosa comigo — Lester disse, procurando ser jovial para esconder a própria decepção, mas decidido a não mais insistir. — Mas está bem, volto outro dia. Boa noite, Henry.

Virou as costas e foi caminhando de volta ao carro, mas Spender não o acompanhou. Lester, então, parou, esperando por ele, e presenciou algo inusitado. Spender surpreendentemente passara o braço sobre os ombros do mordomo e segredava algo em seu ouvido. Atônito, Lester viu o rosto inexpressivo de Henry se iluminar e, como por um toque de mágica, sorrir.

— Senhor Lester, por favor, ouça — disse Henry, muito à vontade.

— O que foi, Henry? — Lester perguntou, enciumado e na defensiva.

— As ordens que eu tenho são para não receber ninguém por esta porta — falou Henry em seu sotaque inconfundível. — Mas não há nada contra a entrada de amigos pela porta dos fundos.

— Grande Henry! — exclamou Spender, dando tapinhas no ombro do mordomo.

Estupefato, Lester olhou para aquela expansiva intimidade entre Spender e Henry, a indicar que alguma coisa estava errada, ele pensou, preocupado, e não era apenas a surpreendente demonstração de espírito casuístico da parte de Henry.

— E não se preocupe, caro Henry — disse Spender, maliciosamente piscando para Lester —, não vamos deixá-lo mal com sua patroa.

Henry, no entanto, já regressara ao seu estado normal, protegido pelo biombo simulador e impenetrável que cultivava como parte de seu caráter. Curvou-se e, pedindo licença, fechou a porta, deixando-os na calçada.

— Vamos — convidou Spender. — Onde é a porta dos fundos? Você deve saber.

Em silêncio, Lester liderou a caminhada para a porta dos fundos. Enmore Park ocupava uma quadra inteira, bastante ensombrecida pelas enormes figueiras de troncos rugosos e copados magníficos. Por trás dos muros altos, havia relva ressumando orvalho, sebes artisticamente podadas em forma de exóticos animais, um lago de murmurantes águas cheio de carpas que nadavam em câmara lenta. E o labirinto. O pequeno labirinto de espinheiros onde, crianças, ele e Jane se perdiam em suas fantasias. Ele e Jane. Que droga, pensou: será que aquele maldito labirinto ia pegá-lo de novo?

— Por Deus, mas é uma propriedade e tanto — comentou Spender, ofegante, ao chegarem à porta dos fundos.

— Quem tem Enmore Park não precisa da *New Economist* — disse Lester.

Spender deu de ombros.

Henry, como se os visse pela primeira vez àquela noite, abriu a porta.

— Meu caro Lester, que surpresa!

Lester resmungou algo e foi entrando. As criadas se curvaram, rindo, quando passaram. Ele sabia onde Jane estava, ninguém precisava lhe dizer. Como um cão farejador, Spender tentou segui-lo, mas Henry o puxou rispidamente pelo braço.

— Está bem, meu caro, não fique nervoso — disse Spender, apressadamente entregando ao mordomo um embrulho meio amarfanhado que retirou do bolso do paletó. — Promessa feita, promessa cumprida.

Deixando para investigar depois a mais do que suspeita atitude de Spender, Lester caminhou para a biblioteca, onde acreditava que Jane estivesse refugiada. Era lá, entre as estantes de livros luxuosamente encadernados em couro e entre coleções de antigas obras de zoologia e ciência natural, herdadas de seu avô, que Jane costumava se encastelar quando as coisas se complicavam.

Mas antes que Lester ganhasse metade do corredor, as portas da biblioteca foram rudemente abertas, e, à soleira, uma figura esbelta, petulante em seu 1,60m, vestindo uma calça de sarja marrom e uma folgada camisa cheia de bolsos, olhos verdes reluzindo de ira santa sob a moldura de fogo de seus cabelos, apareceu intempestiva.

Era Jane. E não estava para brincadeira.

— Nunca pensei que você pudesse descer tanto — ela esbravejou.

— Jane!

— Não se atreva a falar comigo, Billy Lester.

Ela avançou para o amigo, obrigando-o a recuar. Nunca a vira usar de violência física, mas havia precedentes na família. Seu avô era famoso, entre outras coisas, por espancar jornalistas. Seu pai costumava atirar com uma espingarda de sal contra os fotógrafos que tentavam surpreendê-lo em suas caminhadas matinais pelo jardim da casa.

Ignorando Lester, ela passou por ele com a brutalidade concentrada de um furacão. Os cabelos ruivos de Jane pareciam deixar como rastro um reflexo incandescente, e, como bem Lester sabia, ela estava disposta a repelir por todos os meios aquela invasão. Spender não poderia ter sido mais imprudente.

Sem outro remédio, Lester foi atrás, como que arrastado pelo vácuo que o deslocamento dela, cheio de determinação, parecia criar.

— Henry! — ela gritou. Sua voz potente, de contralto. Um grito daqueles costumava desmontar a criadagem toda.

Henry apareceu. Lester percebeu que ele estava lívido, se é que aquelas faces pardacentas chegassem a tal estado.

— Senhorita Challenger — sussurrou o mordomo.

Jane estendeu a mão.

— Entregue! — ordenou, ríspida.

Os olhos malaios de Henry se contraíram, num sinal de estupor.

— Vamos, Henry — ela vociferou, sacudindo a mão —, não tenho a noite toda.

Henry tirou do bolso o embrulho que Spender lhe dera e, num gesto rápido, depositou na mão de Jane.

— Onde está aquele suíno? — ela perguntou.

— Na cozinha — informou Henry, envergonhado.

— Ponha-o para fora a pontapés.

— Mas...

— Obedeça.

Henry hesitou, mas deu as costas e decidiu cumprir a ordem.

— Ele não precisa ser tão literal — Lester balbuciou.

— É melhor você não se meter, Lester — Jane respondeu, dignando-se a lhe conceder parte de sua raiva.

— Se o Henry machucar o Spender, você vai ganhar um processo — Lester advertiu.

— E o verme, outro — ela disse, mostrando-lhe o embrulho que Spender entregara pressuroso a Henry.

— Que diabo é isso? — quis saber Lester, genuinamente curioso, ignorando a expressão de raiva e decepção que irradiava dela.

— Haxixe — ela disse, com desprezo. — O canalha do Spender deve ter investigado tudo a nosso respeito e descoberto essa... essa fraqueza do Henry.

— Olha, eu não tenho nada a ver com isso — gaguejou Lester, atônito. — Você sabe que eu seria a última pessoa a comentar essas coisas com Spender.

Ela premiou Lester com o mesmo desprezo com que se referira à manobra de Spender. O desprezo foi um pouco demais, e ele pensou que não precisava agüentar aquilo. Jane podia significar muitas coisas, uma parte do melhor de sua vida, um parâmetro de ousadia numa época desfibrada, uma amizade preciosa que estava a se esgarçar talvez irreversivelmente, mas não era tudo, em absoluto.

Lester sacudiu a cabeça, virou as costas e foi saindo.

No fundo do corredor, as criadas espreitavam, curiosas.

— Lester! — ele ouviu.

Quase parou, mas achou que estava delirando. Era a voz de Jane, a voz calorosa de seus momentos de bom humor.

— Lester, espera.

Lester hesitou.

No fundo do corredor, apareceu Henry, afogueado.

— Senhorita Challenger, não foi possível acertar-lhe o traseiro, ele saiu correndo antes que eu pudesse fazê-lo.

— E você, seu patife, se vendendo por nada!

Henry tentou se explicar, mas foi cortado pelas sonoras gargalhadas de sua patroa.

Era a gargalhada franca, calorosa, típica de Jane quando estava feliz.

Aquela gargalhada não fazia sentido.

E Lester decidiu virar a cabeça.

Jane, de pé, segurando o embrulho de haxixe, parou de gargalhar. E, sem perder a luminosidade que irradiava pela vitória contra Spender, olhou para ele com inesperada ternura.

— Se você não viesse, apesar de tudo — ela disse, sempre rindo —, eu jamais o perdoaria.

A COISA MAIS ESPANTOSA DESTE MUNDO

Lester examinava uns papéis. Pareciam algumas páginas de um rudimentar livro-caixa, o típico borrão usado por um contabilista pouco cuidadoso. Lester olhava as cifras, passava os olhos pelas anotações, mas não conseguia entender a língua em que estavam escritas.

— O que você acha? — quis saber Jane.

Sem dizer palavra, Lester devolveu-lhe os misteriosos papéis.

Um relâmpago iluminou a noite, seguido por um trovão poderoso. Uma violenta tempestade estava desabando em Londres, mas ali, na biblioteca parcamente iluminada por um abajur, havia tranqüilidade e conforto.

— É tudo o que você conseguiu? — ele disse, finalmente.

— É tudo. Tive alguns problemas... — Jane respondeu, lacônica.

— Não entendo a língua.

— É português — ela explicou.

Lester não se abalou, e Jane insistiu.

— Está escrito em língua portuguesa.

— E você entende português? — quis saber, espantado.

— Você sabe que não — ela respondeu, ligeiramente ríspida.

— Mas isto não vem ao caso — replicou, rápida. — Pedi para alguém traduzir. Como eu esperava, é o que se pode chamar de um caixa dois.

Lester demonstrava seu desinteresse, desviando o olhar para o enorme retrato do professor Challenger. A tela, entronizada entre as elegantes lombadas das encadernações, mostrava um cavalheiro atarracado, olhos meio encobertos por pálpebras carnudas, barbas e cabelos negros revoltos. Um sapo-boi, como seus detratores o descreviam.

— O que tem um caixa dois? — disse Lester, com menosprezo, ainda a examinar o contraste da figura do retrato, quase um homem de Neandertal, e a sua aperfeiçoada descendente. — O caixa dois é uma instituição perfeitamente venerável do sistema capitalista.

— Por isso mesmo, reveladora — argumentou Jane, começando a ficar impaciente com o pouco-caso demonstrado pelo relutante amigo.

— Claro, todo caixa dois é como o original secreto de uma obra de arte da qual só conhecemos a cópia em miniatura — ele ironizou.

Jane pegou mais alguns papéis e quase jogou no colo de Lester.

— Agora, examine esses papéis — ordenou.

Eram cópias xerocadas de microfilmes. Estavam marcadas pelo carimbo do Museu Britânico. Lester passou a vista e, aos poucos, foi se interessando. Cada página reproduzia a contabilidade legal de uma empresa britânica da Primeira Revolução Industrial. Velhos assentamentos em caligrafias que deviam estar quase esmaecidas, redigidos na peculiar ortografia do século XVIII.

— Interessante, não? — ela comentou, excitada.

— Muito — ele respondeu, vago.

— E se por acaso você encontrasse, em carne e osso, um desses empresários?

— Que empresários?

— Por exemplo, o dono deste lanifício em Warwick — ela apontou para uma das páginas.

— Este? Mas o lanifício é de... de 1798!

— Exatamente, Lester. E se você encontrasse vivo um empresário de 1798?

— Eu teria sérias razões para duvidar de minha sanidade mental.

— Pois eu encontrei um desses espécimes!

— Ora, por favor, Jane — ele protestou.

— E não apenas um, encontrei um bom número deles. Uma economia inteira. Um mundo perdido.

Da parede, o professor Challenger, em silêncio como jamais se comportara em vida, observava aquela conversa com ar de cumplicidade.

— Eu sei o que você está pensando — disse Jane, adivinhando as coisas terríveis que passavam pela cabeça de Lester.

— Então foi para lá...

— Puro acaso.

— Eu não posso acreditar.

— Juro, Lester. Acho que há algo de verdade na lenda.

Talvez, ele raciocinou: afinal, toda lenda não passa de uma transformação poética de algo que realmente aconteceu. E no caso dos Challenger, as coisas aconteciam com tanta precisão que mal se podia chamar aquilo de lenda familiar. Parecia mais com uma espécie de maldição. O professor Challenger voltara de lá falando em dinossauros. O pai de Jane, Dr. Challenger Jr., regressara daqueles ermos jurando ter se congraçado com autênticas amazonas guerreiras, precursoras tribais do feminismo. Agora, a neta estava falando de capitalistas extintos desde 1800.

— Eu não pretendia ir lá, acredite em mim — asseverou Jane, um pouco desconcertada por notar que o outro estava genuinamente chocado.

— Você jurou que se afastaria daquele lugar, Jane.

— Eu sei, jurei. Mas tudo aconteceu por acaso.

Lester balançou a cabeça e fez menção de se levantar.

— Não, espera. Você precisa pelo menos ouvir a história. Saber como foi.

— Obrigado, Jane. Não estou interessado.

— Quer um *brandy*? — sugeriu ela, com irresistível tom de comando.

Ela tratou de servir as bebidas e começou a falar, feliz com a vitória.

— Bem, semana passada, quando terminei o trabalho em Genebra, comecei a me sentir farta.

Lester assentiu, ele conhecia muito bem o que era cobrir essas conferências financeiras. Especialmente quando o assunto era a dívida do Terceiro Mundo. Uma matilha de senhores sexagenários, e seus assessores mais jovens, todos em boa forma física de fazedores de *cooper* na madrugada, reunidos em torno de uma mesa. Aos jornalistas, reservavam sempre as expressões mais graves, de preocupação. Lá dentro, entre eles, ou *off the record*, todos se mostravam felizes porque estavam ganhando com os juros altos, o *spread*, os empréstimos, sempre pagos com suspeita assiduidade pelos finórios burocratas daqueles países calorentos e miseráveis. Era um nojo. Lester só não entendia como aquilo podia ter afetado Jane, já que ela não era de se impressionar com a ostentação do poder, com a insensibilidade entranhada em todas as palavras, com a arrogância de todos eles, desde o executivo mais secundário aos grandes financistas.

— Essas conferências são muito exaustivas.

— Intoxicantes, talvez — ela disse, com um certo retraimento. — Quando aquilo terminou, sem nada conclusivo, é claro, eu me sentia tão exausta que fui para o hotel e dormi 24 horas seguidas.

Jane fez uma pausa e fixou em Lester seus olhos verdes, como se procurasse detectar nele algum sinal de condescendência. Mas Lester jamais tinha sido condescendente com ela, até mesmo quando era indulgente com a sua soberba ou irônico com os seus rompantes. Ele sabia que, para Jane, revelar o menor sinal de fragilidade era tão inconcebível quanto abrir mão de seus princípios.

Perturbada, ela ergueu-se. Caminhou em silêncio pela biblioteca, vez ou outra iluminada pelos relâmpagos. Não conseguia vencer o próprio constrangimento, não sabia explicar o impulso que a fizera entrar numa agência de viagens, a primeira que encontrou. Era uma quinta-feira, ela lembrava, fazia uma tarde agradável, e o agente de viagem mostrara-se muito paciente e atencioso. Ela queria passar um fim de semana no lugar mais distante possível. Um lugar que fosse realmente longe, num outro continente. Claro que o vendedor a tomara por uma excêntrica, porque não se passa apenas um fim de semana nos lugares realmente distantes, ela supunha. Mas o vendedor não demonstrara surpresa, como se estivesse acostumado a todo tipo de excentricidade. Consultou suas listas de programas e, depois de saber que não havia limite de preço, indicou o que parecia ser a única opção para aquele fim de semana. Era uma excursão em vôo *charter* que saía naquela noite mesmo e regressava a Genebra na segunda-feira. É claro que ficava difícil de acreditar, mas, por alguma razão, ela não guardou o nome do lugar quando o vendedor lhe apresentou o plano. Simplesmente pagou o preço, que incluía hospedagem, e, como não era preciso nenhum visto consular, voltou ao hotel, pegou sua bagagem e foi para o aeroporto. Naquela mesma noite, ela se veria num jato, cruzando o oceano Atlântico, sem saber exatamente o que estava fazendo. Caiu num sono profundo e, ao acordar, viu que sobrevoava um tapete de floresta que se perdia no horizonte. Começou a ficar inquieta quando o avião fez uma longa e suave manobra sobre as escuras águas de um rio enorme e começou a pousar. Aquela paisagem lá embaixo a apavorava, porque trazia velhas imagens à sua mente. Ela estava sentada perto da janela, numa incômoda e exígua poltrona da classe turística, e na desagradável vizinhança de um casal de idosos, cuja longevidade aparentemente tinha-lhes dispensado de algumas necessidades biológicas fundamentais. Pelo menos assim ela julgava, pois desde o embarque, na chuvosa noite anterior, os dois velhos não tinham se movido de seus lugares, atados às poltronas, rígidos na estóica espera dos que temem aviões. Os sintomas, ela bem conhecia; quem viaja muito, logo percebe esses espécimes que entravam num avião com a velha e profunda descrença na capacidade científica do homem. O velho, um homem ainda forte, que ao embarcar apresentava faces coradas, tinha agora uma expressão desabada e uma tonalidade terrosa na pele. Para dizer a verdade, ela também se sentia horrível, e vestia-se tão inadequadamente quanto o casal. O homem usava um terno de lã, gravata de seda cor de vinho, e em tudo parecia um veterano da burocracia financeira da City, quem sabe um guarda-livros de uma financeira em seu primeiro grande período de férias em muitos anos, levando sua patroa para a viagem sonhada desde a juventude. A velha trazia um chapéu pequeno e florido na cabeça, preso por um alfinete, vestia-se sobriamente em tons cinza, e tanto a sua expressão quanto a tonalidade da pele rivalizavam com as do marido em desconsolo e ansiedade.

Doze horas depois, estavam desembarcando num aeroporto em nada diferente de outros aeroportos do mundo. Era madrugada, mas fazia calor, muito calor. Logo a inadequação das roupas ficou evidente naquele clima abafado, que lhe fazia lembrar as estufas de Kew Garden, e, bem no fundo, outra lembrança mais antiga, que a acompanhava desde a infância e sempre estivera presente naquela casa, tão forte que não adiantava evitar, como se fizesse parte de sua própria alma.

Mas talvez Lester a entendesse, pois ele também passara sua infância em meio àquela atmosfera nebulosa, distante, que evocava uma terra escaldante e misteriosa, detentora de segredos primevos escondidos pelas noites equatoriais.

— Você esteve em Manaus! — exclamou Lester, excitado.

– Sim, Manaus — ela repetiu os estranhos sons desse nome como se recitasse uma espécie de encantamento primitivo.

— E então, o que você fez, quando percebeu onde estava?

— Senti um enorme pânico. Tentei regressar, mas era impossível, não se muda o programa de um vôo *charter* com trezentos europeus amarrotados pela travessia e atordoados com a diferença de fusos horários. Felizmente me contive, ou teriam certamente me julgado louca.

— E o que aconteceu? É a mim que você enlouquece! — protestou Lester.

— Seis horas a menos. Fome na hora errada, tudo errado. E eu amaldiçoando a hora em que tinha entrado naquela agência em Genebra. Meu avô estivera ali em 1910. Meu pai, em 1947. Mas não me trazia nenhum conforto saber disso.

Uma forte descarga elétrica caiu próximo à casa, e a luz apagou. O estrondo fez com que Jane instintivamente se aproximasse do amigo. Quando a luz voltou, e não demorou quase nada, ela estava de pé, arquejando, como se tomasse fôlego. A tempestade prosseguia intensa, quase num furor tropical, e Jane tentava mais uma vez superar a sensação de que era inútil passar ao amigo o que sentira ao desembarcar naquela cidade. Sim, porque era idiota a forma como se misturara aos turistas. O calor a deixava sonolenta, enganava a vista, o dia nascia num tremeluzente horizonte de luz muito forte, que ela mal podia ver ao ser conduzida para o ônibus por guias nativos muito solícitos e sorridentes. E, curiosamente, aqueles guias de dentes alvos, pele azeitonada e traços levemente asiáticos, a tranqüilizavam. Neles havia uma felicidade pura, não lapidada, bruta como um cristal. Já no ônibus, ficou à janela, vendo a faixa de selva ondulante, bem longe, que se libertava de sua camada de neblina azulada, afastada da estrada por um feio desmatamento, conjuntos habitacionais e casebres miseráveis onde outros nativos acenavam para o ônibus com uma alegria tímida. Ela tinha lido muito sobre a destruição da selva amazônica pelos desmatamentos, mas nunca chegara a ficar seriamente preocupada. Para ela, a selva sempre seria maior que os seus depredadores, já que se acostumara a ouvir as exuberantes descrições sobre aquelas florestas, ali naquela mesma biblioteca, nos serões de inverno, quando o pai e o avô se digladiavam para ver quem impressionava mais as crianças. Quase sempre ia dormir excitada demais, e tinha sonhos agitados com gigantescas árvores e cogumelos que podiam servir de refúgio para meninas que se perdiam na floresta.

— Que tal mais um *brandy*? — sugeriu Lester, quebrando o silêncio. Ele ainda ia precisar de mais do que uma dose de *brandy* para ouvir aquela história até o fim.

— Quando cheguei ao hotel, já estava me sentindo um pouco mais calma. Até o fato de estar no meio daquele grupo cansado de turistas agora já não me desagradava. Tinha as suas vantagens. Se eu me entregasse ao programa organizado pela agência, teria minhas horas inteiramente ocupadas e não haveria nenhuma possibilidade de me ver envolvida por coisas desagradáveis. Era um hotel que parecia manter um serviço de bom nível, construído em meio a um grande bosque tropical, às margens de um rio muito largo, de águas escuras. Quase todos os hóspedes eram europeus ou norte-americanos, e de ingleses, apenas o casal de velhos.

— Mas é claro que você não se limitou a seguir o programa — comentou Lester.

Ela o olhou ofendida.

— Fiz todo o maldito programa turístico — asseverou, contrafeita.

— Mas...

— Acho que fui a única pessoa do grupo que esteve em todas, fosse passeio de barco ou almoço num restaurante flutuante cheio de araras histéricas.

— Quer dizer que não andou perambulando por conta própria?

— Em nenhum momento. Eu saía do hotel e sempre estava embarcando num ônibus ou numa barca. Acompanhada pelos turistas e guias. E o hotel ficava afastado do centro da cidade, onde estive por apenas três horas, quando visitamos o famoso Teatro Amazonas.

— E a tal figura do passado, o tal empresário do século XVIII? Vendia artesanato na porta da ópera? Cantando o *Rigoletto*, quem sabe?

Ela sorriu e sacudiu a cabeça.

— Você está cansado, não é mesmo?

— Por favor, Jane — contemporizou Lester —, estou muito interessado, mas você podia ser um pouco mais objetiva.

Jane, então, foi até a janela e ficou olhando o temporal.

— Está bem, só estava tentando repassar mais uma vez a estranha seqüência de circunstâncias em que tudo aconteceu — ela disse, depois de alguns segundos.

— Você falava da ópera...

— Sim, mas a coisa aconteceu no próprio hotel.

— O que aconteceu?

Lester não conseguia evitar a impaciência. Tudo aquilo estava muito misterioso, e nada condizente com a Jane que ele conhecia.

— Era a nossa penúltima noite na cidade — disse Jane —, e havia uma espécie de festa de congraçamento oferecida pela direção do hotel. Mas eu estava pouco sociável e resolvi sentar no bar próximo à piscina, tomar uns drinques e me recolher cedo à cama. Acho que todo mundo estava metido na festa, divertindo-se como tontos, porque o bar estava vazio, atendido apenas por um garçom velho e lerdo. Bebia um coquetel de frutas e me sentia bem pela primeira vez em muito tempo. Não estava calor, e a noite era sutilmente perfumada pelas fragrâncias da floresta, o que me trazia estranhas recordações da infância, especialmente certas visitas que eu e papai costumávamos fazer à Irlanda, nos verões logo depois da guerra, onde a natureza também tinha perfumes como aqueles. Então, um homem entrou no bar. A princípio, não lhe dei importância, ainda que a falta do que fazer me tenha levado a examiná-lo cuidadosamente enquanto entrava e escolhia uma mesa. Era um homem idoso, vestido num paletó excepcionalmente bem talhado, estatura mediana, cabelos brancos penteados com esmero, um rosto europeu que bem poderia pertencer a um empresário de qualquer país mediterrâneo. Escolheu uma mesa perto da piscina, onde se sentou e ficou a contemplar a superfície azulada da água iluminada por refletores submersos. Parecia me ignorar completamente, não tendo em nenhum momento olhado para mim.

— Mas então? — perguntou Lester, cada vez mais impaciente.

— Tudo foi muito estranho. O homem aparentemente deixou que o garçom se arrastasse para longe das mesas; após olhar finalmente para mim, levantou-se e, com elegância, fez-me uma mesura e disse:

"Por acaso é a senhorita Challenger?"

"O que foi que o senhor disse?", respondi, sem acreditar no que ouvira, ao mesmo tempo em que passava os olhos, preocupada, pelo bar vazio.

"Por acaso é a senhorita Challenger?", ele repetiu, e achei que a pergunta continha um pouco de ansiedade, mas num inglês bem pronunciado de quem conhecia a língua.

Novamente olhei para o bar, buscando algum indício do que aquela abordagem significava, mas ali só havia o velho garçom, meio dormindo, encostado no balcão.

"Challenger, sim", respondi, "o que tem de errado nisso?"

"Nada de errado", respondeu o homem, "sabia que a senhorita estava aqui, por acaso estive consultando hoje a lista de hóspedes do hotel. Não, não fique preocupada, não o fiz deliberadamente para encontrá-la, buscava o nome de um amigo que deveria chegar hoje à cidade. Aparentemente não veio. É uma cidade distante de tudo, Manaus."

Tomei um gole propositadamente exagerado do coquetel tropical.

"Muito distante", concordei, sem bem saber por quê. "O senhor por acaso me conhece?"

"Não exatamente", ele respondeu, reticente. "Mas fiquei curioso. É um nome incomum, mesmo na Inglaterra. Por acaso é parente do Dr. Alfred Challenger?"

Quase levei um tombo da cadeira ao ouvir o nome de meu pai.

"Sou filha."

"Meu Deus, eu podia adivinhar!", ele exclamou. "Estudei com seu pai em Eaton. Turma de 1944. Tempos difíceis, aqueles. Guerra, racionamento... Mas a senhorita não sabe nada disso, ainda não era nascida."

"O senhor é brasileiro?", eu o interpelei.

"Amazonense", ele respondeu, com uma expressão de inconformismo involuntário. "Filho de portugueses. Nasci numa cidade do interior do Amazonas. Mas fui para a Inglaterra com 17 anos."

Eu não sabia o que responder. Era uma situação realmente inesperada, encontrar alguém que estudara em Eaton e vivia no mato. Voltei a olhar a piscina, o bar deserto e a selva domesticada em forma de parque que nos circundava. Alguns lampiões insinuavam suas pálidas claridades na escuridão da mata. Ruídos de grilos, o concerto de insetos que faz parte de toda imagem dos trópicos. A selva.

"Papai falava muito desta cidade. E meu avô também", confessei, para romper o constrangedor silêncio e puxar conversa, pois o homem limitava-se a olhar para mim com um incômodo encantamento

Ele balançou a cabeça, solícito e atento.

"Eles estiveram aqui, como muitos ingleses. Mas foram únicos. Meu pai ajudou o professor Challenger em sua segunda viagem, a de 1912, ficaram amigos, e isto foi decisivo para que eu fosse mandado para a Inglaterra. Aqui, os rapazes eram mandados comumente a Paris."

"Quero que o senhor fique certo de uma coisa. O fato de meu avô ter estado aqui, ou mesmo o meu pai, não foi decisivo para que eu escolhesse este lugar. Puro acaso. Só fui me dar conta quando desembarquei no aeroporto."

"Compreendo", ele respondeu, solícito. "Posso sentar um pouco?"

Ofereci-lhe a cadeira vazia, e ele estendeu a mão para mim.

"Mas deixe que me apresente. Sou Danilo Ariel Duarte."

"Jane Challenger", também me apresentei, apertando a mão alva e fina daquele inesperado amigo de meu pai.

"Manaus", eu disse, murmurando as estranhas sílabas daquela palavra. Ao ouvir aquele nome de sons anasalados que eu pronunciava acentuando apenas as consoantes, o homem pareceu sobressaltar-se, como se o ouvisse pela primeira vez, ou só naquele instante os mistérios daqueles fonemas finalmente se revelassem para ele.

Manaus.

E ficamos em silêncio. Grilos na noite, sapos. Os trópicos. Cheiro de vegetal apodrecendo. Sono de clorofila. Mormaço noturno. Vaga-lumes.

Então, um copo caiu, estilhaçando no chão. O homem deixara o copo escapar da mão e agora observava os cacos de vidro e a poça de bebida que se espalhara no piso de mármore do bar. Ele não parecia bem, estava muito pálido, e gotas de suor desciam pela sua fronte. O velho garçom, subitamente desperto, veio rapidamente limpar o chão, resmungando alguma coisa. O ruído familiar de vidro se rompendo contra o chão tinha me trazido de volta à realidade. E percebi que o amigo de meu pai estava se retirando sem dizer mais nada.

Levantei-me e resolvi sair imediatamente daquele bar vazio, onde imagens de palmeiras ondulavam na água azul excessivamente clorada da piscina.

— E o que aconteceu? O que ele queria? — perguntou Lester inquieto.

— Não sei direito, Lester. Quando o copo caiu, foi como se eu me salvasse de uma espécie de vertigem. E os papéis que você viu, ele tinha abandonado em cima da mesa.

— Em cima da mesa? — Lester procurou confirmar.

— Eu sequer os notara, mas o garçom veio correndo atrás de mim, com os papéis na mão.

— Que coisa estranha!

— Fui para o quarto, mas não consegui dormir. Fiquei olhando aqueles papéis, mas não conseguia entender o que significavam. Aquilo foi me deixando muito inquieta. Você sabe que não sou do tipo paranóico, mas comecei a ficar com um pouco de medo. Temia que fosse alguma conspiração, e eu não estava nem um pouco interessada em me intrometer nos problemas internos daquele país.

— Em que ano seu avô esteve lá?

— Duas vezes, em 1910 e 1912. E meu pai, em 1947.

— Aquilo devia ser bem diferente.

— Mais selvagem, você quer dizer?

— Talvez não. Devia ser uma cidade surpreendente.

— De fato. Deus, no meio da selva tropical — ela disse, num suspiro.

Lester consultou o relógio, eram três horas da madrugada. Ele estava cansado, pensando na distância que o separava de sua casa, e no temporal que prosseguia. Se saísse naquele momento, estaria chegando em casa lá pelas quatro da manhã. Poderia pedir um táxi pelo telefone, sairia um pouco caro, mas não haveria outro jeito. Jane procurou uma *bergère* de couro e enroscou-se, como se sentisse frio. Observava com os olhos cintilando os movimentos do amigo, entendendo a preocupação dele.

— Se você quiser, pode dormir aqui — ela sugeriu, retomando um velho costume abandonado há muitos anos.

— Ora, eu não quero incomodar.

— Não é incômodo nenhum, você dorme no quarto de hóspedes.

Ele concordou, surpreendendo-se com a pouca resistência ao convite.

— Você vai gostar do quarto de hóspedes, mandei trocar o papel de parede — ela disse, demonstrando que estava contente por ele ter aceito o convite.

— Gostaria de ouvir o resto da história, antes de dormir — ele pediu, esticando-se na poltrona e buscando outra posição. — Ou você acha que vou conseguir dormir sem ouvir o epílogo?

— Pensei que estivesse aborrecendo você.

— E está, mas não tem importância — Lester provocou.

— A verdade é que até agora não sei o que aconteceu — ela disse.

— Como?

— O avião saía no dia seguinte, à noite — Jane prosseguiu. — Eu não tinha muito tempo, se quisesse saber algo sobre os papéis e sobre o suposto amigo de meu pai. Na portaria do hotel, não consegui arrancar nenhuma informação a respeito dele. Aquela gente é muito reticente e lenta de raciocínio ou deliberadamente finge ser assim, o que me põe os nervos à prova a todo instante. No dia seguinte, depois de um tedioso passeio de barco por uma floresta alagada, encontrei uma mensagem do misterioso senhor Duarte. Ele me convidava a encontrá-lo em sua firma, às cinco da tarde, para conversarmos.

— E você foi! Eu sabia que você não tinha se restringido ao programa turístico.

Jane fez um gesto para que o amigo se contivesse. Estava muito séria, olhando-o com gravidade, como se o momento crucial de sua narrativa estivesse para finalmente se concretizar.

— É claro que na hora marcada eu estava lá. O senhor Duarte me recebeu com grande cortesia, agradecendo-me o interesse.

"A senhorita teria tempo disponível para ouvir uma fábula?", ele me perguntou, assim que a porta do escritório foi fechada.

"Uma fábula?", eu estava preparada para qualquer eventualidade, ainda não afastara a possibilidade de estar em meio a uma conspiração política, mas a pergunta me pegou de surpresa.

"É um velho costume meu, já anacrônico, senhorita. Sou um dos últimos a cultivar a arte da fábula, os jogos das parábolas. E, como as fábulas, sou também um animal em extinção. Pessoas como eu deveriam figurar naquelas listas ecológicas, junto com o mico-leão e a baleia cinzenta."

"O senhor esqueceu estes papéis", eu disse, mostrando-lhe o envelope que abandonara sobre a mesa do bar.

"Guarde-os", ele retrucou, solene. "São pobres restos fósseis... Mas a senhorita ainda não me respondeu. Quer ouvir uma fábula?"

"Sim, por favor", respondi, tentando esconder a irritação que começava a me dominar. As esquisitices dos senhores do Terceiro Mundo nunca foram o meu forte.

"A fábula chama-se: *Perde as estribeiras e perderás o que levas nas algibeiras*."

Tive um acesso de tosse, debelada por um copo de água trazido por uma pressurosa secretária. E como não havia outro jeito, recostei-me à poltrona e preparei-me para sofrer os efeitos do estro literário do senhor Duarte.

"Era uma vez um pobre seringalista que tinha três filhos: João, Joaquim e Manoel. Sentindo-se à beira da morte, chamou os filhos e disse: 'Estou no fim, e quase arruinado. Tudo o que resta é o lucro da última safra. Dividam em partes iguais, e que cada um empenhe o melhor de si para multiplicar a sua parte.' Ao dizer isto, pendeu a cabeça para o lado e deu o seu último suspiro. Desolados, os filhos prantearam o pai e trataram de ir ao London Bank para fazer a partilha fraterna.

A cada um tocou quinhentas libras, e João, o mais velho, ponderou: 'Irmãos, o dinheiro é pouco; se nada fizermos, logo estaremos na miséria.' Ao que o rapaz do meio, Joaquim, retrucou: 'Um de nós deve tomar a iniciativa. Como sou formado em administração de empresas, gostaria de ser o primeiro a tentar.' No dia seguinte, ele vestiu o seu melhor terno, pôs sua melhor gravata italiana e, tendo se despedido de seus irmãos, saiu.

Logo percebeu que não seria fácil. A economia estava em crise, o país atravessava uma conjuntura política desfavorável, e os bancos estavam cobrando juros altíssimos. Quase no final da tarde, já cansado de procurar uma boa oportunidade de investimento, foi bebericar algo na *happy hour* do Mandy's Bar. Na outra mesa estava um jovem empresário, sobrinho de um general que naquele momento estava ministro.

'Boa tarde', disse Joaquim, saudando o sobrinho do general.

'Boa tarde, Dr. Joaquim. Como o senhor vai indo?', interessou-se o sobrinho do general.

'Mais ou menos, seguindo pelo mundo, em busca de um bom investimento.'

'Então vamos fazer um negócio', disse o sobrinho do general. 'Eu também tenho um pequeno capital, podemos nos associar abrindo uma financeira. Meu tio pode conseguir para nós até mesmo uma patente de agente financeiro; captaremos a poupança dos pequenos e financiaremos casas para os pobres.'

'Parece um bom negócio', concordou Joaquim, sabendo que, com o déficit de moradias para o povo, a coisa podia render milhões, um negoção para quem estava investindo apenas quinhentas libras.

'Mas tem uma coisa, aquele que ficar irritado, perder as estribeiras, perde também a sua parte na sociedade', advertiu o sobrinho do general.

'Eu topo', concordou Joaquim. 'Isto nos obrigará a agir civilizadamente.'

Em poucos meses, a associação prosperou. Milhares de poupadores depositavam suas economias, e eles financiavam projetos de habitação. Os canteiros de obras se multiplicavam, e nada parecia capaz de abalar a solidez daquele investimento. Até que um dia apareceu um funcionário do Ministério da Fazenda, que apresentou um decreto de intervenção na empresa, sendo empossado como interventor.

'Como isso, é possível?', disse Joaquim, perplexo.

'O cheque de duzentos mil dólares, que o senhor passou contra a agência de Recife, não tem fundos.'

'Mas eu não assinei o cheque, foi o meu sócio, o sobrinho do general.'

'Como presidente da empresa, o senhor é o responsável', disse o interventor, sentando-se na cadeira de Joaquim.

O rapaz perdeu a paciência e, segurando o burocrata pelo alvo colarinho branco, expulsou-o de seu gabinete, dizendo:

'Fora daqui. Esta empresa não será destruída sem que antes eu apanhe o canalha que me enganou.'

Furioso, Joaquim foi procurar o sócio. Encontrou-o no Mandy's Bar, onde degustava um mandarineto em plena *happy hour*.

'Vou quebrar essa tua cara debochada', ele gritou, ao ver que o sobrinho do general se mostrava calmo e seguro de si.

'Ah! será que o meu sócio já se esqueceu de nosso trato?'

'Para o diabo, então', gritou Joaquim, à beira da apoplexia, batendo em retirada com um enorme trauma emocional.

Exausto, humilhado, voltou para casa. Depois de uma forte dose de tranqüilizantes, contou aos irmãos o que tinha acontecido. João, o mais velho, depois de ouvir o drama do irmão, disse: 'Deixa comigo. Eu vou encontrar esse cara e arranco dele não apenas o dinheiro que você perdeu, mas todo o dinheiro que o vigarista já ganhou até agora.'

E, tendo dito isto, foi no dia seguinte, usando a sua roupa mais elegante de Saville Row, procurar o sobrinho do general no Mandy's Bar. Acontece que o sobrinho do general tinha um negócio magnífico, que era um contrato exclusivo de extração de madeira de lei de uma área a ser inundada por uma hidrelétrica do governo. O negócio parecia fabuloso, porque não apenas o governo pagava para que as preciosas madeiras dali fossem retiradas, como abria uma linha de crédito para facilitar a exportação. Mas logo João se deu conta de que não era bem assim. O sobrinho do general pegou o dinheiro do governo e depositou nas Bahamas, e se esqueceu de dizer que João tinha o prazo de seis meses para retirar a madeira de 65.000 hectares de floresta. A empresa, é claro, quebrou, e João perdeu as estribeiras, conseqüentemente perdendo a sua parte na sociedade.

Manoel, o mais jovem, de temperamento reservado, disse: 'Chegou a minha vez, irmãos. Devo acertar as nossas diferenças com o sobrinho do general.'

Claro que os dois irmãos temeram pela sorte do irmão mais novo, e pelo pouco que restava da herança paterna. Mas acabaram por concordar, e o irmão partiu.

Logo Manoel se associou ao sobrinho do general, e montaram uma destilaria para produzir álcool e cachaça com dinheiro dos incentivos fiscais. Algum tempo depois, quando o negócio parecia prosperar, Manoel ficou sabendo que corria na Polícia Federal uma denúncia contra os acionistas da destilaria, acusados de fraude administrativa, crimes de estelionato, falsidade ideológica, apropriação indébita, uso de documentos falsos, simulação de duplicatas e crime contra a economia popular. Acontece que Manoel agora estava casado com a filha de um poderoso general, membro influente da comunidade de informações, e por isto as denúncias foram arquivadas, tendo a destilaria sido adquirida pelo Ministério da Indústria e Comércio e revendida ao filho de um outro general, também muito poderoso, que a transformou em usina de álcool para automóveis. Ao saber que o sócio não perdera a calma, o sobrinho do general sentiu-se orgulhoso por finalmente ter conseguido alçar um representante da sociedade atrasada aos píncaros da moderna economia nacional, e convidou o sócio para uma nova empreitada, desta feita na política. Os dois hoje são condestáveis de um partido centrista e liberal, que prega a desestatização e a liberdade para a política de mercado."

Duarte deu um ponto final na sua fábula, com um gesto amplo e dramático. E foi então que a porta do escritório se abriu, e um homem, de temperamento impulsivo e muito exuberante, entrou.

A expressão de Jane mudou completamente; ela estava tensa, impaciente e, como que para espantar a agitação que agora a dominava, passou a falar gesticulando enfaticamente, como sempre fazia — e Lester a conhecia muito bem — ao se defrontar com experiências desagradáveis. Isto não era de todo incomum na profissão de jornalista, mas, pelo estado de agitação de Jane, a contrariedade sofrida não se limitara à mera descortesia. Dominado pela expectativa, Lester percebeu que estava sentado na beira da poltrona.

— Aquele imundo bandido — ela resmungou.

— De quem você está falando?

— Do sócio do senhor Duarte. Um tal de Pietro Pietra Jr.

— Sim, e o que tem ele?

— Tratou de encerrar o nosso encontro, praticamente expulsou o senhor Duarte do escritório e disse que me levaria ao hotel. É um daqueles tipos que não admitem um não, Lester. E estava farejando algo.

— E o que foi que você fez? — Lester quis saber, nervoso.

— Tentei posar de inocente, de filha de um velho amigo do senhor Duarte, essas coisas — disse Jane, os lábios trêmulos e um lampejo de raiva no rosto sardento —, mas ele não era nenhum bobo.

— O que você quer dizer com isso?

— O que eu quero dizer é que ele acabou ficando com os papéis. Não todos; mas pegou o que lhe interessou e deixou apenas as folhas que você viu.

— Mas você não tinha guardado os papéis?

— Tinha, mas ele veio até o meu quarto. Conversamos um pouco, mas passei a sentir uma estranha sonolência, como se tivesse sido drogada, sei lá. Acabei adormecendo e tive um sonho muito esquisito. Quando acordei, ele não estava mais no quarto, e as minhas coisas estavam todas reviradas.

— E você não tomou as devidas providências? — quis saber Lester, indignado.

— Que providências? — ela disse, devolvendo a pergunta inoportuna de Lester com muita raiva. — Você sabe como funcionam aquelas sociedades grotescas, não sabe? Eu só podia lamentar não ter ficado com os papéis. O que será que continham? Eu até agora não me conformo!

Lester passou a caminhar impaciente pela biblioteca, sem saber o que dizer, tentando absorver o que Jane acabara de contar. Ela mesma parecia insegura e um pouco assustada, como se não tivesse contado tudo ao amigo para poupá-lo de um choque ainda maior.

— Tudo o que você deseja agora é reaver os papéis, não é? — quis saber Lester.

— Exatamente, Lester. Não consigo pensar em outra coisa. E quero que você me ajude.

Livro 2

Entre as Estações de Gotha e Erfurt

É O QUE RESTA PROVAR

A intrigante narrativa de Jane Challenger ficou pendente no monitor de fósforo verde. E eu parei de escrever o romance por vários meses. Disquetes guardados, por algum motivo eu tentava voltar atrás. Afinal, nenhuma entrevista tem a força de obrigar alguém a fazer de verdade aquilo que declarou. A história do jornalismo está repleta de desmentidos e falsas declarações. E, depois, quem prestaria atenção às declarações de um mero escritor?

Aconteceu, porém, de, meses depois, o autor destas improváveis linhas estar num trem.

O trem ia atravessando a paisagem severamente industrializada da Prússia. As cores estavam definitivamente banidas ali, e a melancolia era uma fuligem que se impregnava nas plantas, nos telhados e nas construções austeras e mal conservadas que passavam pela nossa janela. Os alemães da República Federal tinham nos advertido que a linha férrea entre Frankfurt e Berlim Oeste era obsoleta, os vagões desconfortáveis, e o espírito do pessoal de bordo francamente paranóico. Tomamos essas advertências como sintomas da rivalidade entre os dois lados da moeda alemã. Mas havia realmente uma diferença entre as duas metades, e até mesmo as paisagens eram diferentes. É a Prússia, eu pensava.

Isto aqui sempre foi assim, gris, poluído, tisnado e manchado de óleo. A indústria nunca foi limpa. Mas eu não queria pensar nessa diferença, nem encontrar razões para o velho espírito prussiano transmudado em socialismo. Bem, aquelas patrulhas militares de fronteira realmente incomodavam. Não tanto pelas armas que portavam, mas porque eram como olhares armados. E ninguém gosta de ser olhado dessa maneira. Eles pediam gentilmente o passaporte, repousavam-no em curiosos tabuleiros presos à cintura, repletos de almofadas de tinta e carimbos, e então começavam a incômoda cerimônia. Abriam o passaporte na página da fotografia e passavam a mover mecanicamente o olhar, da foto para o rosto, do documento para o portador, repetindo o gesto durante longos minutos, sem nenhuma expressão ou tique facial, até aparentemente esvaziar de qualquer conteúdo a pessoa observada. Ou era isto o que eu sentia a cada encontro desse tipo.

— Talvez os leitores façam a mesma coisa, sem que o percebamos, quando estão lendo os nossos livros — disse o escritor João Ubaldo Ribeiro.

— Eu não me importo — disse a escritora Lygia Fagundes Telles. — Podem fazer o quanto quiserem, desde que não tenhamos que ficar sob a mira do olhar deles.

Na cabine onde o militar examinava os documentos, emitindo após os olhares fixos de boneca de louça vitoriana um visto de trânsito, estavam reunidos pelo acaso alguns escritores brasileiros. E, como todo mundo sabe, os escritores só falam entre si de coisas muito sérias, teorias literárias complicadíssimas e projetos extremamente intrincados. Não é uma boa idéia para os leitores viajar com escritores, a não ser que desejem morrer de tédio.

— Eu adoro os meus leitores, principalmente as minhas leitoras — disse o escritor Ignácio de Loyola Brandão.

O único que não participava ativamente da conversa, e se mantinha à parte desde a partida de Frankfurt, era o poeta Haroldo de Campos. Estava muito absorvido na leitura de uma tradução do poema épico *Gilgamesh* feita por um bardo occitano, recentemente descoberta numa abadia polonesa. Vez ou outra ele dava sinais de vida, dizendo coisas como *o plano das desditas do herói é soberbo, ou o plano mítico algumas vezes é tomado pelo tradutor com doses de nonsense*. E era tudo.

— Existe uma antiga e vasta discussão dentro da literatura — prosseguiu o romancista Loyola Brandão — sobre o relacionamento entre o escritor e seu leitor. Diria mesmo que é uma questão crucial, mas muito pouco investigada. Tenho pensado até em publicar certas pesquisas de campo minhas.

— Acho uma boa idéia — retruquei. — Eu, por exemplo, além de escritor, sempre fui um leitor inveterado que lê de tudo. Se não tenho o que ler, leio bula de remédio, leio todo tipo de coisa que me caia nas mãos. Só para vocês terem uma idéia desta minha compulsão, cada vez que paramos de conversar eu tento ler este folheto que encontrei no banheiro.

— É um folheto sobre o quê? — quis saber Lygia, sempre curiosa.

— Não sei, não entendo uma palavra de alemão!

— Eu já não leio tanto — confessou João Ubaldo. — Ultimamente só consigo ler as *Odes* de Anacreonte.

Loyola Brandão não parecia concordar com o colega baiano.

— Como leitor, aprendi que a literatura só funciona quando dá prazer — disse o autor paulista.

— Você tem razão — completei. — Eu também só gosto de ler quando o que leio me dá prazer. Se uma leitura não me dá prazer, imediatamente me pergunto se a ausência de prazer me enriquece de alguma forma.

— Deve ser um desvio masoquista — explicou Loyola. — Você devia tomar cuidado, ou acaba fazendo resenha em jornal.

— Oxente! — exclamou João Ubaldo. — Às vezes eu também me faço esta pergunta. Especialmente se é um texto teórico, ou de "não-ficção", como agora esses livros são classificados. Em teoria nem sempre se pode exigir uma relação de prazer, o que não impede que os textos teóricos possam dar prazer.

— Mas em ficção — interveio Lygia — eu diria que sem o prazer tudo se perde, e assumo o meu hedonismo literário.

— Quando estou escrevendo meus próprios romances — eu disse —, tenho em mente um só mandamento, que aprendi como leitor. Esse mandamento é "não encher o saco de ninguém". Eu adoro ser lido, escrevo para ser lido, e o que me interessa na literatura é o contato lúdico entre o autor e o leitor.

Loyola Brandão sorriu e parecia concordar.

— É um jogo de sutil sedução — disse —, de envolvimento, de mistério, de desarmamento.

— O que me fascina nesse jogo é que ele não é eterno — completei —, é do agora, realizado entre criaturas que estão mergulhadas numa mesma contingência. Digo isto para mostrar a minha escolha: sou um escritor que não quer olhar para a eternidade, que prefere ser contemporâneo de seus contemporâneos. Além do mais, acho muito mais excitante o *tête-à-tête* com meus leitores de hoje do que pretender falar com os leitores que se escondem nas sombras do futuro.

— E os leitores, acredito, percebem isso quando lêem um romance — disse Lygia, dando um de seus sorrisos magníficos. — Eles logo se dão conta quando alguém escreveu para o deleite deles.

— E não para certas levitações teóricas — acrescentei.

O sorriso de Lygia esmaeceu um pouco, porque não era de se interessar por essas questões pantanosas. Lygia é solar, todos sabem.

— Reconheço, no entanto, que não é fácil para um escritor vislumbrar os seus leitores na hora em que está escrevendo — prossegui. — Em literatura, não é possível uma total premeditação. Você não senta e diz que vai escrever para o leitor francês, ou canadense, ou baiano. Como o ato de escrever exige o isolamento, a face do leitor não paira como um fantasma perante o escritor. Para mim, por exemplo, tal coisa me levaria à inação.

— Eu tenho livros publicados em diversos países — disse Loyola Brandão —, e correria o risco de ser assombrado por faces brasileiras, norte-americanas, italianas, francesas, alemãs, espanholas...

— Isto é verdade — disse João Ubaldo. — Mas, ainda assim, eu necessito de uma face, porque quando estamos mantendo um diálogo com alguém precisamos olhar nos olhos, sentir a cumplicidade, o calor.

— Não sei como vocês resolveram a questão — disse Lygia —, mas eu escrevo para os meus amigos.

— Gosto de fazer isto também — eu disse. — Eles lêem os meus livros, alguns antes de serem editados, e participam muito de perto do ato de criação. Eles interferem, discordam, concordam, fazem propostas. Muitas vezes, estou escrevendo um capítulo e penso: ah! essa parte fulano vai adorar. O diabo é que às vezes não gostam, dizem que não é nada daquilo, e se estabelece uma discussão que me deixa furioso. Além do mais, tenho um conjunto de amigos de origens muito diversas. Para começar, há a minha crítica mais feroz, que é a minha mulher, Ida, que também escreve. Mas tenho desde amigos cultíssimos, que já leram "todos" os *nouveau-roman* e não sofreram um insulto cerebral, até alguns operários.

— Não tem nenhum índio? — quis saber João Ubaldo.

— Nenhum, nunca deixo índio ler romances. A literatura pode levá-los à extinção. Mas de algum modo os amigos universalizam o que eu escrevo. Acabam me arrancando do isolamento. Com a ajuda deles, chego ao meu objetivo, que é ser lido, embora exista quem acredite que é possível fazer literatura sem leitores.

E o *Mundo perdido II*, eu pensava. Que diabo você está querendo com este livro? É um romance? Ainda há romances?

Não estou aqui para responder a perguntas desse tipo, disse para mim mesmo. O fantasma da senhorita Challenger atravessava o corredor do vagão, segurando um cigarro e escondendo o rosto nos cabelos ruivos. Vestia uma sóbria gabardine azul-marinho e carregava uma *nécessaire* de couro de crocodilo ostensivamente anticonservacionista. Estou aqui, ela parecia me dizer em sua indiferença, para mostrar até quando você é pura emoção e se deixa levar pelo jogo da criação, e quando se prende aos problemas teóricos e quer ser um investigador. Que espécie de escritor é você? Um escritor anfíbio, entre as margens da teoria e a correnteza da fantasia?

Pedi licença aos meus colegas e saí para o corredor do trem. Acendi um cigarro e procurei atrair a atenção daquele fantasma. Mas Jane Challenger não se mostrava nem um pouco amigável. Ela nunca tinha sido uma pessoa amigável, condescendente ou afável, e não seria ali, naquele trem encardido, que ela iria mudar. Escuta, Jane! Deixe-me explicar! No final dos anos 60, eu estudei Ciências Sociais na Universidade de São Paulo. Peguei os últimos momentos de um dos períodos mais brilhantes daquela universidade. Ali, o questionamento das idéias era uma realidade. Isto aconteceu, é claro, antes dos expurgos de 1969, e marcou profundamente a minha formação. Não é comum neste país estabelecer-se um pensamento radical como parâmetro, onde a dúvida é o valor inicial de qualquer cogitação. Eu era jovem, e os jovens aprendem. Pois eu aprendi a medir todas as coisas pelos parâmetros da dúvida, e a investigar tudo antes de dar o primeiro passo em qualquer direção. Este espírito tipicamente da USP, além do desassombro crítico, trazia outras vantagens, como a impetuosidade, a dessacralização, a vontade de passar as contingências pelo crivo da radicalidade. Eu, que vinha do Amazonas, onde ninguém ousa aventurar-se para além da indiferença do funcionário público, mergulhei naquela perspectiva que só a modernidade de São Paulo poderia oferecer. Assim, ao me tornar um romancista, não abandonei o instrumental adquirido ali, o que me faz buscar sempre, antes da fantasia, o respaldo da investigação.

— Não justifica — ela esbravejou. — Não justifica o fato de tantas coisas estarem a se intrometer na minha história.

— Desculpe! — supliquei. — Mas não consigo mais escrever um romance sem evitar essas interferências.

Irritada, ela apagou o cigarro no cinzeiro. E recusava-se a olhar para mim.

— Nas coisas que você escreve, há sempre uma secura, uma espécie de temor quanto ao lado pessoal. Estar neste livro é a coisa mais desagradável que poderia me acontecer. O autor de meu avô jamais escreveria "essas" coisas. Afinal, o que é que você pretende? Expor-me como exemplo das impossibilidades do romance? E que diabo estou fazendo aqui, quando deveria estar em Londres, tentando fazer o pateta do Lester mexer a bunda. Deus, que comparsa você me arranjou!

— Você acha que este romance está muito esquisito? — perguntei.

— Se é que de fato isto é um romance — ela respondeu, azeda.

— Talvez você tenha razão.

— E só por isso você me põe no papel de violada e me esquece!

— Não precisa ficar assim.

— Até parece que não tem o que dizer — ela intensificou o ataque. — Isto é o mínimo que uma personagem deve exigir de seu autor. Está com falta de assunto? Por acaso perdeu a imaginação?

— Eu sei que parece falta de assunto — eu disse, procurando acalmá-la —, mas não quero começar a falar de falta de assunto. Um dos mais velhos truques de quem tem de escrever um tanto compulsoriamente, quando falta assunto, é justamente escrever sobre a falta de assunto. Um truque sujo que sempre dá certo porque é encantatório, como as antigas danças para fazer chuva. Mas juro que não é falta de assunto. Tem muita coisa para ser contada.

— E por que não conta? — ela perguntou, irônica.

— Está bem, quer ouvir uma história?

Ela deu de ombros e sacudiu a cabeça, como se deplorasse mais uma vez a própria sorte. Droga, bem que eu podia ser um escritor eduardiano!

— Era uma vez um escritor que sentia uma grande afinidade pelo século XVIII. Para ele, o chamado "século das luzes" encantava por ter sido o último século em que as grandes mudanças políticas e econômicas conviveram com um moderado avanço tecnológico. Nada de eletricidade, por exemplo. Muitas revoluções aconteceram, mas todas à luz de candelabros. E os terroristas, se perpetraram alguns atentados, contentaram-se com bombas de pavio curto. O azar de todos nós, ele dizia, é que o século XX teve que necessariamente vir depois do século XIX. E, por ser um homem coerente, gostava de se ver como um dos últimos representantes do "século das luzes". Não que fosse um reacionário, tinha apenas um conflitante relacionamento com os produtos da Segunda Revolução Industrial. Detestava guardanapos de papel, psicanalistas dando opiniões sobre tudo, turismo a crédito, viagem de avião e o princípio da obsolescência planejada. Mas a sua grande diferença era com o automóvel. Ele nunca conseguiu aprender a guiar, a não ser os hidramáticos, porque as marchas o deixavam confuso. Ele dizia que o máximo que sabia desses veículos vinha de consultas ao verbete de motores a explosão da Enciclopédia Britânica. Talvez o seu apego ao século XVIII não passasse de desculpa intelectual para a sua inabilidade com certas necessidades práticas da vida, pois, embora nascido às margens do maior rio do mundo, não sabia nadar.

Para se locomover, portanto, o escritor era um assíduo passageiro de táxis, uma solução prática porém dispendiosa, desde que a Opep dera o mau exemplo aos economistas do governo brasileiro. Mas andar de táxi, em qualquer parte do mundo, é sempre uma aventura. Mesmo pagando caro, ele cada vez mais se convencia de que os motoristas de táxi, ainda que não fossem exatamente substitutos dos antigos cocheiros de aluguel, com o seu linguajar rude e sua indiscrição, eram verdadeiros representantes de uma nova estrutura tribal, comedidamente nômades porque viajavam apenas num delimitado perímetro da urbe, mas senhores de um novo aparato cultural e um inédito estoque de costumes que os fazia diferentes na galeria de tipos das cidades. O nomadismo dava-lhes a sensação de autonomia, a ilusão de que podiam determinar seus próprios caminhos, e isto os fazia diferentes dos comuns dos mortais e donos de uma especial e aguda visão do mundo.

Por tudo isto, ao escritor nada podia ser mais interessante que as opiniões desses seres excepcionais, que atravessam os meandros dos aglomerados humanos com invejável ignorância de sua topografia, devotando o mais sólido desprezo a certas leis, especialmente aquele princípio geométrico que diz ser a linha reta a menor distância entre dois pontos, o que tem levado certas pessoas pouco sensatas a se irritarem inutilmente com o atávico desconhecimento que os motoristas parecem ter das ruas de uma cidade, exigência mais do que absurda, porque os motoristas de táxi não existem para conhecer ruas e logradouros, mas para conduzir o ser entre um instante da contingência de existir ao outro. Esta insensata atitude impede que essas pessoas compreendam que a função principal dos motoristas de táxi é ter opiniões sobre tudo. Afinal, são eles os únicos cidadãos a dar opiniões a preço fixo determinado em tarifa por quilômetro rodado, e que, no malabarismo de um rápido trajeto ou no marasmo de um engarrafamento, nos deleitam a alma e liberam nossa histamina com inesquecíveis observações dialeticamente profundas sobre a economia, a política, os costumes sexuais, o dilema da física de partículas ou a peste bubônica no século XIII.

Qualquer pessoa com razoável senso de observação e espírito aberto pode ser um colecionador das façanhas dos motoristas de táxi. Eu mesmo poderia escrever um livro inteiro só com minhas experiências com motoristas de táxi, porque parecem encarnar a diversidade humana e o inesperado. Como uma vez em que, na pressa para chegar ao aeroporto de New Jersey, peguei um táxi no Lower East Side, e o chofer, do Haiti, falando um belíssimo francês, explicou-me que a força da gravidade não era um bem renovável, gastava-se como qualquer outro recurso natural do planeta. Assim, qualquer movimento ascensional desperdiçava perigosamente este recurso, como elevadores, aviões e foguetes. Um dia, não mais poderemos andar na superfície da terra, sairemos flutuando no espaço, ele profetizou, enquanto me abandonava numa rua do Bronx porque não sabia como chegar a New Jersey. Já um motorista de Berlim Ocidental, no incrível inglês que utilizávamos, mostrava certa inclinação comparativa, dizendo-me que a Alemanha fora criada para enlouquecer os povos latinos. O motorista era turco e nem conhecia o meu amigo Ignácio de Loyola Brandão, naquela época vivendo um período de enlouquecimento teutônico.

Mas voltemos ao nosso escritor. Outro dia, ele tomou um táxi no centro da cidade, e o motorista, por alguma das muitas razões que todo brasileiro pode invocar para explicar suas mais bizarras atitudes, visivelmente transtornado, guiava o carro como um possesso. A temerária jornada obrigava o escritor a se segurar firme no banco do carro e a desfiar orações ao improvável santo protetor dos literatos. Para completar, chovia, e o táxi avançava sem muita visibilidade. É claro que o escritor, escolado em táxis, pensou que aquela ia ser uma corrida do tipo resistência das coronárias. Mas logo mudou de idéia quando o motorista, um jovem mulato de óculos *ray-ban* e bigodes espessos, após examiná-lo pelo retrovisor, quis saber se por acaso ele não trabalhava na TV. O escritor procurou negar com o máximo de convicção possível, mas o chofer não se conformou.

"Tenho quase certeza que já vi o senhor na TV", ele insistiu.

"É possível", respondeu o escritor, um tanto vago, mas logo mudando de idéia por temer que o chofer o tomasse por algum tecnocrata do governo, desses que aparecem na TV para dizer que são os aumentos salariais que causam inflação.

"É que sou escritor", completou.

"Escritor? Escreve o quê?"

"Livros de histórias...", disse, agora sim, deliberadamente vago.

Mas não se tratava de arrogância, ou preconceito. O escritor, além da forma um tanto desassombrada com que o chofer guiava o táxi, temia que o motorista se revelasse um daqueles tipos que não pode ver um escritor que vai logo tentando impingir "aquela história incrível que daria um romance se eu fosse escritor mas vou contar agora e você ainda vai me agradecer pela idéia". Podem acreditar que não há tortura maior para um escritor do que agüentar esse tipo de generosidade.

"Romances?" ele insistiu, observando-o pelo espelho com uma expressão que ao escritor parecia irônica, embora pudesse ser também a de um perfeito maluco a fugir do hospício pelo estilo casual de fazer o táxi avançar em meio à chuva.

"Sim, escrevo romances."

"O romance está morto", ele disse, produzindo um frio na espinha de seu já desconfiado passageiro, se é que alguém na vida real pode sentir frio na espinha.

O táxi vencia as curvas da autopista como um daqueles bólidos da Fórmula 1, o que fazia o nervoso escritor lamentar nunca ter assinado uma apólice de seguro de vida.

"Escrever romances hoje em dia", ele prosseguiu "é falsa paleontologia. É repetir o homem de Piltdown."

Embora fosse uma provocação, o escritor mostrava-se agora mais tranqüilo. Achava que o motorista não deixava de ter razão, romances no século XX não deixam de ter algo a ver com paleontologia, a mesma absurda paleontologia cheia de esperança cultivada pelo professor Challenger, digamos.

"Sei o que você quer dizer", respondeu o escritor, antegozando o diálogo que iria se seguir. "Quem escreve romances hoje em dia deve se sentir um pouco como aqueles pescadores da ilha de Madagascar que pescaram em 1938 um celacanto, muito bem de saúde, nadando no oceano Índico."

O motorista riu e passou abruptamente a marcha com um protesto das engrenagens do carro.

"A imagem do celacanto, um sobrevivente de 350 milhões de anos, é muito boa", anuiu o chofer, "mas o romance desapareceu como os dinossauros."

"Mesmo aceitando que o romance é uma espécie a caminho da extinção ou, como você afirma, já totalmente extinto, não creio que o seu desaparecimento tenha alguma semelhança com a pressa dos sáurios em sumir da face da terra. Essa história da morte do romance, se tomarmos como exemplo certos espécimes do gênero, está mais para pássaro dodo que para cataclismos do período cretáceo."

"Não creio que seja um consolo" retrucou o chofer. "Atualmente o romance se parece tanto com o tal peixe pré-histórico pescado no Oriente, que muitos especialistas passaram a registrar com surpresa a existência do gênero em locais tão remotos quanto o mundo perdido descoberto pelo professor Challenger. Conhece o professor Challenger, do Conan Doyle?"

"Claro" respondeu o escritor com humildade. "É por isso que, todas as vezes que começo um romance, não demoro muito para me dar conta de que estou cometendo um ato exótico e extemporâneo. Sento-me à frente do teclado do micro e me deixo ficar vendo o cursor pulsar. Onde está o velho deslumbramento? Para onde foi o prazer de uma história bem feita, as leituras que fascinavam por evocar outras existências, outros universos? Que fim levaram todas aquelas palavras a serem urdidas, tão calorosas e ressoantes, a serem metamorfoseadas em literatura?"

"A alegria bárbara de inventar histórias acabou", disse o chofer.

Pelo visto restara apenas a estupefação, pensou o escritor, porque o que valia não era um texto de aventura, mas a aventura do texto.

"Tenho mais de 40 anos", prosseguiu o escritor, "publiquei muitos livros, e não é agora que vão me fazer aprender que a minha alegria bárbara não era mais que uma das manifestações de um mundo primitivo, um rústico produto do atraso."

"Tem o seu propósito", retorquiu o chofer, "não se preocupe. Quando é um produto bem-humorado e tem muita cor local, serve como especiaria picante, pois os paladares saciados perderam a sensibilidade. Mas se for um livro ressentido, acusatório, serve pelo tom profético, pois há também os que precisam satisfazer a própria má consciência. É claro que escrever esses livros não é nenhum pecado. Ao contrário, determinadas latitudes do globo só devem produzir livros assim."

"Gide dizia que o grande segredo de Stendhal era escrever imediatamente, que seu pensamento não parava para se calçar, antes de correr. Mas o que fazer nestes tempos em que todos simulam correr para não sair do mesmo lugar?"

No entanto, insisto, pensou o escritor. E se esforçava para não insinuar a sua perplexidade no meio do desencanto de ninguém. Houve um tempo em que o desencanto era coisa de filme europeu em preto e branco. Quem não assistiu com um misto de espanto e enfado a um daqueles filmes de planos que duravam horas sobre um rosto pensativo, sem se perguntar se não era exagerado levar o tédio tão a sério? Afinal, para aqueles europeus que varavam a noite bebericando e exercitando a incomunicabilidade, nada como uma boa e simples necessidade de ganhar a vida para desdramatizar-lhes a existência. Quase 20 anos depois, aqui estava, qual um figurante de *A noite*, de Michelangelo Antonioni, ameaçado de ser afogado pelo *ennui* da moda. E sem a alternativa moral de ter de ganhar a vida, já que para não morrer de fome nunca deixara realmente de trabalhar. E mais, ele sabia que o problema não era exatamente metafísico, como bem pedia a elegância européia dos anos 60. Ao contrário, seu caso era de um materialismo crasso, porque escrevia para ganhar a vida, e só ganhava a vida se seus livros fossem editados e comprados.

"Vou contar uma história para você", disse o escritor. "É real, não é ficção. Eu tenho um amigo dinamarquês que me escreve de vez em quando. Sua grande paixão, de resto enigmática para mim, é o Brasil. Ou melhor, ele tem um acentuado interesse pelas coisas do chamado (com justiça, agora reconheço) Terceiro Mundo. E, de todas as horrendas nações que se espojam nesta categoria, ele destaca o Brasil. Você então vai me perguntar: o que tem esse dinamarquês a ver com a morte do romance? E a pergunta é bem pertinente, ainda que minha perplexidade não tenha a menor inspiração escandinava. A questão é que este amigo, cada vez que me escreve, me põe nas piores enrascadas. Ainda bem que ele não é um missivista muito assíduo. Acontece que cada vez que ele assiste a algo sobre o Brasil na TV, felizmente coisa rara no noticiário dos canais de lá, manda uma carta pedindo explicações. Coisas assim: "Como é que o antigo presidente do partido que apoiava a ditadura militar pode assumir o governo do regime civil?" Coisas assim, você percebe? E eu, que me abstivera de dar a minha opinião, pois aqui ela não foi ouvida ou cheirada, muito menos e principalmente votada, sou obrigado a responder com os argumentos mais surrealistas. Mas é disso que ele gosta, eu desconfio. Meu gentil amigo vive confortavelmente em Copenhague, tem mais de 40 anos, é economista, trabalha numa grande empresa de auditoria, é casado com uma mulher inteligente e bonita nos seus dois metros de saúde de aurora boreal, e pai de duas filhas entrando na adolescência. O salário anual dele, de nível médio para os padrões de seu país, seria suficiente para umas duzentas famílias nordestinas viverem folgadamente uns bons cinco anos. Ele sabe que é assim, mas não é por isso que se interessa por tal abominação tropical. Também não é pelo samba, ou pelo folclore, ou por medo que a destruição da floresta amazônica faça com que o verão lá deles aconteça entre três e cinco da tarde de uma quinta-feira de julho. Não, essas razões e outras, que a vã imaginação dos brasileiros sequer suspeita, são de outros amigos meus do estrangeiro que se interessam por essa catástrofe civilizatória. Por exemplo: meu amigo Charles, de Nova York. Ele é de tal forma maníaco por samba, que todo ano se esbalda de baiana no baile de carnaval do Waldorf Astoria, e a sua casa em Queens mais parece uma sala de etnografia do Smithsonian Institute, tanto são os atabaques, tamborins e agogôs que ele coleciona, sem falar nos discos. Ou o meu amigo Kazuo (em matéria de amigos excêntricos eu estou bem servido), que coleciona a revista *Manchete* desde o primeiro número, devidamente encadernada e registrada num completo arquivo de computador. O velho Jürgen, da Dinamarca, não é assim tão simples. Ele veio aqui pela primeira vez em 1978, com uma equipe para fazer a auditoria de uma firma lá deles com sede em São Paulo. Andou pelo Rio e Salvador. Voltou outra pessoa. Desembarcou com um colar para afastar Exu. Segundo a mulher dele, que é psicóloga e deve estar acostumada a tratar os mais sombrios desajustamentos provocados pelo bem-estar escandinavo, Jürgen era outra pessoa. Meses depois, ainda repetia como que enlevado por alguma forma de delírio tropical, que o mundo era uma impostura. Claro que ninguém entendia o que ele queria dizer com isso. Que o mundo não era perfeito, era óbvio até para os mais alienados dinamarqueses. O que eles não podiam suspeitar é que Jürgen tinha encontrado o único povo que finalmente reinventara a impostura como um sistema. E você ainda vem me falar da morte do romance!"

Ouvi um grito, quando esperava ouvir pelo menos um leve riso de assentimento, algum tipo de cumplicidade intelectual. Mas não, foi um grito de raiva, de tédio, que me interrompeu.

Era a minha personagem.

— Quer saber de uma coisa? — ela disse, quase rosnando. — Quero que o chofer de táxi se foda, que o dinamarquês se foda e que você...

Antes que eu desse qualquer resposta, ela caminhou rápido para o outro extremo do corredor e desapareceu numa das cabines. Fui atrás, porque não queria deixar minha personagem assim, tão frustrada e agressiva. Era uma situação pirandelliana. Mas ao chegar na cabina onde ela entrara, encontrei um casal de jovens ingleses, que, ao me verem, foram apresentando os passaportes. Dei meia-volta e fiquei observando as tristes florestas prussianas passarem, decadentes e estorricadas pela chuva ácida.

— Desculpe, o senhor fala inglês? — ouvi alguém perguntar.

Voltei-me. Era o jovem inglês que eu perturbara há pouco.

— Sim — respondi, demonstrando a minha vergonha.

— O senhor queria alguma coisa? Precisa de algo?

— Não, obrigado. Está tudo bem. Pensei ter visto uma conhecida entrar na vossa cabina. Enganei-me. Peço desculpas!

— Não há de quê! O senhor é italiano?

— Brasileiro.

— Brasileiro! Iremos ao Brasil no ano que vem. Visitar a Amazônia.

— Que interessante. Eu sou da Amazônia.

— É um prazer saber disso. Meu nome é David Challenger, e minha esposa se chama Jane Challenger...

Senti o trem fugir dos meus pés e acordei num hotel em Berlim. Como nunca consegui escrever enquanto viajo, mal podia esperar para voltar para casa. Em cada esquina, em cada estação de metrô ou *gare*, eu espreitava para ver se por acaso a maldita inglesa não me preparara uma armadilha. Escrever é paranóia!

Amanhã desapareceremos no desconhecido

O local era tão particularmente infecto, que só por cortesia alguém chamaria aquilo de bar. Um barracão de tábuas mal pregadas, oscilando sobre quatro imensas toras, estava amarrado à margem esquerda do Rio Solimões, a poucas horas de barco da cidade de Benjamin Constant. Os fregueses apareciam remando velhas canoas, entravam em silêncio, bebiam ao som do rádio precariamente sintonizado numa estação de Brasília, e desapareciam antes do anoitecer. Mas eram raros, vestiam calções e camisas surradas, e nem pareciam notar a mulher que estava sentada logo à entrada. O dono do estabelecimento, um caboco gordo, baixo e de olhos saltados, também não parecia se importar com ela.

Tudo ali era sujo e velho, apodrecido pela água barrenta do rio e crestado pelo sol intenso. Quando chegava a noite, e como não havia eletricidade, o caboco acendia um lampião fumarento de querosene que era pendurado na porta como um tênue sinal de vida, tirava a camisa e deitava-se numa rede encardida que atava com estudada lentidão próximo à janela que dava para o rio.

A mulher praticamente não se mexia de seu lugar, parecia cansada, a pele branca avermelhara doloridamente e mostrava sinais de erupção, os cabelos louros colavam-se em placas e mal se escondiam sob o lenço azul que ela amarrara na cabeça. Depois que o caboco se deitava, ela também estendia um saco de viagem e procurava dormir. Mas não conseguia, as botas úmidas a incomodavam, o grosso *jeans* de sua calça irritava, e a blusa de gabardine marrom era-lhe sufocante. Nuvens de mosquitos, vez por outra, desabavam sobre ela, impiedosos, zumbindo uma melodia infernal que não a deixava pregar o olho a noite inteira. Cinco dias era o tempo que ela estava ali naquela espelunca flutuante, todas as noites rolando de um lado para outro sobre o saco de viagem, oprimida pela incerteza, pelo desamparo e pela imensidão do rio que se escondia na noite escura e impenetrável.

Pela manhã, mal o sol aparecia, o caboco desatava a rede, saía e via a mulher escovando os dentes. Trocavam olhares nos poucos segundos em que ele se jogava n'água para o banho matinal. Depois, ele fazia café, mas não oferecia, o que não significava um ato de descortesia. Como todos os cabocos, ele seguia as suas próprias regras de hospitalidade, o problema é que a mulher não aceitava nada, recusara tudo desde o primeiro dia, comida, bebida, tudo, e ele desistira porque era assim que ela queria. Para dizer a verdade, ele não sabia como a mulher podia ficar tanto tempo sem comer ou beber alguma coisa. Esses estrangeiros eram realmente estranhos, e agora viviam aparecendo por ali, só porque os índios andavam fazendo barulho ultimamente.

Por volta do meio-dia, um barco da Contag parou para ver se conseguia gelo, inutilmente, é claro, mas foi a salvação da mulher. Eu estava no barco, regressava de um encontro de lideranças indígenas completamente esquecido de que tinha um romance a escrever e das perseguições da senhorita Challenger. Só não podia contar com aquele encontro, pois a mulher era a senhorita Challenger, não a Jane, mas a Virginia Challenger, repórter da BBC de Londres.

Eu pensava que a equipe inglesa já tinha ido embora há muito tempo. Fazia dois meses desde o nosso encontro e do internamento do jornalista Lester. Alguém me disse que o jornalista recebera alta, sem qualquer problema, em boa saúde, e depois não ouvi mais falar dos ingleses. Mas agora Virginia, um pouco refeita e de banho tomado e roupas trocadas, estava me contando a sua aventura. Ela perdera contato com a equipe, que ficara em Benjamin Constant. Eles tentavam filmar cenas do conflito entre posseiros e os tikuna. Ela, muito afoita, talvez por se julgar segura por trás de seu passaporte de súdita da Rainha, andara fazendo perguntas pela cidade. Um cara, que ela identificava como Raimundo, apareceu dizendo que era tikuna, atraiu-a para uma pequena "voadora" e zarpou no meio da noite, sem maiores explicações. A princípio ela pensou que seria morta, mas não a tocaram, e o tal Raimundo limitou-se a abandoná-la naquele bar perdido às margens do Solimões, sem telefone e sem possibilidade de se fazer entender.

— Agora eu sei o que é o isolamento amazônico — ela me disse. — Isto aqui não é lugar para os humanos, mas para os deuses.

Ela tinha razão, aquela é uma terra para os deuses. Talvez ela soubesse que a outra Challenger, a do romance, também chegaria à mesma conclusão. Apenas eu ainda não tinha me dado conta de tal coincidência.

Foi um pouco mais tarde, na lentidão de meu próprio aprendizado, que a ligação ficou evidente. Era uma tarde de sábado, e ouvi uma história. Um antigo colega do Colégio Dom Bosco. Ele, sempre taciturno, aplicado, sentado na última fila. Depois, nos vimos muito pouco. Era do interior, acho que do Rio Negro, sangue indígena predominando nas feições morenas, o corpo atarracado e baixo, modesto nos trajes e reservado nos modos. Veio para Manaus e ficou. Sei disso porque sempre nos encontrávamos em eventos sociais como aquele. Era um homem diferente no vigor dos 40 anos.

— Descobri que o meu chefe é um deus, é sério — ele me disse. — Há muitos deuses aqui, se é que já não sabes. Entidades, seres astrais, entendes?

— É uma região muito rica, mitologicamente falando — respondi.

— Mas não se trata de mitologia, meu caro.

— Quer dizer que...

— Sim, ainda estamos antes do mito. Muito antes.

Aquiesci, procurando ficar próximo ao ar-refrigerado. Estava muito quente aquele agosto, e meu ex-colega, sempre tão discreto, tinha descoberto um deus. O que fazia sentido. Ele se formara em economia e trabalhava na divisão financeira de uma fábrica no Distrito Industrial. Por tudo o que estávamos vivendo, qualquer economista podia sofrer este tipo de alucinação teológica.

— É que meu patrão é um deus menor — ele prosseguiu, muito afável, os olhos escuros de ameríndio brilhando na consistência do azeviche. — Um ser arcaico, pequeno e secundário. Por isso mesmo, indeciso e quase sempre inconsciente de suas mutações órficas, se tu me perdoares o uso da terminologia emprestada dos gregos. Ele é o que se pode chamar de deusinho periférico, distante dos grandes deuses e de Deus. Mas é um deus dos velhos tempos do politeísmo.

Eu nunca sabia como me comportar diante desse tipo de coisa, e o problema é que as pessoas sempre costumam procurar os escritores para revelar seus sonhos mais estranhos, seus pesadelos mais bizarros e suas excentricidades mais caras, porque somos como uma espécie de psicanalistas públicos, ou feiticeiros sempre disponíveis.

— Nunca revelei isto pra ninguém — ele me assegurou. Mas só estou contando para ti porque talvez tu uses em alguma história tua.

— Como descobriste? — perguntei.

— Que não era humano? Não faz muito tempo. Ele mesmo ainda

não sabe, esses deuses custam a compreender. Especialmente quando experimentam uma nova encarnação humana.

— Compreendo! Que coisa surpreendente!

— Não é tão incomum quanto se pensa — ele disse.

— Tens razão. O incomum é sair impunemente de uma descoberta desse tipo.

— É verdade, os que descobriram e ousaram revelar pagaram caro. E não estou falando apenas de crucificação. Os métodos atuais de deicídio são bem mais sutis. Mas eles são muito resistentes. Ele, por exemplo, logo vai ficar sabendo que é um deus indeciso, um tanto inconcluso, pouco afeito à lógica e próximo da entropia. Tudo isto infinitamente, é claro.

— Conhecendo o ser de Parmênides e o Deus de santo Tomás de Aquino, esses atributos do teu patrão são no mínimo inusitados.

Meu ex-colega esboçou um sorriso e balançou a cabeça, pensativo.

— Ele tem mais mobilidade — disse, após o silêncio. — Deves lembrar que o ser de Parmênides, de tão perfeito, é absoluto como um bloco de concreto. É claro que isto tem suas vantagens, não há erro, mas também não há nada além da eterna imobilidade. Pena que não existam deuses assim, são todos errantes, experimentadores e impulsivos.

— E qual é a missão dele, aqui na terra?

Ele não me respondeu, limitou-se a perscrutar a paisagem que a janela de vidro fumê deixava entrever. Aquele silêncio foi para mim muito significativo. Estávamos numa daquelas casas de condomínio fechado, residência de um conhecido comum, que oferecia um almoço. A janela, devidamente fechada para impedir que o calor invadisse o ambiente, abria para um terreno abandonado, invadido pelas esparsas ramificações das carrapateiras, algumas florescendo com suas globosas manifestações masculinas dominando os botões florais femininos logo abaixo, na constante proliferação de sua espécie. No meio dos lenhosos gravetos das carrapateiras, uma absurda toiceira de jorro-jorro cobria-se de flores laranja esmaecidas, desafiando o sol que parecia reverberar nas folhas carcomidas de umas solitárias cycas, imóveis e velhas, abandonadas no fundo do terreno.

— Uma tarde — ele prosseguiu —, eu estava saindo do escritório da firma, ali no centro, na rua Joaquim Nabuco, e me senti mal. Pensei estar sofrendo um enfarte. Na nossa idade, tu sabes! O João Bosco Santoro se foi assim. Só estava eu ali, o expediente tinha terminado, e eu me prolongara um pouco mais no serviço. E pensei: será que vou morrer aqui, sozinho? Peguei o elevador, desatando o nó da gravata, e tirei o paletó. Quando alcancei a rua, percebi a minha sombra projetada na calçada, e que eu não ia morrer. Na verdade, percebi que estar vestido de paletó e gravata era algo tão improvável para mim quanto o mistério da morte é para nós, mortais. Mas eu estava ali, minha presença projetando sombra na calçada, vestindo um terno de linho bege e com uma gravata italiana no pescoço, óculos escuros e uma pasta executiva na mão direita. E eles estavam na calçada.

— Eles?

— Meu patrão e a inglesa. Uma jovem, era bonita, aparentava fragilidade, estava de pé, na calçada, e discutia acalorada com ele. A dor no meu peito aumentou, e eu como que fui sugado, atraído pelo vórtice que aquele casal provocava. Eram deuses, os dois. E eu devo ter perdido os sentidos, fui acordar um dia depois, no hospital. Mas enquanto estive desacordado, fui prisioneiro daquele vórtice. Ela usava um perfume. Eu podia perceber a fragrância, embora o sentido de olfato do meu chefe só fosse se desenvolver muito tempo depois, quando a sua inteligência se adaptasse melhor ao mundo. Mas ela estava lá, como se não se desse conta de minha presença. Tinha a pele avermelhada por queimaduras de sol e vestia-se com muita simplicidade. Os últimos funcionários abandonavam o prédio e passavam indiferentes por eles, desviando-se das latas de lixo repletas de formulários contínuos, apressados porque as portas começavam a ser fechadas pelos guardas de segurança. Mas eles nem perceberam que eu sofria uma crise cardíaca. Ela consultava vez ou outra o relógio de pulso e relutava em entrar no carro do meu chefe. Devia ter uns 25 anos, na contagem de tempo que nós mortais aprendemos por força da necessidade de sobreviver. O mais incrível é que eu sintonizava as sensações do meu chefe, ele estava nervoso, inseguro, inteiramente concentrado em algo que a inglesa escondia.

"É claro que esta não era a primeira visita daquele deus a Manaus, mas talvez isto ainda não fosse exatamente uma cidade das outras vezes. Quantas vezes? Em que tempo? Não sei responder, os deuses pouco se importam com o conceito de tempo da humanidade. Trata-se de uma fragmentação inútil e dispensável. Mesmo um deus tão diminuto como ele pode aceitar a grande entropia, o caos que se esconde sutilmente sob o dorso da matéria. Porque aquele deus sabia que não era nada, nem seus irmãos e todo o panteão do politeísmo primitivo que hoje parece gravitar como feixes de partículas quase imperceptíveis em torno do monoteísmo. Táquions, neutrinos à deriva no rio caudaloso das crenças. Ou não? Que importa? Porque a inglesa, visivelmente irritada, começa a mostrar sinais de impaciência."

— E quem era ela? Garanto que era uma deusa celta! Ou a Fata Morgana, se é que vinha da Grã-Bretanha — eu disse, interferindo na assombrosa narrativa.

— Até hoje não tenho certeza. Mas, como a toda hora estamos topando com deuses, é bem possível que o fosse.

— Topávamos, queres dizer.

— Não, nada mudou. O asfalto das ruas nos engana. Por baixo da capa preta do betume, as pegadas dos deuses ainda estão frescas. Mas ninguém devia se sentir mal por isso.

— Isto acontece nas melhores urbanizações aceleradas do planeta — eu disse.

— O problema é que os mortais são levados a acreditar que aquelas ondulações no asfalto são produtos de meras erosões. Coisa de águas pluviais, ou algo parecido. Mas estão enganados, coitados.

— Uma observação muito interessante — concordei. — E o asfalto brasileiro, convenhamos, não é de todo imaculado em sua solidez contemporânea. Vez ou outra, por exemplo, o asfalto paulista é cortado por um trio elétrico. E o que é um trio elétrico se não o latifúndio nordestino com muitos decibéis?

Por baixo da capa preta do betume
as pegadas dos deuses ainda estão frescas.

— O asfalto talvez seja a coisa mais sólida já criada pelo mundo urbano — prosseguiu o meu ex-colega. — Mesmo quando amolece ao calor indecente dos trópicos, o asfalto convence em sua consistência. Por isso, é fácil se deixar enganar pelo asfalto das cidades, pois nem mesmo as pistas bem recapeadas das avenidas mais caras, onde por baixo há apenas rastros de deuses primitivos, estão livres de grandes prodígios.

Se é assim, pensei, por que não aceitar a flexibilidade do asfalto, olhar o que perdura sob o fluxo do trânsito? E, tomando emprestada aquela fantasia que o meu ex-colega tão gentilmente me oferecia, apoderei-me do corpo daquele deus.

Jane abriu a porta do carro e saltou. Pietra Jr. não contava com aquilo e desligou o motor. Saiu apressado, tentando interceptar a inglesa, que ia quase correndo em direção à porta da empresa.

— Mas, que diabo, o que aconteceu? — ele resmungou, ofegante. — Eu já não disse que levo você até o hotel? E você vai comigo até o hotel.

A preocupação de Jane aumentara quando as luzes do prédio começaram a ser desligadas, e a última porta foi trancada. Era óbvio que não havia mais ninguém ali, nem mesmo um retardatário. Na cambiante luz do anoitecer, o prédio parecia se dissolver na escuridão, uma massa indistinta mal refratada pelos olhos ainda não acostumados à noite. Mas os olhos de Pietra Jr., olhos de primata, a visão filtrada por um cérebro feito de água salgada e cadeias de proteínas, não aceitavam a tentativa de fuga da moça. Um impulso de ar, vindo dos pulmões, atravessou sua garganta e fez vibrar as cordas vocais. Seus lábios moveram-se, e ele ouviu sua voz humana.

— O que é que você está pretendendo agora?

A moça parecia arfar, respirando largas golfadas do mormaço saturado de evaporação.

— Eu preciso falar com o senhor Duarte — ela disse.

Pietra Jr. procurou ser afável. E sentiu que podia mexer o próprio corpo; estava suando e tirou os óculos escuros, porque a noite já caíra, e apenas alguns luminosos distantes traziam um pouco de claridade para aquela parte da rua.

— Por favor. É importante. Depois o senhor me leva ao hotel.

— Está bem, mas ele já deve ter ido embora.

— É muito importante que eu fale com o senhor Duarte mais uma vez.

— Afinal, o que é que você tanto conversava com o Dr. Duarte?

— Olha aqui, senhor Pietra. Eu não o conheço, não sei quem é o senhor, e não estou gostando nem um pouco do que está acontecendo — Jane disse, bastante irritada, pronta para começar uma briga.

— Eu não estou fazendo nada — eximiu-se Pietra Jr. com ironia. — Só estou tentando dar uma carona para uma moça bonita.

— Ora, vá para o inferno. Por que não vai cantar a própria secretária?

— Está bem, está bem — ele contemporizou. — Vamos ver se o Dr. Duarte ainda está em casa. Mas você pode falar com ele amanhã.

— Receio que não terei outra chance — retrucou Jane, ríspida. — Parto esta noite para Londres.

— Vamos ao meu escritório. Caso ele já tenha saído, a senhorita pode ligar para a casa dele.

— Sim, por favor — ela disse, relutante.

Regressaram ao prédio e tomaram o elevador. O escritório de Pietro Pietra Jr. ficava no último andar, um longo percurso, mas durante toda a ascensão ele se manteve afastado, tentando demonstrar afabilidade. Como novo diretor-presidente, controlando a maioria das ações brasileiras da empresa, tinha uma ampla sala exclusiva, nome na porta, banheiro reservado, equipe de cinco secretárias e um terminal de *fax*. A opulência das instalações era para ser tomada ao pé da letra: ali estava o poder. Para Jane, aquela ostentação não escondia o seu próprio subdesenvolvimento, uma indigência subjacente que se insinuava pelas cortinas de tecido caro mas cortadas com imperícia, no dispendioso carpete mal colocado e nos móveis que pareciam contrafações. Mas a janela deixava o desmesurado céu amazonense, sempre muito límpido, invadir e humilhar aquela modernidade postiça, de temperatura baixa e pantanosa de ar condicionado nos trópicos, com seu sutil odor de mofo que o perfume adocicado do desinfetante não disfarçava.

Pietro Pietra Jr. sentia-se orgulhoso em mostrar o seu escritório para Jane, na esperança de que ela ficasse impressionada.

— Aqui estamos — ele disse, oferecendo uma poltrona. Não quer sentar enquanto tento localizar o Dr. Duarte?

— O senhor é daqui? — perguntou Jane, sentando-se.

— Não, senhorita, sou paulista, descendente de italianos. Meu avô foi um grande empresário nos anos 20, quebrou com a Depressão.

— O que fazia o seu avô?

— Trabalhava com pedras preciosas e objetos ameríndios. Negociava coisas muito curiosas, como muiraquitãs.

— Muiraquitãs?

— São pequenas esculturas em jade, feitas pelas amazonas guerreiras. E são mágicas! Mas não trouxeram muita sorte para o meu avô.

Jane ficou em silêncio, certa de que Pietra Jr. estava se divertindo à sua custa.

— Agora eu vou tentar localizar o Dr. Duarte — ele disse, pegando o telefone e digitando um número. Falou por alguns instantes com alguém, de forma autoritária, e desligou o aparelho. — Como eu imaginava, o Dr. Duarte deixou o prédio assim que terminou a reunião com a senhorita. E ainda não chegou em casa. Deixei um recado para que ele ligue para o seu hotel.

Abandonando momentaneamente a compenetração, Jane deixou escapar um pouco de sua desconfiança, fixando Pietra Jr. com uma expressão reprovadora.

— Se é assim — ela disse, seca —, só me resta voltar ao hotel. Tenho ainda muitas coisas a fazer, antes de embarcar.

E levantou-se, indicando que não pretendia mais ficar ali.

— Será que não posso ajudá-la? Se a senhorita me dissesse o assunto?

Ela negou, balançando a cabeça com impaciência.

— Não creio — ela disse, com frieza. — E, para dizer a verdade, acho que não querem que o senhor Duarte fale comigo.

— Ora, que bobagem! Se a senhorita me permitisse ajudar — Pietra Jr. suplicou um tanto pretensiosamente, mas a sua voz subia e descia de tom, com as mesmas modulações desastrosas da puberdade, o que em nada colaborava para romper a glacial belicosidade com que Jane o observava.

A voz hesitante, porém, era fruto de sua ansiedade. Pietra Jr. sabia que não podia deixar a inglesa simplesmente ir embora, mas ela era arrogante e esperta o suficiente para perceber suas reais intenções. De outro lado, não podia agir com precipitação e pôr tudo a perder. Precisava ser cauteloso, embora a cautela não fosse exatamente o seu forte. No fundo, a vontade que tinha era de pegar aquela dona de nariz empinado pelo pescoço e obrigá-la a vomitar tudo o que o fracassado do Duarte andara falando para ela.

— Não quero insistir, mas sou o novo diretor-presidente; se for assunto da empresa, eu posso ajudá-la. Não quero que vá embora com uma falsa impressão — explicou, pressuroso. — O Dr. Duarte está se aposentando, acha que já não tem nada a fazer aqui na empresa. No último aumento de capital, ficou para trás, se tornou um acionista minoritário...

Jane não disse nada e lhe deu as costas, olhando para a cidade pontilhada de luzes que tremeluziam lá embaixo. Parecia se interessar mais pelos luminosos faiscantes nos prédios distantes que pela presença dele. Mas Pietra Jr. já estava, sem saber, escolhido para fazer parte de planos maiores. E como podia adivinhar?

— Agora vou levá-la ao hotel — ele disse.

Quando o elevador chegou ao térreo, ele inadvertidamente a tocou no ombro. Jane puxou o corpo num movimento rápido, recusando o contato.

— Perdão! — ele casualmente se desculpou.

Estou indo de mal a pior, ele pensou. Era a ingenuidade das pequenas divindades que se manifestava, sempre pendendo entre ser amado ou temido, no ciclo interminável dos relacionamentos entre deuses e mortais. Pena que Pietra Jr. não morava em nenhum Olimpo, Valhala ou Paraíso, nem estava, como nunca estaria, apto a mergulhar apaixonadamente nas paixões dos homens. Era um deus, sim, mas muito simples e até patético.

— O senhor não precisava, eu posso tomar um táxi — ela disse rispidamente, enfrentando-o com os olhos.

Pietra Jr. não aceitava mais ser tratado com desprezo. Era um homem rico, poderoso, temido por muita gente. Ainda por cima se considerava um sedutor, um homem que sabia apreciar a beleza e derrubar resistências. E aquela mulher, com os seios pulando contra a blusa, não era melhor que as outras.

— Mas é claro que vou levá-la ao hotel — insistiu, pois era no hotel que ele esperava descobrir o verdadeiro interesse daquela inglesa emproada. E nada mais gratificante para ele que quebrar as resistências de uma mulher como Jane. — A senhorita vai ter dificuldade em conseguir um táxi agora.

— Eu não preciso de sua ajuda — ela rugiu, recuando alguns passos, porque Pietra Jr. a olhava com tanta intensidade que em outros tempos isto teria provocado metamorfoses, mutações, saltos genéticos e acidentes morfológicos.

Pela primeira vez, Pietra Jr. intuiu que ela perdera um pouco da autoconfiança, embora não tivesse se desarmado totalmente. Observava-o com beligerância, medindo-lhe os gestos, escrutinando-o e procurando devassar as suas reais intenções. Mas Pietra Jr. não estava escondendo nada, seguia apenas o fluir da misteriosa e potente corrente que era o acaso daquele encontro.

— Está bem — ela disse, neutra —, aceito a carona. Talvez o senhor possa responder a certas perguntas.

Embarcaram para uma viagem longa e cheia de coisas surpreendentes. Pietra Jr. consultou o relógio e disse.

— Daqui a pouco haverá um *blackout* na cidade. Não precisa se assustar, é que hoje temos o apogeu do cometa.

Quase que imediatamente, a escuridão tomou conta de tudo. Apenas os faróis dos carros, colunas de luz cegante, passavam por eles, sem nada iluminar, ofuscando o negrume da noite.

Maldito cometa, pensou Jane, contraindo os olhos a cada farol que devassava o carro. Ela nem se dera conta de que era o ano do cometa. Também, que diabo, os cometas do século XX não se comportavam como antigamente. Antes eles atravessavam coruscantes os céus, tocavam nos mais gélidos terrores dos simples e confirmavam a transitoriedade dos poderosos. Cortavam as noites medievais e se vestiam no mais puro estilo gótico. Iluminavam a escuridão daqueles tempos de excessivas certezas, talvez a dizer que a rusticidade da época era na verdade uma sofisticação que a humanidade um dia perderia para sempre.

Quem sabe os cometas, em seus resplendores noturnos, apenas não vaticinavam isto: a irreparável perda da capacidade de assombro. Haveria algo mais terrível? Sem o poder do assombro, a humanidade não estaria tão perdida quanto os reis sem trono, ou as populações dos velhos burgos vitimadas pela peste? Mas, de outro lado, como assombrar-se com essas visitas do espaço, que se mostram muito mais grandiosas na *mass-media* que no firmamento ofuscado pelas luzes de mercúrio das grandes cidades?

Jane passava e repassava essas idéias malucas em sua cabeça porque não queria pensar no que estava lhe acontecendo. O comportamento de Pietra Jr. até ali não ultrapassara os limites do conveniente, mas ela sabia que mais cedo ou mais tarde teria que ser mais do que convincente para se livrar dele.

— A atual aparição do Halley é tão frustrante — disse Pietra Jr. — Não concorda comigo, senhorita Challenger?

— Ouvi muitas histórias sobre o cometa Halley — ela respondeu, evasiva. — Meu avô foi testemunha da última aparição.

— A senhorita se lembra do Kohoutek, nos anos 70?

— Lembro. A indústria de instrumentos óticos deve ter lucrado milhões de dólares vendendo lunetas, binóculos e telescópios — ela respondeu, mostrando-se afável.

— Conheço um comunista que diz que olhava para o céu, em busca de assombro, mas era o horror do Brasil dos anos 70 que o assombrava.

— Talvez não fosse um cometa o que ele procurava — ela disse.

— É, talvez. Mas ficou frustrado de qualquer maneira.

— E agora, quando olham para o céu, o que os brasileiros estão vendo?

— Mais frustração — respondeu Pietra Jr. — Os brasileiros são incorrigíveis, nunca se contentam com o que é possível.

— Por que se contentar, se prometeram uma coisa brilhante, luminosa, e o que aparece é um fiasco na escuridão? — ela disse.

— A senhorita também acha o Brasil frustrante?

— Sim, decepcionante.

— A herança de 20 anos de regime militar não é tão negativa quanto alguns pretendem que seja — ele disse. — Pelo menos os militares não fizeram como os argentinos, que sucatearam o país. Aqui pelo menos sobrou um capitalismo moderno, um pouco caricatural, é verdade, mas, de qualquer modo, moderno.

— Ter esse tipo de ilusão compensatória não faz mal a ninguém — Jane comentou, sarcástica. — Mas essa tal modernidade do Brasil não aparece nas ruas, somente nas estatísticas, nos cálculos dos economistas. Assim como o Halley só aparece nos boletins dos astrônomos.

— Não é bem assim — protestou Pietra Jr.

— Não é bem assim? Isto aqui me parece o Paquistão. Fome, superstição e bomba atômica.

— Já foi pior, pelo menos conseguimos organizar uma estrutura industrial competitiva, politicamente ativa e moderna, que foi capaz de impulsionar as velhas estruturas agrárias. Nenhum país fez isto sem uma certa dose de violência. De certo modo, estamos repetindo aqui o que aconteceu na Inglaterra no século XVIII.

— Ou tentando preservar o século XVIII para sempre. Esta é a impressão que levo daqui.

— Mera impressão — ele insistiu.

— Eu conheço outros países do Terceiro Mundo — disse Jane —, em todos há uma espécie de contradição entre o moderno dos projetos dos economistas e a realidade cotidiana. Aqui, como nos outros países, a modernidade acaba sendo um abismo que separa a maioria da minoria, embora eu jamais tenha visto um abismo tão vasto e tão bem cultivado quanto o brasileiro. De um lado, os mortos de fome, os negros e escuros das favelas, que nem como mão-de-obra são aproveitados. Estes estão presos para sempre à cultura do estômago. Do outro lado, os que lucram e uma minoria de auto-iludidos. Estes são os senhores, os que comem regularmente, os alfabetizados, eu presumo; os consumidores. No meio, rompendo o asfalto, o abismo cada dia mais largo, intransponível. Mas há algo aqui que faz este país diferente do resto.

— A diferença é que nós vamos escapar do Terceiro Mundo.

— Não seria justamente o contrário? Não teriam os senhores descoberto um perfeito sistema para manter eternamente o país nesta situação, sem explodir?

— A senhorita falou em Paquistão. Não posso concordar. O Brasil não é um país culturalmente fracionado por diferenças religiosas, culturais e lingüísticas como certos países asiáticos.

— Algumas ruas de Cabul também foram asfaltadas — provocou Jane —, e nunca esqueça o asfalto cheio de fraturas das avenidas de Manágua.

Os astrônomos não se cansavam de dizer que diariamente observavam cometas, tal qual os economistas identificavam a modernidade do Brasil. Eram tão comuns esses vagabundos errantes do espaço, que só despertavam bocejos aos cientistas. Agora mesmo, astrônomos dos Estados Unidos estavam lançando a teoria de que o planeta Terra era abastecido periodicamente de água por cometas que chegam das regiões congeladas. Quem podia imaginar que o copo d'água que se bebeu ainda há pouco veio das estrelas? Essa água, tratada sofrivelmente e cobrada como se ouro líquido fosse, é coisa extraterrestre, tão alienígena quanto o famoso homenzinho verde de Marte. Frente a isso, por que duvidar das possibilidades do Brasil? Mas talvez ele tivesse razão. O Brasil era difícil de ser explicado. Como entender aquele país onde um sofisticado sistema de telecomunicações ficava sob as ordens de ministros que eram verdadeiros trogloditas?

— A única organização a atravessar o abismo brasileiro tem experiência no ramo, com quase dois mil anos de eficiência.

Pietro Pietra Jr. agitou-se, achou que ela falava agora dos comunistas.

— O quê?

— Estou me referindo à Igreja Católica — ela esclareceu.

— Entendo. Mas a Igreja Católica nunca será moderna. Ela atravessa o abismo justamente por ser arcaica, feudal e obscurantista.

— Sim, eu sei. A Igreja Católica nunca engoliu o capitalismo. E se ela enfrenta o capitalismo aqui na América Latina, é porque tem nostalgia dos bons tempos do século XIII. O surpreendente é que esse espírito parece bem sintonizado com o resto da sociedade.

— Latinidade e catolicismo, é isso que a senhorita quer dizer?

— Exatamente. O moderno aqui neste caso, me parece, é mais para o gótico brasileiro.

— Gótico brasileiro! — exclamou, surpreso.

— Sim, comunidade de base, pé no chão e singeleza. Um equivalente da frugalidade asiática, um primitivismo ao gosto ocidental.

Ficaram em silêncio por alguns segundos, os dois faróis do carro levitando lá na frente, abrindo caminho na escuridão sem cometa. Jane, finalmente, voltou a falar; ela achava que falar lhe dava uma grande vantagem, conquistava-lhe terreno; erigia muralhas protetores em torno de si mesma.

— Meu avô, o professor Challenger, acreditava que a epidemia de gripe espanhola tinha sido trazida pelo cometa Halley. Um ano depois da passagem do cometa, em 1911, abateu-se no mundo uma das últimas epidemias globais de que se tem notícia. Milhões de pessoas perderam a vida. Como o senhor pode ver, há sempre alguém encontrando explicações para qualquer coisa que se possa imaginar. Meu avô chegou a escrever um livro sobre o assunto, e deu-lhe o título de *Veneno cósmico*.

— E aqui — disse Pietra Jr. — nenhuma explicação prospera realmente, porque a miséria faz as superstições se desenvolverem como bactérias num caldo orgânico.

Os faróis do carro finalmente iluminaram a entrada do Hotel Tropical, onde Jane estava hospedada. Era uma bucólica construção, citação contemporânea da arquitetura colonial brasileira, em meio a um bem cuidado bosque, próximo à famosa e poluída praia da Ponta Negra. O hotel estava iluminado porque possuía gerador próprio, e talvez seus hóspedes fossem despidos de curiosidade astronômica. Pietra Jr. estacionou o carro e fez a volta, num típico gesto de cavalheirismo latino, para abrir a porta e deixar Jane saltar.

— Despedimo-nos aqui — ela disse, resoluta. — Agradeço a gentileza. Agora reconheço que seria difícil encontrar um táxi com este *blackout*.

— Até logo, senhorita Challenger. Creio que ainda nos veremos.

— É possível — ela respondeu, antes de virar as costas e caminhar para o interior do hotel. Seguia empertigada, procurando mostrar segurança, embora não se sentisse confortável, sabendo-se observada.

Quando atravessava o saguão do hotel, não resistiu e tentou ver se Pietra Jr. continuava do lado de fora, mas na exígua área iluminada da entrada estavam apenas os dois jovens porteiros fardados de cinza. Intranqüila, intuindo que o seu encontro com o empresário talvez ainda não estivesse terminado, abriu a porta do quarto e acendeu a luz. Para sua vergonha; deixou escapar um grito ao ver que Pietra Jr. estava sentado na cama, petrificado como uma enorme estátua hiper-realista. Nesse momento as luzes do hotel se apagaram.

Jane não sabia exatamente o que tinha lhe acontecido naquele quarto de hotel. Às vezes pensava que tudo não passara de um pesadelo, de uma espécie de sonho um pouco mais real, ou de uma alucinação. Não importava, a experiência a marcara mais do que desejava aceitar. Porque tinha sido ao mesmo tempo assustadora e gratificante. O que era insólito, só de pensar. Em sua confusa memória, ela via Pietra Jr., apesar da escuridão, reluzir em lampejos e, a seguir, plasmar-se como um enorme molde de cera quente, explodindo em partículas incandescentes e reaglomerando-se num fulgor escarlate. Merda, sempre detestei esses efeitos especiais americanos, ela pensou. Mas, apanhada pelas cintilações, Jane se desarmou de toda ironia e começou a compreender. Era o encontro de dois mundos, de duas civilizações em colisão, espalhando reverberações pelo quarto, irrompendo pelas paredes e iluminando, ela agora sabia, as grandes lonjuras, o vale inteiro, a massa vegetal que ondulava até se perder num horizonte imenso, para revelar as ruínas crestadas em que tudo estava se transformando. Relâmpagos iluminando ruínas, queimadas rubras que deviam durar semanas e atingir milhões de hectares, rios assoreados e toldados pelo mercúrio, tórridos areais ao sol dos desmatamentos, árvores afogadas exalando vapores tóxicos, pestilências subindo como nuvens de insetos. E milhões de mortos a espreitar, em cada relâmpago, os súditos do reino de Pietra Jr., o deus dos destroços, o senhor dos escombros, que ela ousara perturbar. E os mortos abriam as bocas desdentadas e por elas estrondavam centenas de línguas, uma algaravia tremenda que ensurdecia, mais estridente e desesperada que o crepitar dos raios a pulsar sobre o corpo translúcido da abominação que se retorcia na cama. Gestas, épicos, pequenos dramas, todas essas criações milenarmente cultivadas e abatidas de um só golpe, agora queriam se fazer ouvir, em suas próprias línguas, algumas mortas irremediavelmente, outras a estertorar, quase todas em vias de emudecer. Aquele rumor de vozes foi num crescendo, provocando ondas sonoras de alta intensidade, que faziam as paredes do quarto vergarem e todos os objetos de vidro saltarem em pedaços. Espelho, copos, vidraças, lâmpadas esfacelavam, espalhando cacos por todos os lados. A ansiedade daquelas gargantas esmagadas era tanta, por tanto tempo votadas como estavam ao laconismo, que agora irrompia com a força de um furacão, uma tormenta que varria o quarto, revolvia os móveis, os objetos e, para agonia de Jane, parecia querer ensurdecê-la, transformá-la também em destroços, igualá-la aos restos irreconhecíveis e calcinados da natureza malcompreendida. O reino de Pietra Jr. era aquela paisagem dilacerada, que tolhia a visão, ofuscava, queimava a retina e castigava a memória.

Então, em meio ao turbilhão, Pietra Jr. soube quem era Jane Challenger. Ela não era uma oferenda, nem a chave do tabernáculo, nem o cordeiro a ser imolado, nem um coração ensangüentado ainda palpitando na mão do sacerdote, nem mesmo uma vela votiva resistindo em meio ao vendaval. Jane Challenger era a sacerdotisa, a que aplacava o deus com antigos encantamentos, que levava o cordeiro às chamas e segurava sem repugnância o coração ainda pulsante numa das mãos, e com a outra protegia a débil chama da vela. Mas que não esperasse metamorfoses e prodígios da idade do ouro, nem a exibição de ramos dourados, nem incursões no reino animal ou simulações minerais. Ao aceitar sua oferenda, ele não estava a lhe proporcionar chuvas de gotas de ouro no regaço, muito menos as sensações de um lascivo ganso entre suas coxas alvas ou o rústico suor de um touro bravio a arrebatá-la. Não, ela devia saber que ele era o algoz da floresta úmida, do chão atapetado de folhas apodrecendo, um deus da matéria decaindo, dos liquens e dos fungos, dos cogumelos e dos musgos, mas também terror dos pequenos roedores, dos assustadiços répteis e dos pássaros canoros. E mais, que talvez esta fosse a sua primeira encarnação humana, depois de milênios de uma existência nos ácidos, no vapor das pestilências, nas exalações que corroem as mais belas pétalas nacaradas das catléias, na poalha que recobre os cascalhos na beira dos igarapés, pois este era o seu reino.

Então, Pietra Jr. se deslocou para fora de seu corpo torturado. Tudo cessou. O silêncio das eras ressoava como grilos distantes, e ele começou a levitar até o teto do quarto. Ali se manteve colado: uma lesma sem pressa, riscando um caminho fosco no forro de gesso. E porque observar é a melhor coisa que os deuses fazem, Pietra Jr. finalmente sentiu-se pronto para conversar. Não era um deus do monoteísmo, desses que gostam de contemplação.

— Ainda compreenderemos? Restará alguma coisa? — Jane se perguntava. — Como abarcar os avanços e malogros de 400 anos de cegueira?

— Não há mais tempo — a lesma sussurrava. — É irreversível, perdeu-se o fio condutor. Era tênue e frágil como este caminho que traço.

— Como foi possível — ela prosseguia — tantas coisas desaparecerem sem deixar vestígios? Como recuperar essas civilizações que a própria seleção natural, ao longo de milênios, foi especializando, enriquecendo, modelando, dotando de técnicas, e que sumiram?

— Tarde demais! — sussurrava a lesma.

E surtos desse passado morto irrompiam no quarto, como soluços do tempo.

— Geografia é destino — sussurrava a lesma.

— Absurdo! — Jane protestava. — Não quero ser fatalista, apenas dizer que eles realmente conseguiram uma admirável racionalidade operacional, enfim, aqui fizeram civilizações. E desapareceram. Os dinossauros deixaram mais vestígios que eles. Por quê?

— Quem ganhou? Quem era o mais primitivo? — provocava a lesma.

Quanta diferença nestes últimos 400 anos. As barragens das hidrelétricas não afogaram apenas os bichos, cobriram para sempre os mitos e assim instauraram o paradoxo. Quanto maior a sede de produção, maior a degradação. Quanto maior a riqueza arrancada do solo, pior a condição do homem.

Sob o signo de um paradoxo que mais parece
uma dolorosa comédia de erros.

— Como é ser um amazonense? — ela perguntou, notando que o corpo dele agora estava meio deitado na cama, as coxas abertas e as pernas flexionadas para baixo. O corpo estava nu, e, no rosto, uma plácida expressão.

— Como será nascer numa terra em que a história se perde num labirinto de equívocos?

Jane foi até a cama, sentando-se perto dele. Vez ou outra, enquanto falava, sua coxa roçava de leve na coxa dele.

— O paradoxo do progresso — ela disse, e continuou em seu extenso monólogo, embora ele quase não a ouvisse mais.

Como definir realmente um nativo da Amazônia, ele pensava, se tudo está aos pedaços. Seria como tentar reconstruir, sem conhecer a planta, um prédio que ruiu sob o efeito de um terremoto. Mas talvez essa questão de ter uma identidade não seja realmente tão importante, ou, por outro lado, a tal identidade amazônica seja justamente a fragmentação. Um paradoxo!

Paradoxo?

— Houve um tempo — ele disse, interrompendo-lhe o monólogo — em que nós acreditamos que esta terra era uma espécie de celeiro. Um truísmo típico de gente de fronteira, é claro.

Ela se deitou na cama e ficou observando o risco fosco que a lesma deixara no forro, circundando a luminária quebrada, a rebrilhar na luz da lua que invadia o quarto. Vindo de fora, ouvia-se a agitação do pessoal do hotel, tentando restaurar a eletricidade e socorrendo os hóspedes com lanternas.

— Por que vocês acreditam que os países têm um destino? — ela perguntou.

— Não sei — respondeu. — Aqui nunca paramos para pensar em destino, sempre nos dávamos mal quando o fazíamos.

Destino! Como pensar em destino, quando se vive na defensiva, em meio a uma demolição? Que diabo aquela inglesa queria dizer com isso? Esta é uma terra repleta de pontos obscuros, de coisas enigmáticas, de intrincadas relações. Aqui nada é o que aparenta ser. O que ela pensa? Que pode ter acesso pelo que julga ser o nosso lado "ocidental"? Ela que tente. Não vai encontrar passagem, tropeçará em lacunas enormes como mares interiores, espaços vazios como pântanos de esquecimento. E pensará que somos produto de uma causalidade, de algum determinismo. O que em nada muda a nossa estranha natureza.

Sempre deitada e com movimentos decididos, ela começou a se despir, livrando-se rapidamente das roupas. Quando estava apenas de calcinha, colocou-se de lado, as costas viradas para ele, e suspendeu o joelho direito, levemente abrindo as coxas, insinuando-se.

— Mas não há razão para desespero — ela disse, a voz ligeiramente embargada, como se na verdade esperasse que ele a livrasse da calcinha. — Esta fragilidade pode ser explicada pelo atraso — prosseguiu. — A classe dirigente aqui deve ser muito primitiva, e os quadros locais, bastante incompetentes.

Obediente como todo deus disponível, puxou-lhe a calcinha até se tornar uma bola de jérsei em sua mão. Seus olhos logo foram atraídos pela fascinante exposição do delicado sexo, quase glabro, convidativo e terno, levemente rosado e vulnerável. Livrou-se da calcinha e enfiou a cabeça entre as coxas dela, beijando aqueles lábios discretamente umedecidos. A inglesa estremeceu, e ele sentiu que ela entrançava ferozmente seus dedos em seus cabelos lisos, puxando-lhe o rosto para cima, sem atrapalhar o que o deus fazia, mas de um jeito que Jane o olhasse nos olhos quando falassem alguma coisa.

— Eu fico imaginando como deve ser a administração pública aqui — ela disse, contorcendo-se suavemente. — Nada deve ser plenamente aproveitado, certamente causando um enorme prejuízo aos próprios empresários, sem falar no povo.

Aqui todos vão deixando para trás os escombros, os restos mal digeridos, Jane supunha, enquanto atacavam seus objetivos pessoais.

— Sabe de uma coisa — ela prosseguiu, movendo o corpo lentamente —, vocês são todos iguais, e querem se destacar justamente porque são explorados, como se o subdesenvolvimento fosse uma distinção.

Ofendido, o deus intensificou o seu trabalho, levando-a à beira de um orgasmo.

— Então queres dizer que usamos o subdesenvolvimento para garantir certas vantagens? — ele disse, cortando a possibilidade do orgasmo no último minuto. — Que petulância, já nos exploraram demais em nome de supostos privilégios.

Ela cravou os dedos com mais força em seus cabelos e empurrou-lhe o rosto para o lugar que a interessava.

— Idiota! — ela rosnou. — Saber que um país é explorado por outro é apenas saber que é explorado por outro. Nada muda. Nem mesmo é um alívio.

— Eu sei, eu sei — repetiu, meio afogado pelo tufo de ruivos pêlos.

— Não, não sabe. A não ser que se faça de desentendido, porque a situação é mais conveniente. Os economistas do Terceiro Mundo, por exemplo, são de um total cinismo. Estão sempre às voltas com os microfenômenos, e quando tentam vôos mais altos, caem no devaneio, em filosofice espontânea ou advertências apocalípticas desvairadas.

— É que as teorias, aqui, estremecem — disse o deus, num sussurro.

— As teorias estremecem? Que significa isto?

— A realidade que nos espreita é muito mais complexa do que supõe a nossa vã filosofia.

— Não pare! — ela protestou, firmando-lhe a cabeça entre suas coxas. — Estava tão bom. Continua... isto, assim. Apenas me escuta.

Como podia ele explicar que ali estava um vale de muitas culturas e muitas visões de mundo, onde não apenas se falavam algumas línguas européias majoritárias, como o inglês e o espanhol, mas também o português, o francês e o holandês, além de mais de 150 línguas autóctones? Só que estas últimas estavam sendo empurradas contra a parede, e aos seus falantes não se dava outra alternativa que não a submissão à psicologia do colonizado.

— O que significa nascer aqui? — ela gemeu. — Que tipo de identidade pode ter alguém que aprendeu tukâno com a mãe e tem de falar português com o chefe de pessoal da fábrica?

— Besteira, isto é besteira — ele gritou, definitivamente encerrando aquela fase. — Nascer é a identidade, e quanto ao resto, se por acaso se pertence à maioria que se espoja numa gloriosa alienação que quase é o corolário de ser povo nestas terras, pode-se ser até feliz, sem jamais ouvir estas perguntas.

Olhou para ela. O rosto de Jane estava corado, com uma insinuante tonalidade rosa nas maçãs do rosto.

— Estes pouco me importam — ela disse, tensa e irritada. Eu me referia apenas aos que conseguiram erguer a cabeça acima dessa alienação ominosa.

— Bem, estes serão com toda certeza uns intranqüilos, criaturas que no máximo poderão levar para o túmulo a consciência pesada de sua impotência.

Impaciente, ele mudou de posição, repousando as costas no espelho da cama, acariciando com uma das mãos, devagarzinho, a parte interna de uma de suas coxas. Jane, enquanto falava, vez ou outra deixava os olhos caírem sobre o membro intumescido que espreitava, semi-ereto, por entre o tufo escuro de pêlos.

— Não, alguns notarão algo mais que o toque do exótico e do pitoresco — ela contra-atacou, medindo as palavras.

— Aos que notarem, nossas congratulações. Pena que a própria realidade não se cansará de fornecer as diferenciações. E catalogar as diferenças que supostamente separam o mundo "primitivo" do "Ocidente" é o que tem sido feito até hoje, reforçando nos nativos a psicologia do colonizado.

— Basta que vocês deixem de ser "nativos" — ela provocou.

— E o que restará?

— A cidadania, que é a única forma de escapar da psicologia do colonizado e afastar as falsas alternativas do missionário, com sua insultuosa comiseração, ou do etnógrafo, com a sua pretensa limpeza exclusivista.

Neste curto instante de 400 anos, o deus pensou, vimos os missionários nos acenarem com honradas violações para melhor conquistar almas tão impenetráveis. Quanto aos etnógrafos, estes vieram aqui para nos convidar a recompor nosso mundo à luz das anomalias e, assim, tranqüilizar consciências. Por tudo o que já nos fizeram engolir, é um assombro que ainda se possa ser "nativo".

— O pior — ele argumentou — é que aqui nunca tivemos oportunidade de abrir a boca. Muitas vezes acabamos clandestinos de nós mesmos, escondendo tão bem escondidas as nossas coisas, que quase tudo se tornou inacessível. Tem a história de um bispo salesiano que se jactava de ter sistematicamente arrasado com todas as grandes "malocas" coletivas do alto Rio Negro. Confessou publicamente, cheio de orgulho piedoso, que tinha realizado a mesma política de terra arrasada tão cara aos mais bárbaros costumes de invasores.

— Agora entendo o que você quer dizer com "tremores teóricos".

— Não, não entende. O exótico nos salta à garganta como um felino enraivecido, nos atemorizando com a possibilidade de sermos tomados como peças antropológicas, e então nos aferramos à crença de que somos do "Ocidente", e por assim sermos, como sempre acontece, até mesmo com os próprios "ocidentais", acabamos por nos acreditar exclusivamente "civilizados".

— Triste engano, porque, ao viverem num paradoxo, a todo momento reencontram uma realidade difícil de abandonar.

— Por isso, depois de cada um desses insólitos encontros, corremos de volta ao regaço da "civilização". Pena que a "civilização" também seja um lugar estranho e inóspito, porque aculturar-se não é fácil quando as marcas originais irrompem como remissões.

Remissões como surtos de malária, Pietra Jr. pensou. Porque durante séculos a Amazônia adorou sentir-se alvo de cobiça, cheia de orgulho nativo que escondia o lado escuro das almas, reduzindo a pó o passado e contentando-se com as ruínas, os fragmentos, pedaços. A memória dilacerada mas posta em segredo.

Como as febres, as remissões provocavam delírios. Terçã maligna infiltrando agonia no corpo, sustos na mente cansada. E Jane se esforçava para dar um sentido a tantas sensações, a tantas idéias que lhe passavam pela cabeça, mesmo sabendo que no fundo isso não era necessário. Porque o significado talvez estivesse irremediavelmente fora de alcance, inacessível por sua extrema simplicidade, tão prosaico em seu mistério quanto a ereção que ele agora apresentava, oscilante forma que se estendia afilada da base para cima, suavemente curvada para o ventre dele, a cabeça oval impondo-se rósea sobre a haste cortada por veias azuladas quase indistintas. E Jane podia sentir o quanto ele estava vaidoso, porque era um deus muito primitivo, que ainda acreditava no poder dominador do pênis. Mas, depois daquela noite do cometa, Jane sabia, os últimos vínculos entre deuses e mortais estariam quebrados.

O tempo parou em homenagem àquele instante, e eles se viram mergulhados num nevoeiro abrasador, onde as palavras gravavam a fogo as imagens em suas mentes, elevando a temperatura dos corpos. Porque só assim seria possível atravessar mundos tão irredutíveis, tapar os ouvidos aos lamentos dos que gritam que não há remédio, que o pitoresco a tudo vitimou, que mesmo quando alguns se vestem de romantismo ainda assim são desagradavelmente primitivos e devem ser apagados.

Ele puxou-a para perto de si e sussurrou em seu ouvido, para que aquelas vozes não interferissem.

— Fomos forçados a reconhecer a própria impostura como identidade. E para não sermos considerados insignificantes, nos contentamos em ser projetos sem conteúdo.

— Este é o principal sinal dos mundos primitivos — ela disse. — Neles, os homens são levados a esquecer, sem relutar, a sua natureza original, instados ao deplorável fenômeno da aculturação. Isto vale para os europeus também. Todos se perdem e se alienam por um choque cujo sentido lhes foi sonegado. Assim, a identidade de vocês é o produto do confronto. Vocês são americanos, já deviam estar acostumados.

— Não, nunca nos acostumaremos. Sob o signo do paradoxo, muitas vezes a solidariedade que proclamam por nós é como se aguardassem uma oportunidade para se livrar de nós. Porque a solidariedade é como uma lâmina cortante, que nos faz sangrar em silêncio, mesmo quando nos juntamos publicamente com os que aqui vêm chorar sobre o leite derramado. Quando um holocausto dura quinhentos anos, a dor se congela. Há uma espécie de vacância que se instala na alma, que nos tumultua a leseira, que se alimenta de possibilidades, de quimeras, mas que no fim apenas embrulha a vida numa mortalha de desilusão.

— De qualquer forma — ela reagiu, os olhos azuis cintilando de impaciência —, não se pode mais admitir o ressentimento de vocês. Não há mais lugar para quem se compraz na insignificância, quando o tempo é voraz. Vocês não comovem mais ninguém, e estamos fartos desses que se deixam seqüestrar por antecipação pelo atraso.

— Então o paradoxo é a nossa vertigem? — ele perguntou.

— A América é um paradoxo — ela respondeu.

Colocou-se então sobre ela, porque nada mais havia a dizer. Ajeitaram-se confortavelmente, e ele a penetrou lentamente, segurando-lhe as coxas e observando tudo o que seu corpo fazia, centímetro a centímetro seguindo a inserção, até que se viu inteiramente nela, e descansou. A sacerdotisa era uma mulher pequena, macia e úmida, que fremia continuamente enquanto ele contemplava o que acabara de fazer, sutilmente estremecendo em perfeita harmonia com ela, cravado naquela entrada de músculos que o queriam arrastar cada vez para mais longe, para bem distante daquelas tristes ruínas que a tudo cercavam.

Quanto tempo durou aquela noite? Alguns minutos, não mais. Ou os milênios se escoaram enquanto se retorciam e arquejavam? O tempo aparentemente foi muito condescendente com eles, esperando que seus ventres se contraíssem e relaxassem, que se apertassem, que se entregassem em oferenda; ele mesmo, o deus, devassado e consumido; ela, derrubando seus próprios preconceitos. E os dois foram arrastados pelo turbilhão do tempo, levitaram sobre o copado de árvores gigantes, extraordinários castanhais prestes a sucumbir, rumando sobre nuvens de procela até o pico de montanhas geladas, pendentes sobre escarpas traiçoeiras onde os grandes rios nasciam como tímidas gotas de orvalho. Em cada um deles, a máscara transcendente da inocência, os sorrisos assustados dos que testemunharam uma epifania.

Antes da inundação final, Pietra Jr. teve forças para sussurrar.

— E então? Mudarão as coisas?

— Ainda restam esperanças? — ela perguntou.

— O que dizer? — voltou a sussurrar, observando que ela cerrava os olhos, e um ricto lhe puxava a boca num imenso sorriso.

O deus também exibia seus brancos dentes pré-colombianos, fazendo curtos movimentos, porque não havia mais respostas, apenas as mesmas vozes esfarrapadas, a velha cacofonia a sibilar como o vento noroeste por entre o copado das castanheiras, a dizer que os ácidos das contingências um dia ainda iriam corroer todas as misérias e que, finalmente, quando as águas baixassem, no primeiro dia de sol após o dilúvio, as ruínas terão sido restauradas e o paradoxo esconjurado.

Com um grito alto, eles despencaram no abismo.

E Jane Challenger acordou.

Estava sozinha, inteiramente vestida, deitada na cama. Apenas a luz do pequeno corredor de entrada estava acesa, mas ela podia ver a desordem que imperava no quarto. Assustada, tratou de enfiar rapidamente suas coisas na mala, e, para seu espanto, descobriu que uma parte dos papéis não tinha sido levada. Olhou o relógio, em duas horas tomaria o avião de volta para casa. Mas talvez nunca mais pudesse sair dali realmente.

LIVRO 3

Espécimes Ameaçados

As longínquas fronteiras do Novo Mundo

Dom Tomasi di Lampedusa acreditava que a Sicília era a América da Antiguidade Clássica. Atravessando o mar, vinham os jônios, os dórios descobrir na vegetação espinhenta das encostas dos montes, embriagados pelo labirinto aromático, entre murtas e giestas, no odor do tomilho e num céu azul quase sem nuvens, uma antecipação de 20 séculos do Novo Mundo. O que restara daquelas sensações no olfato contemporâneo? Aparentemente nada, talvez uma vaga memória poética, lampejos de êxtases, farrapos de espanto. Curiosamente, essa questão olfativa passou a me inquietar tão logo concluí o capítulo anterior. A transformação de um ato de violência sexual numa liturgia de revelação não me convencia. Sobretudo porque conhecia muito bem certos representantes em carne e osso do senhor Pietro Pietra Jr. e tinha certeza de que nenhum deles apresentava atributos de divindade, mesmo a mais primitiva. Nenhum deles estava ali para experimentar odores, e, se por acaso prestassem um pouco de atenção à natureza, não elegeriam o cheiro da almácega ou a bela agressividade do boldo, mas a forma fálica da miratinga. Porque com eles era pau puro.

Pietro Pietra Jr., pelo menos como agora começava a imaginar, podia até mesmo ser um sujeito excêntrico, a seu modo, um homem extraordinário, sagaz, com um enorme senso de oportunidade, capaz de fazer uma crueldade apenas para exercitar depois a própria compaixão. Os tipos bem-sucedidos que eu conhecia, que tinham amealhado fortuna nos últimos 20 anos, pareciam viver na defensiva, odiavam a sutileza e não possuíam o menor tino empresarial verdadeiro. Eram bem-sucedidos porque estavam à sombra protetora de Brasília e não porque arriscaram alguma coisa. A fortuna desses senhores vinha do senso de impunidade, não da ousadia posta à prova.

Os Pietro Pietra Jr. de carne e osso podiam ser vistos num dos cinco programas da BBC, dirigidos por Virginia Challenger, e nenhum deles levava jeito para divindade. Se fosse possível entrevistar Pietro Pietra Jr., ele teria dito que nascera na cidade de Bauru, São Paulo, de uma família modesta. Cursara apenas o primário, porque precisou logo trabalhar. Aos 16 anos fazia entregas e pequenos serviços numa sapataria da cidade, onde manifestou seus precoces dotes de persuasão. Era um vendedor nato, que convencia as freguesas a levar sapatos em desuso como o último grito da moda, dobrava as vontades mais recalcitrantes e suportava com infinita paciência as mais torturantes indecisões. Ninguém saía da sapataria de mãos abanando, se ele estivesse por perto. E como era natural, seu patrão atirou-lhe um tapete vermelho onde, numa das pontas, estava a própria filha casadoura. Pietro sentia-se ainda verde para o matrimônio, mal completara 18 anos, escapara do serviço militar subornando um oficial com um par de botas de cromo alemão, mas não queria decepcionar o seu benfeitor, muito menos a núbil oferenda que por sinal não era de se jogar fora. Pietro, então, aprendeu que não se pode contentar a todos ao mesmo tempo. Ao se esforçar para não decepcionar a sequiosa donzela, acabou por induzi-la a um passo em falso. O pai, vendo que não se tratava exatamente de um problema ortopédico, valeu-se de um argumento calibre 38 e tentou mostrar ao persuasivo vendedor que decepcioná-lo podia ser perigoso. Jurando para si mesmo que daí para a frente só se preocuparia em contentar os outros quando também ele mesmo ficasse contente, Pietro fugiu da cidade na calada da noite. Deu com os costados na capital, onde trabalhou em muitos empregos, como operário em firma de autopeças, como funcionário de escritório e, finalmente, vendedor a domicílio de artigos estrangeiros não oficialmente importados, se assim se pode dizer. Sua especialidade eram as máquinas fotográficas japonesas, e mostrava-se tão empenhado no que fazia que passou a ser conhecido como Pietro Pentax. Os lucros para intermediários como ele não eram grandes, o que sobrava dava para se vestir com um certo apuro, manter um carro de segunda mão e morar num bairro não muito indigente. O que mais Pietro gostava era do contato com gente de bom poder aquisitivo, porque nunca reclamavam, estavam sempre ávidos por novidades e jamais pareciam se decepcionar com ele. Acontece que os anos passam rápido, e Pietro um dia se viu completando 30 anos. Estava marcando passo, não saía do lugar, o negócio de máquinas fotográficas era para pessoas muito exclusivas num país que fazia da exclusão do resto das pessoas uma política. Um dia, então, ele encontrou um novo freguês que não se interessava apenas por máquinas fotográficas. Na verdade, não se interessava nem um pouco por fotografia. Era um rapaz fútil, volúvel e angustiado, muito rico, entediado até o mais secreto fio de cabelo, que o tinha visto fazer uma entrega na casa de um amigo. O freguês tinha se interessado não por uma Pentax, mas por Pietro Pentax. O que aconteceu depois é história.

Para desmontar ainda mais o viés teológico de minha narrativa, fiquei sabendo logo em seguida que o meu ex-colega não escondia de ninguém aquela história. Contava para quem quisesse ouvir que seu patrão era um deus, o que de resto não é nenhuma novidade na história das relações de produção. Pior, o aplicado aluno de latim do Colégio Dom Bosco e devoto de são Domingos Sávio aderira a uma curiosa seita que estava fazendo muito sucesso ultimamente.

O nome da seita era "Irmãos do Tajá", e já ganhara a adesão de várias atrizes de televisão e dois ou três antigos militantes de esquerda. A seita atraía por um forte conteúdo místico e tinha, como ponto central de sua liturgia, a ingestão de uma beberagem laxativa conhecida como "cipó-d'água", denominada nos meios científicos como *Doliocarpus brevipediceilatus Garcke*, nome aliás que os adeptos diziam lentamente em forma de prece, e, ao chegarem no *Garcke*, zás, a coisa fazia efeito.

Os "Irmãos do Tajá" começaram como movimento religioso de caráter popular e primitivo, numa aparente tentativa de promover a síntese entre as crendices dos migrantes nordestinos, que chegaram na região desde 1877, e alguns aspectos acessórios e externos das culturas indígenas. Até este ponto, nada especial. Era um fenômeno bom para criteriosas investigações etnográficas a propósito do esfacelamento do mundo arcaico brasileiro. Muito pouco oferecia de diferente das outras seitas em torno de beberagens miraculosas que pululavam na Amazônia com o mesmo ímpeto da cadeia McDonald's. O que é chato nessa história de seita é que elas costumam atrair uma fauna de curto vocabulário e majestosas tormentas conceituais sobre o vazio, mais adequadas às praias do Rio de Janeiro, onde as micoses, os coliformes e o vírus da hepatite A se encarregam de restringir sua proliferação.

Mas a triste realidade era que o meu ex-colega se transformara num desses fastidiosos idiotas do natural. E com aquela cara de índio.

Eu, pessoalmente, sou apenas um pouco preconceituoso. Não tenho nada contra essas tribos do folclore urbano com ares de contestação, mas tão inofensivas quanto as figurinhas do Mickey Mouse embebidas de LSD que dizem estar sendo distribuídas às criancinhas. Até que nos meus dias de ilimitado liberalismo posso ser indulgente e ter uma conversa de três segundos com um desses abobalhados alternativos. Agora, o que não é possível é encarar a invasão desses arautos dos nirvanas líquidos por aqui. Era só o que faltava. Primeiro, porque é um convite aberto a todo tipo de intromissão. Nós sempre fomos muito reservados e, bem ao contrário dos nordestinos, não aceitamos qualquer um que apareça por aqui oferecendo solidariedade e arrancando explicações. Especialmente quando se trata do interesse de certa classe média urbana, que anda feito barata tonta neste país cucaracha, e que já passou como Átila por cima da cultura afro-brasileira, sem esquecer as importações orientais e seus espertíssimos gurus. Por isto, antes que aconteça com o que sobrou dos índios o que aconteceu com os negros, vamos logo esclarecendo a coisa. Nós morremos de vergonha quando vemos uma bonita atriz de televisão declarar que bebeu uns goles de "cipó-d'água" e, zás, virou ecológica e defende a Amazônia. Outro dia, um desses místicos renascidos declarou-se, após visitar a região, surpreendido por uma tal de "energia que rola nas matas". Eu fiquei sabendo da declaração e pensei com os meus botões: que diabo ele quer dizer com esse negócio de energia que rola na mata? Porque eu já andei um bocado pela mata e, com o calor que faz durante o dia, a única coisa que vi com energia, e não exatamente rolando, mas voando e rastejando, foram os milhões de insetos que infestam a selva.

Por isto, quando encontro um desses tipos que pensam que a metafísica é um ramo da termodinâmica, ou vice-versa, vou logo advertindo.

— Olha aqui, a Amazônia não é o Nepal, e nem os índios são os mais perfeitos substitutos, com tanga e tudo, dos gurus da Índia.

A seita "Irmãos do Tajá" alinhavou uma doutrina sincrética, com porções nada econômicas do espiritismo mais retrógrado e moralista, pedaços de liturgia católica do tempo do Concílio de Trento e alguns elementos mal digeridos do universo indígena. No começo, ela foi uma manifestação popular, que assim procurava expressar o próprio desespero, o próprio dilaceramento, até que a classe média citadina apareceu e se adonou. Numa região convulsionada por problemas de terras, nada podia ser mais conveniente que uma doutrina que promete o Nirvana ao alcance do aparelho digestivo e prega a passividade como virtude maior. A nossa sorte é que a Amazônia nunca foi bom terreno para certos arrebatamentos rústicos. Os nordestinos foram logo compreendendo isto, e nunca se viu pelas matas o menor traço de cangaceiros, muito menos do Antônio Conselheiro.

Pietro Pietra Jr., um deus? Só se fosse por licença poética, ou uma grosseira manifestação de folclore urbano, como aquela história do *dobermann* que se engasgou com o dedo do ladrão que tentou roubar a casa do dono. E como perdemos um pouco do tempo precioso neste atalho, daremos um pulo diretamente para a mansão de Sir Delamare, onde Jane Challenger e Billy Lester acabam de chegar.

Para Billy Lester, o que mais surpreendia era o fato de Lord John Delamare ser bem mais que o rosto no retrato que estava presente em todos os jornais, revistas e emissoras de televisão de seu império. Era interessante, nestes tempos enfermos em que a mídia é soberana, ver que as pessoas, mesmo as mais poderosas, eram algo mais inteiro que um simples *close*. Sir Delamare tinha um corpo, voz, e muita agilidade para um homem de sua idade. O seu afastamento do mundo, a distância que mantinha da convivência com o comum dos mortais era uma atitude escolhida, uma opção. E Lester começava a entender os seus motivos. A mansão Tudor, em Pembroke Square, estava equipada com um sofisticado sistema de comunicações, veículos de diversos tipos e um heliporto que dava ao morador uma mobilidade que poucos sequer podiam suspeitar. Sir Delamare era um aventureiro, um velho e obstinado desbravador que se recusava a aceitar as imposições de sua própria idade. Aos 90 anos, parecia sólido, rijo como um desses raros conhecedores dos segredos da longevidade. Mestre na arte quase extinta do cavalheirismo, mas sem esconder uma certa brusquidão muito espontânea, restos de sua origem modesta, Sir Delamare foi derrubando todas as barreiras de hostilidade e desconfiança que Jane Challenger alimentara contra ele. Era inevitável, ele sabia, que ela carregasse uma visão bastante negativa a seu respeito. Afinal, era um dos homens mais ricos e misteriosos do Reino Unido, e, pior, era o patrão. Mas o que conquistou imediatamente Jane foi a sua personalidade direta, o conhecimento tranqüilo de sua própria posição e a aura de poder que ele transmitia com familiaridade.

— Os ricos são as maiores vítimas dos preconceitos — ele disse, recepcionando os dois em seu escritório. — Mas não estamos aqui para falar sobre os preconceitos dos pobres contra os ricos.

— O senhor tinha certeza que eu acabaria vindo — disse Jane, agastada.

Sir Delamare sacudiu a cabeça e mostrou uma expressão grave.

— Não, eu não tinha certeza. Pelo que sei a respeito da senhorita, e de sua família, e acredito conhecê-la razoavelmente para adiantar um julgamento, nada indicava que isto viesse a acontecer. As pessoas em geral acreditam que sou capaz de satisfazer todos os meus caprichos, mas nenhum poder é forte o suficiente para mudar a opinião de uma pessoa como a senhorita.

— E o senhor tem alguma idéia do que me aconteceu? — Jane perguntou, agora mais apaziguada pelas explicações que Sir Delamare acabara de dar.

— Muito pouco, para dizer a verdade. Mas não pude evitar ouvir quando a senhorita tentou falar comigo na semana passada. Eu não tinha idéia de quem era, nem mesmo que era da família Challenger, mas só podia ser uma pessoa de forte caráter e determinação. Todos sabem que ninguém deve me perturbar.

— Spender não queria me ouvir, é um idiota. E já não trabalho para o senhor.

— Esta é a regra. Spender cumpriu o seu dever, é um bom sujeito, não é nem um pouco o idiota que a senhorita pensa que ele é.

— Ele deve servir na medida exata — ela arrematou.

— Precisamente — Sir Delamare assentiu. — Mas isso não vem ao caso.

— O senhor tem razão, não vem ao caso mesmo — disse Jane.

— Acontece que a senhorita escreveu um relatório, uma espécie de proposta para uma reportagem, não é verdade?

— Deve ter sido arquivada pelo Spender.

— Tive a oportunidade de ler o que a senhorita escreveu, e gostaria de saber o que aconteceu realmente. — Jane tentou falar, mas ele fez um sinal para que ela esperasse. — Acontece que sou amigo de longa data do senhor Danilo Ariel Duarte.

— Quer dizer que o senhor o conhece! — ela exclamou.

— Foi durante a última guerra, a senhorita e o seu amigo provavelmente nem tinham nascido. Duarte, estudante em Eaton, exportava borracha para o esforço de guerra, estava em Lisboa, por acaso, quando os alemães tentaram seqüestrar o duque de Windsor da quinta do senhor Espírito Santo. Acabou por ajudar a desmontar a operação dos nazistas, abalroando um dos carros usados pelos seqüestradores e atraindo a polícia portuguesa. — Sir Delamare deu um sorriso e prosseguiu, degustando as suas lembranças. — Eu estava sob a mira dos alemães, e

Duarte, que sempre foi um motorista desastrado, bateu com tanta força no carro que pôs fora de combate todos os inimigos. E ele só estava tentando estacionar para fazer uma visita aos Espírito Santo. Ficamos amigos desde então.

— Faz muito tempo que o senhor não o vê?

— Creio que nos encontramos no final do ano passado, e Duarte não me parecia bem, quero dizer, fisicamente ele estava muito bem, saudável para a sua idade, mas mentalmente parecia deprimido, preocupado.

— A preocupação do senhor Duarte fazia sentido — disse Jane. — Naquele exato momento sua empresa estava sendo tomada por um aventureiro.

— Ele não me disse nada, sempre foi muito discreto, é um homem muito fino, de educação bastante aprimorada. Fala um inglês exemplar.

— Tem um inglês excelente — concordou Jane.

— Mas ontem recebi este envelope pelo correio — disse Sir Delamare, apanhando um envelope de bordas verdes e amarelas que estava sobre sua mesa de trabalho. — É uma carta de Duarte. Um convite, na verdade.

— Um convite?

— O governo brasileiro parece que está organizando um encontro de investidores internacionais. Duarte pede que eu aceite o convite.

— Por acaso o senhor tem interesses por lá? — quis saber Lester.

— É possível, não estou certo.

— E o senhor pretende aceitar o convite? — insistiu Jane.

— Depende da senhorita — ele respondeu.

— De mim? Por quê?

— Gostaria de saber o que realmente aconteceu com a senhorita por lá.

Jane hesitou, apreensiva e distante. Ao lado dela, Lester parecia deslocado, um tanto inútil, sentindo-se estúpido.

— Não aconteceu nada — disse Jane. — Apenas encontrei um bom assunto para a revista, só isto.

Sir Delamare perdeu o ar compreensivo. As duas personalidades se preparavam para um enfrentamento.

— Veja bem, senhorita Challenger. Acho que Duarte está em perigo, eu devo a vida a ele, é uma dívida antiga, mas não vencida. Sinto-me na obrigação de ir em seu socorro. Ele seria incapaz de pedir ajuda, mas se a senhorita souber de alguma coisa, acho bom me dizer, agora.

— Não creio que esteja em perigo, senhor — interveio Lester. — Ele aparentemente foi derrotado por outro sócio.

— Aparentemente — disse Sir Delamare. — Mas será apenas isso?

— O sócio é um homem violento, sem escrúpulos — completou Lester.

— A senhorita concorda? — quis saber Sir Delamare.

— A descrição é bastante fiel.

— Violento o suficiente para invadir o quarto de uma mulher? — insistiu Sir Delamare, provocando uma forte reação de espanto em Jane.

— Como o senhor ficou sabendo? — ela quis saber, olhando com animosidade para Lester.

— Não se apresse em incriminar o seu amigo. Ele é inocente — disse Sir Delamare. — Está na carta de Duarte, pelo visto o tal sócio andou se jactando para ele. A senhorita ainda acha que nada de mais está acontecendo por lá?

— Não sei — respondeu Jane, impaciente. — Tudo o que eu quero é pegar aquele cara.

— Todos nós — disse Sir Delamare. — E vamos pegá-lo. — Apanhou um envelope branco de dentro de uma pasta e passou-o a Jane.

— Este é o convite oficial do governo brasileiro.

Jane abriu o envelope e leu o convite, passando-o a seguir para Lester. O convite, com o selo do Brasil, dizia que durante quatro dias, a bordo do transatlântico *Leviatã*, de bandeira panamenha, investidores e empresários de vários países estariam reunidos para ouvir das autoridades brasileiras os novos planos de abertura da região amazônica ao capital internacional. A viagem se daria entre as cidades de Manaus e Belém.

— Estranho, não? — comentou Sir Delamare. — Dá a impressão de turismo.

— O senhor Duarte vai participar da viagem? — quis saber Jane.

— Talvez. Duarte é um homem curioso — disse Sir Delamare. — Ele sempre teve uma genuína vocação para a excentricidade.

O velho fez uma pausa e notou que Jane estava começando a ficar inquieta.

— Só estou falando essas coisas para que entendam melhor o meu amigo latino — disse, retomando a conversa. — Não estou querendo impor minhas memórias de ancião, se é isso que a senhorita está temendo.

— Queira desculpar, mas ainda estou muito nervosa com tudo o que aconteceu — disse Jane, rapidamente mudando de atitude e estimulando Sir Delamare a prosseguir.

— Eu compreendo. O choque deve ter sido grande.

— Ele queria falar comigo, e não conseguiu — disse Jane. — E estou quase certa de que foi impedido. — Sir Delamare se pôs impassível, sem mover um só músculo do rosto, como se aquela suspeita não devesse se sobrepor ao que ele ainda tinha para contar.

— Duarte teve uma formação universitária inglesa, mas nunca se desligou totalmente de sua terra selvagem — disse Sir Delamare. — Era um homem culto, um tipo raro de empresário para aquela terra. Sua família estava na Amazônia desde 1790. Uma família portuguesa, de origem visigoda, daí os traços físicos de meu amigo, a pele branca, os olhos cinza e o cabelo amarelo. Eles chegaram como burocratas, mas logo puseram para agir a vocação de comerciantes que os notabilizara na Índia. Em duas gerações, estavam ricos, porque souberam aproveitar a valorização do látex no mercado mundial. Eles importavam coisas da Europa e vendiam aos produtores de borracha. Em 1890, já formavam um clã comercial extremamente poderoso, capaz de atravessar todas as crises que se seguiram no século XX. Estou sendo prolixo?

— Não, por favor, continue! — suplicou Jane.

Pela primeira vez, Sir Delamare esboçou um sorriso.

— Nos anos 60, certos acontecimentos políticos afetaram a vida de Duarte. Ele comandava o clã, geria uma enorme teia imobiliária, possuía terras e uma cadeia de lojas de departamentos em Manaus. Em 1966, os militares, que estavam no poder, indicaram Duarte para governar o Amazonas. O que a princípio parecia ser a coroação de uma vida bem-sucedida, foi na verdade o início de sua derrocada. Seu governo, que durou quatro anos, foi austero e irrepreensível, mas os militares tinham conseguido mudar completamente o perfil da região. Ao sair do governo, ele tentou acompanhar as mudanças, associando-se a um grupo do Japão. Quase não tive contato com ele nessa época, apenas uma vez, quando passou por aqui vindo de Tóquio, onde estivera para fechar o negócio. Isto foi em 1972, mais de 10 anos se passaram, até que, no ano passado, encontrei Duarte numa recepção em Lisboa. Fizemos uma visita de recordações à quinta dos Espírito Santo, ele sempre muito espirituoso. Mas fiquei sabendo que estava virtualmente arruinado, contaram-me uma história complicada, que Duarte estava sendo perseguido por uma organização terrorista.

— Ele estava sendo ameaçado? — quis saber Jane.

— Para ser sincero, não levei a história muito a sério. A fonte não era muito confiável. E uma das excentricidades de Duarte era contar fábulas, conversar por meio de parábolas, o que às vezes gerava terríveis mal-entendidos, além de muito cansativo depois de um certo tempo.

— O senhor chegou a saber o nome da organização que o perseguia? — quis saber Lester.

— Se não me engano, falaram numa tal de Jihad Jívaros. Faz algum sentido? Não encontrei nenhuma referência em meus arquivos.

— Nunca ouvi falar — disse Lester.

— É a primeira vez que ouço esse nome — completou Jane.

— A única coisa que consegui deduzir foi analisando as duas palavras. Jihad vem do árabe e quer dizer guerra santa, e jívaro é o nome de uma tribo de índios das selvas peruanas que se notabilizaram por encolher as cabeças de seus inimigos. São os famosos caçadores de cabeças da América do Sul. A justaposição das duas palavras dá uma conotação bastante sugestiva quanto aos desígnios de tal grupo terrorista.

— Interessante — disse Jane. — O senhor disse que ele era uma pessoa excêntrica. Eu conversei com ele em Manaus, e ele agiu de forma bastante estranha. E contou-me uma espécie de fábula, muito enigmática.

— Esse é o Duarte, sem tirar nem pôr. Eu dizia que ele era o terror da lógica, porque espalhava a ambigüidade num mundo conduzido pelas certezas.

— E agora nos deixa em meio à mais complicada das fábulas — disse Jane.

— Nos deixou em meio a uma dessas fábulas que prosseguem para além da vida — concordou Sir Delamare, firmando os olhos em algum ponto indefinido, acima do horizonte, como se a memória lhe trouxesse significativas recordações. — Se eu ainda puder ajudá-lo...

— Eu sei como o senhor se sente — disse Jane, solidarizando-se com os sentimentos de Sir Delamare. — É sempre assim com essa coisa estúpida que é o terrorismo. Temos vontade de dizer: espera um pouco, será que não aprendem nunca?

Sir Delamare deu um suspiro e acendeu um cigarro, um de seus mata-ratos de fumo negro, que exalava uma fumaça azulada e densa.

— Tomei a liberdade de incluí-los na minha comitiva — disse ele, por entre a fumaça.

— Comitiva? — estranhou Jane.

— Ora, nós vamos participar da tal viagem de transatlântico. Eles estão pagando tudo, são muito generosos. Afinal, é para lá que a senhorita quer voltar, não é?

Um rubor subiu pela face de Jane. Não era timidez ou surpresa, mas irritação por se ver incluída de antemão em algo para o que não fora consultada.

— Tenha calma, senhorita — disse Sir Delamare, apaziguador. — Fui obrigado a tomar a decisão por uma questão de tempo. A embaixada brasileira pedia uma resposta até hoje, às 15 horas. Peço desculpas se minha precipitação a deixou irritada, mas não havia tempo a perder e preferi jogar com a sorte. Acho que a senhorita pode aceitar isso.

— Quando partimos? — quis saber Jane, refreando a própria irritação.

— Hoje à noite — disse Sir Delamare. — Mandei preparar o avião. Voaremos para os Açores, e, de lá, para Manaus.

— Açores? — surpreendeu-se Jane. — Por que Açores?

— Um amigo vai embarcar lá — disse Sir Delamare.

— Podemos saber quem é? — insistiu Jane.

— A senhorita vai gostar dele — respondeu, divertindo-se tanto com o tom de mistério quanto com a petulância de Jane.

A temperatura de Jane novamente atingiu o ponto de ebulição, e, desta vez, não foi possível refrear.

— Quero deixar uma coisa bem clara, Sir Delamare. Eu não trabalho mais para o senhor. Não esqueça!

Sir Delamare levantou a sobrancelha direita em sinal de surpresa.

— O senhor pode organizar o seu safári com o melhor conjunto de idiotas ociosos de sua relação, mas não confunda as coisas. Agora eu vou para casa, preparar-me para a viagem. Estarei em Heathrow, é de lá que vamos partir, não é?

Sir Delamare confirmou, a boca semi-aberta, enquanto Jane virava as costas e abandonava a sala. Lester deixou-se ficar ali, sem qualquer reação.

— E você, meu jovem — disse Sir Delamare, já refeito do impacto —, não vai querer preparar sua bagagem?

Lester deixou o palacete Tudor com as mais sinistras impressões. Desembarcou em Hampstead, e uma chuva fina estava caindo, enlameando as calçadas e deixando as ruas desertas. Dentro de algumas horas, por culpa de Jane, embarcaria para a selva amazônica. Mas não se sentia exatamente deprimido por viajar para tão longe. Isso não o assustava, o que machucava era a sensação de que sua participação não tinha nenhuma importância, ele não passava de uma figura decorativa inventada pelos caprichos de Jane Challenger. Quando pensava nisso, sentia vontade de aderir aos Jihad Jívaros.

Para evitar que a ira o dominasse completamente, decidiu-se a organizar a bagagem com o máximo de concentração, arrumando tudo numa sacola de mão. Desligou o gás e a eletricidade e tomou o metrô. O aeroporto de Heathrow era o mais paranóico do mundo, as pessoas agiam com nervosismo, e o policiamento ostensivo, armado de metralhadoras automáticas, só aumentava a sensação de que um atentado ocorreria a qualquer momento. Foi naquele clima ensandecido que Lester tomou contato com os companheiros de viagem, o que não lhe proporcionou o menor conforto. Logo à entrada do terminal, cruzou com um decaído Spender, segurando uma mala de couro muito usada e uma expressão martirizada que se transmudava em débil sorriso ao se ver encarado por alguém. Mais adiante, segurando copos de cristal e consumindo iscas de salmão defumado servidas por um garçom, Sir Delamare conversava com dois cavalheiros sem esconder a excitação: o de bigodes e monóculo era Lord William Claredon, o legendário caçador dos anos 30, explorador da ilha de Madagascar e o primeiro homem branco a entrevistar a Grande Elefanta da Rodésia; o de suíças alvas e fartas era Lord Robert Burton, um tanto abatido pelos seus proclamados 102 anos mas já imortalizado pela história, porque enfrentara e sobrevivera a uma travessia das florestas do Congo, totalmente a pé, isto em 1928.

— Vieram nos desejar boa sorte — disse Sir Delamare, ao perceber que Lester estava quase em estado de choque. — E a nossa querida senhorita Challenger?

— Deve estar chegando, senhor.

— Só espero que ela não mude de idéia na última hora. Os Challenger sempre adoraram surpresas.

Uma voz bem conhecida fez-se ouvir:

— Não mudamos nada!

Era Jane, chegando num belo conjunto de *jeans* e segurando uma preciosa sacola de viagem Hermès.

Ao embarcarem, Sir Delamare manobrou para que Lester ficasse ao seu lado. Mas não era por consideração, ele já suspeitava. E mal o jato decolou, Sir Delamare acendeu um de seus pestilentos cigarros e curvou-se para falar algo para Lester.

— Fique de olho em sua amiga. Quando chegarmos no Amazonas, não a deixe sozinha um só instante.

Lester assentiu, porque não podia descer do avião. Limitou-se a ingerir um potente sonífero para assegurar que estaria fora de combate o resto da noite. Mas escolheu mal a posição na cadeira, porque nos dias que se seguiram sentiria dores lombares tão acentuadas que mal podia olhar para a ponta dos próprios pés.

Jane Challenger não queria dormir, estava excitada demais e preocupada com o convidado que deveria embarcar nos Açores. Mas de uma coisa ela estava agora convencida, nenhuma reportagem seria escrita, nenhuma linha seria publicada, e ela tinha certeza que o interesse de Sir Delamare estava longe de ser jornalístico. Mas já não importava. Bastava que lhe dessem chances para acertar as contas com Pietro Pietra Jr. Para ele, tinha imaginado uma série de punições, mas nenhuma era suficientemente ultrajante para redimir a agressão que ela havia sofrido.

Jane ainda pensava em punições e vingança quando notou que o dia estava clareando. Pela janela podia ver o Atlântico iluminado por um tênue carmim e as luzes da cidade de Ponta Delgada brilhando. Quando o aparelho estacionou no aeroporto, Sir Delamare foi até a porta receber seu convidado.

Era Juan Sender, um romancista chileno.

— Sender será o nosso intérprete — informou Sir Delamare.

— Em Manaus se fala português — disse Jane.

— Não importa, ele joga críquete muito bem — disse Sir Delamare. — E jamais perguntem o que ele está escrevendo.

O que se seguiu pode ser chamado de tudo, menos de monótono. O governo brasileiro decidiu reunir todos os convidados no Hotel Tropical, o mesmo em que Jane estivera. O hotel se transformara numa verdadeira babel de colarinhos-brancos, executivos nervosos e servidores nativos histéricos. Teletipos despejavam mensagens em praticamente todos os ambientes, e terminais de vídeo informavam as cotações das bolsas de valores de várias partes do mundo. Não era possível beber um modesto drinque sem que no balcão do bar alguma engenhoca alardeasse o pregão da bolsa de futuros de Barcelona ou a cotação de *commodities* em Cingapura.

Lester, alheio a toda a confusão, mal podia se mover, abatido, olheiras fundas e cinzentas. Foi logo para o quarto que lhe destinaram, arrastou-se até o chuveiro e deixou a água fria escorrer pelo seu corpo dolorido. O barulho do chuveiro quase impediu que ele ouvisse a campainha tocar. Enrolou a toalha na cintura e foi abrir a porta.

Era Jane, de roupa trocada e irradiando frescor, como se o vôo sobre um oceano fosse um simples passeio de carro.

— O que há com você, Lester? Parece doente.

— Não é nada, apenas dormi de mau jeito. Agora já me sinto melhor.

Ela fechou a porta e foi até a janela. Todos os quartos do hotel ficavam na parte superior, e Jane observou cuidadosamente a delicada floresta que dali se podia ver.

— Consegui falar com o senhor Duarte. Foi a primeira coisa que fiz, assim que entrei no hotel. Ele nos espera na casa dele.

Lester sempre achou que certos acasos da vida, revoltantes como costumam ser, são como provas de uma perversa ironia que rege o mundo. Foi o que ele imediatamente pensou quando, ao chegarem na mansão do senhor Duarte, policiais informaram que ele estava morto.

— Mas ele falou comigo não faz uma hora — disse Jane, quase gritando.

— Foi encontrado pela arrumadeira — esclareceu um policial idoso, a cortês entonação da voz mal escondendo a tristeza que sentia ao dar a notícia.

— Como aconteceu? — Lester perguntou.

— O que sabemos é que a arrumadeira entrou no quarto para a limpeza de rotina e viu o Dr. Duarte na cama, como se dormisse. Pediu desculpas, e já ia saindo, quando teve a intuição de que ele podia estar morto.

Enquanto ouviam o policial e procuravam absorver o choque, um sujeito vestindo um inacreditável paletó xadrez se meteu na conversa.

— Esperamos ter uma resposta conclusiva sobre a *causa mortis* ainda esta tarde — disse o sujeito, um desses homens volumosos, um verdadeiro gigante, o que ressaltava ainda mais o absurdo de seu paletó xadrez.

— Este é o delegado Rubens, da Polícia Federal — o velho policial, um tanto a contragosto, fez a apresentação.

Emitindo uma voz aguda, pouco condizente com o seu porte, o federal prosseguiu.

— Mas tudo leva a crer que se trata de morte natural.

— É claro que foi morte natural — asseverou o policial. — O Dr. Duarte teve um mal súbito. Não há sinais de violência, tudo está em ordem, como já se verificou.

— É o que se presume — respondeu o federal.

Jane, que abraçava a própria bolsa com força, deu um suspiro de impaciência.

— São parentes? Amigos? — quis saber o federal.

— Nem uma coisa nem outra — respondeu Lester, um tanto vago demais para o gosto do policial.

Ele balançou a cabeça como um ogre faminto e sibilou um "não compreendo".

— Não o conhecíamos muito bem — explicou Jane. — Acabamos de chegar, e ele nos chamou para uma conversa.

— Negócios? — A mente inquisitiva do policial tinha disparado.

— Não exatamente — disse Lester, logo se arrependendo.

— Era amigo de meu pai — disse Jane, seca. — Não sei exatamente o que pretendia ao nos convidar.

O federal puxou um lenço e passou na testa suada, observando Jane com muito interesse. O velho policial, sentindo-se dispensado, afastara-se para reassumir sua rotina, mas sempre atento à conversa.

— Era idoso — disse o federal —, mas parecia em boa forma. Minha hipótese é que sofreu um ataque cardíaco fulminante. Essas coisas acontecem.

— Há algo que possamos fazer? — quis saber Jane, contrafeita.

— Deixem seus endereços, talvez eu queira falar com vocês depois.

— Estamos no Hotel Tropical — disse Lester.

— O que os senhores pretendem fazer? — quis saber Jane.

— Bem, a senhorita sabe — hesitou o tenente, mais uma vez limpando o suor da testa —, o Dr. Duarte foi governador do Amazonas. É um homem muito estimado na cidade. Estou aqui para fazer os levantamentos preliminares, seu falecimento tão súbito pode gerar suspeitas. E não queremos que isto aconteça, mas a palavra agora está com os legistas da Secretaria da Segurança.

Ainda sob o domínio da surpresa, ficaram na ampla sala da mansão de estilo eclético, dominados pela natural perplexidade frente à morte, porque a morte é o único fato sem ambigüidade. O delegado Rubens se afastou, com a cabeça baixa, pisando reverente o chão de mármore. Jane acompanhou a imensa figura que desaparecia na claridade do dia e na placidez de um lindo jardim, com os olhos se enchendo de lágrimas, porque aquela morte era um impacto difícil de superar. Lester compreendia a emoção dela, pois com a morte repentina do senhor Duarte todos os caminhos terminavam abruptamente.

— Jane, você está bem? — Lester quis saber, preocupado.

— Sim — ela respondeu, firme, já quase sem lágrimas, lutando contra a terrível frustração daquela morte inesperada.

— O que é que você pensa fazer?

Jane ficou em silêncio e segurou o braço de Lester com firmeza.

— Você está realmente bem? — ele tornou a perguntar.

Ela se limitou a soltar-lhe o braço e a sacudir positivamente a cabeça.

— Estou preocupado com você, Jane.

— Não se preocupe comigo. Preocupe-se com você.

— O que você quer dizer com isso?

— Nada.

— Nada?

— Quer saber de uma coisa, Lester? Eu acho que o senhor Duarte não teve uma morte natural.

— Não? — ele disse, mas não sentia nenhum sobressalto. A mesma suspeita já lhe rondava a cabeça desde o primeiro momento.

— Mas a polícia vai considerar morte natural. E foi um assassinato.

Eles não tinham nenhuma prova, nenhuma evidência, mas a idéia de que o senhor Duarte tivesse sido assassinado, contra todas as possíveis explicações da polícia, não lhes parecia exatamente um absurdo.

— Algo me diz que o mataram — reafirmou Jane. — Alguém não queria que ele se encontrasse comigo.

Lester concordava com ela, sem pensar no absurdo daquela suposição. Talvez fosse a longa amizade, ou a velha objetividade de Jane que nunca era suplantada por atitudes emocionais, que estavam agora a avalizar as suas suspeitas, embora fosse como pedra atirada numa superfície gelatinosa. A possibilidade de crime deixava Lester bastante amedrontado; ele não suportava a violência, e quase preferia imaginar o senhor Duarte, a quem Jane encontrara apenas uma vez, resvalando para a morte, solitário em sua cama de viúvo.

— Como você acha que ele foi morto? — perguntou, pensando em venenos destilados por feiticeiros selvagens das selvas equatoriais.

— Não sei — disse Jane.

— Se foi assassinato, os legistas descobrirão — ele disse, sem convicção.

— Talvez — ela respondeu. — Resta saber se eles conseguiram de fato calar o senhor Duarte para sempre.

— Eles?

— Sim, eles, os que entraram aqui, na própria casa dele, na casa de um homem que foi governador do Amazonas, e o mataram.

— Mas por quê? — perguntou Lester, um tanto retoricamente.

— Grandes interesses, dinheiro, todas essas coisas.

— Não acha que devemos informar Sir Delamare? — sugeriu Lester.

Ela soltou um riso seco, inconformado e amargo.

— Vamos falar com a velha múmia — respondeu.

Quem seria capaz de prever?

Sir Delamare mostrou-se pouco surpreendido com a morte de seu amigo. Talvez porque já estivesse na casa dos 90, o que lhe dava uma certa intimidade com a morte, a notícia foi recebida em silêncio, um calar reverente frente ao desaparecimento de alguém que ele estimava. Mas havia também frustração em sua moderada atitude. Era como se tivesse falhado, lento demais para ajudar um velho companheiro necessitado. E Sir Delamare, como homem de ação, cumpridor de seus deveres de amigo, não gostava de falhar. De alguma forma, ele precisava reparar a grave falta que acreditava ter cometido.

— Spender. Onde está Spender? — ele chamou, acendendo um de seus cigarros pestilentos e soltando uma baforada de fumo cinzento.

— Deve estar no quarto dele — informou Sender, o chileno, com quem o velho magnata estivera jogando xadrez até receber a triste notícia. — Pediu licença para dormir um pouco, estava meio confuso.

— Spender está sempre confuso — disse Sir Delamare.

Jane, sentada próximo à janela, bebia chá. As pernas estavam dobradas para baixo da poltrona, e mantinha os pés descalços, entrelaçados, pousados no fofo tapete aveludado. Sorvia o chá gota a gota, compartilhando do silêncio. Ao lado dela, Lester parecia um sonâmbulo. Os olhos bem abertos não tinham brilho, sua respiração era lenta, e as mãos pousadas sobre as coxas pareciam feitas de cera.

— O filho dele está na cidade? — quis saber Sir Delamare, voltando-se para os dois jornalistas.

— Não vimos ninguém da família — informou Lester. — A casa parecia meio abandonada. Ele tem um filho?

— Sim, mas não o conheço, Duarte sempre falou muito pouco a respeito desse filho. Você disse que a casa parecia abandonada.

— Estava um pouco suja, com ar de pouco uso — disse Lester. — É uma casa enorme, uma mansão. Mas não passamos da sala de estar, aquilo estava cheio de policiais.

— Acho que vocês estão escondendo alguma coisa — disse Sir Delamare em meio a uma nuvem de fumaça. — O que é, senhor Lester?

A isso, Lester não podia responder. Tecnicamente eles não sabiam nada além de que a morte fora natural, conforme as primeiras impressões da polícia. Mas as suspeitas de Sir Delamare eram sérias, e Lester estava agora se concentrando nisso. Temia parecer ridículo, depois do impacto inicial, se revelasse que logo no primeiro minuto — e simultaneamente a Jane — tivera um lampejo de que o homem havia sido assassinado. Moveu as pálidas mãos sobre as coxas, nervosamente, e deu-se conta do quão remota era a sua vida anterior. Olhou para Jane, depois para Sir Delamare, e sentiu um estranhamento, como se aquilo não fosse a realidade, apenas um encenação. Uma péssima encenação.

— Estive pensando, senhor Lester, a respeito da última conversa que tive com Duarte — prosseguiu Sir Delamare, como se desejasse levar às últimas conseqüências aquele estranhamento. — Ele me contou uma de suas fábulas, dizendo que era bastante ilustrativa sobre este país.

— E o senhor tem a mesma opinião?

— Bem, como todas as fábulas, esta também é excessivamente ambivalente. Às vezes penso que meu amigo acabou morto por ser tão ambíguo, e me ponho a imaginar como teriam sido os seus últimos instantes, em que teria pensado quando a morte começou a lhe turvar a mente. Ele amava o seu país, vivia torturado com os seus problemas.

— Pelo que tenho me informado, são problemas suficientes para danificar os corações mais sadios — comentou Lester.

— Quem sabe ele não contava fábulas apenas para contentar o próprio coração — sugeriu Sir Delamare.

— Quem sabe — disse Lester.

— Talvez acreditasse que apenas a fábula fosse capaz de entender o Brasil — interveio Juan Sender. — Como latino-americano, o universo da fábula não me assusta.

— É uma terra alucinante — concordou Sir Delamare.

— Alucinante é o Brasil — disse o chileno —, mas os brasileiros não parecem se dar conta disso.

— Alucinante é o calor que faz aqui — disse Lester.

Juan Sender ignorou o comentário e prosseguiu:

— Os brasileiros ainda não descobriram que seu país faz parte da família das grandes nações. Nós, os vizinhos, já sabemos disso há séculos. E temos medo, porque o Brasil é grande não apenas porque seu território é praticamente a metade do continente, mas por sua densidade populacional, pela unidade cultural única, pelo conhecimento tecnológico e sua estrutura econômica.

— Então esse país tem a capacidade de assustar os ricos e os pobres — disse Sir Delamare. — Para os ricos, isto aqui é uma horda de negros revoltados prestes a explodir. Não podia imaginar que os pobres também tivessem medo.

— Medo pode não ser a palavra correta, desculpem se a empreguei — esclareceu Sender. — Este país nunca será um império, pelo menos como nós conhecemos os impérios até hoje.

— Como pode estar tão convicto de que isto não vai acontecer? — duvidou Sir Delamare.

— Ora, nós sabemos — respondeu Sender, enigmaticamente.

— Por acaso é algum determinismo? Um atavismo? Será alguma coisa que nós não podemos sentir? — disse Sir Delamare.

— Simplesmente, o Brasil é latino — explicou o chileno —-, e nunca mais haverá um império latino. Napoleão foi a nossa última tentativa.

— E por que, podemos saber? — desafiou Sir Delamare.

— Porque esse negócio de império tornou-se coisa dos bárbaros — disse Sender com desprezo, uma coloração azulada tomando-lhe o rosto magro, a voz subindo num tom de exaltação. — Chegamos onde chegamos porque pela primeira vez os bárbaros, os saxões, os visigodos, tornaram-se senhores do mundo. A tragédia começou com o fiasco da Invencível Armada.

— Não temos culpa se o serviço de meteorologia de Filipe II era medíocre — disse Lester, irritado.

Sir Delamare acendeu outro cigarro e deu um daqueles pigarros densos, sonoros, de fumador quase centenário. Como fumava algo como cinco maços de cigarros por dia, provavelmente seus pulmões tinham se transformado em alcatrão sólido.

— Gostaria de contar uma das fábulas do velho Duarte — disse Sir Delamare, depois do pigarro, espalhando fumaça pelo quarto. — Pena que não conseguirei reproduzir todo o sabor que Duarte sabia dar aos seus relatos. Era um contador de histórias muito talentoso, além de saber usar muito bem a exuberância latina.

Parou para observar Sender, mas este agora se recolhera a uma cadeira e olhava a televisão que estava ligada sem som.

Sir Delamare deu de ombros e começou:

— Era uma vez um pastorzinho de ovelhas muito incompetente que tratava muito mal as suas ovelhinhas. Ele nunca se preocupava com a qualidade do pasto, as pobrezinhas viviam sempre muito magras e sujas, mas o pastorzinho todo fim de mês estava no guichê da repartição para receber seu ordenado. O rapaz era um pastorzinho tão negligente que até as ovelhas já tinham percebido isso, mas achavam que não podiam fazer nada. Afinal, o pastorzinho tinha sido nomeado sem prestar concurso e, segundo corria à boca pequena, tinha um bom pistolão. O pastorzinho não era exatamente um mau sujeito. Era até um rapaz de idéias progressistas, vivia lendo uns jornais políticos e não perdia nenhuma manifestação de protesto, especialmente aquelas que eram feitas para impedir cortes de funcionários incompetentes e desnecessários na administração pública.

"As ovelhas iam levando a vida como podiam, lutando pacificamente pelo capim de cada dia, deixando em paz o pastorzinho. Mas tinha uma coisa que as ovelhas detestavam. De vez em quando, para valorizar o seu trabalho e justificar o fato de seu rebanho estar tão maltratado, o pastorzinho punha-se a gritar desesperado, dizendo que as ovelhas estavam sendo atacadas pelo Imperialismo. O rebanho eriçava a sua lã, de tanto pavor, já se imaginando na pança do monstro, e os outros pastores corriam para acudir o pastorzinho ameaçado. Como a maioria dos outros pastores usava o mesmo expediente, todos apareciam muito afobados, fazendo de conta que estavam preocupados e preparados para repelir a ameaça. Corriam de um lado para o outro, examinavam o pasto pedregoso e de pouco capim, e lamentavam a sorte das magras ovelhas condenadas a viver naquelas condições de penúria pela ação solerte e ameaçadora do Imperialismo.

"O mais chato para as ovelhas, além do susto, era ter de ouvir, pelas semanas seguintes, o pastorzinho fazer discursos beligerantes e desafiadores contra o monstro, sempre a se vangloriar de sua atitude consciente, de seu espírito alerta e de sua irremovível posição em defesa do rebanho. Depois de um desses supostos ataques, até a grama parecia ficar mais amarga e rala do que era na verdade, porque o pastorzinho não parava de falar e falar e falar, sempre descrevendo com as tintas mais sombrias a ameaça do monstro terrível. A chatice era tanta que muitas vezes as ovelhinhas rezavam para que o tal Imperialismo aparecesse de uma vez e acabasse logo aquela tortura.

"Mas o pastorzinho, como tantos outros, sabendo que aquela era a melhor maneira de contar com a solicitude de seus iguais, não hesitava em usar o mesmo estratagema, especialmente quando as ovelhas apareciam reivindicando uma técnica menos arcaica de tosa ou um campo de pastagem mais bem-cuidado. É claro que o repetido uso do alarme só podia gerar frustração e raiva naqueles pastores realmente competentes, tanto que aos poucos estes deram de ignorar os pedidos de socorro e pensaram até em internar o colega num hospital militar para um teste de patetice. Pena que o pastorzinho estava fora do alcance deles, gozando de boa proteção corporativa.

"Um dia, no entanto, todos ouviram gritos desesperados de socorro. Por acaso, era o nosso já conhecido pastorzinho que gritava por ajuda, mas ninguém moveu uma palha. Ah! pensaram, ele deve estar com alguma comissão de ovelhas negras sindicalistas, porque a tosa está próxima e sempre há movimentos reivindicatórios nessa época do ano. E deixaram o outro gritar sem resposta. Dias depois, quase por acaso, alguém descobriu que os pedidos de socorro tinham sido para valer. Uma matilha de ferozes lobos imperialistas tinha praticamente dizimado a preço vil as ovelhas, pagando uma irrisória comissão ao pastorzinho, o que obrigou o ministro dos Rebanhos a instituir uma comissão de inquérito para investigar a tragédia. O nome do pastorzinho foi parar nos jornais e nos noticiários da TV, acabou transferido de posto e esquecido. É claro que nada foi apurado, e tudo voltou a ser como antes."

— Sabem qual é a moral da história? — perguntou Sir Delamare.

Lester foi o único a dar sinais de vida, mexendo-se nervosamente. Jane nem parecia ter ouvido o longo relato, e Sender permanecia como que hipnotizado na frente da televisão.

— Nunca deixe de tirar vantagens de uma situação perigosa que você mesmo inventou — disse Sir Delamare, apontando os dedos amarelados de nicotina para Lester. Você, que é de esquerda, devia saber disso.

Bateram na porta. Dois toques discretos, secos, típicos de Spender, que não confiava em campainhas. Sender esticou o braço, num gesto mecânico, e abriu a porta. A fumaça que se adensara no quarto foi sugada para fora, enquanto Spender entrava acompanhado pelo delegado Rubens. O movimento dos dois provocava ondas na atmosfera azulada de nicotina que evolava para o corredor.

— Sir Delamare, este é o delegado Rubens — Spender fez a apresentação, exibindo a figura corpulenta em seu espalhafatoso terno xadrez.

— Espero que Vossa Majestade esteja confortável — disse o federal, fazendo uma mesura. As idéias que ele tinha dos regimes monárquicos estavam no mesmo nível das escolas de samba.

— Não precisa tratá-lo por majestade — corrigiu Sender.

Rubens ficou indeciso.

— E como vou tratar o homem ? Ele é *lord* ou não é?

— É um cavalheiro do império britânico — explicou Sender.

— E então, é majestade, ora.

Juan Sender sacudiu a cabeça.

— Vossa Excelência?

Sender repetiu a negativa.

— Sua Magnificência?

E o chileno deu de ombros.

— O que se passa? — quis saber Sir Delamare, que não tinha entendido nada, porque os dois falavam uma algaravia entre o português e o espanhol.

— Ele está com um problema protocolar — informou o chileno.

— Bem, foda-se — rosnou o federal, segurando o chileno pelo braço. — Vai traduzindo aí o que eu for falando.

Sender, tão alto quanto o delegado Rubens, embora bem mais magro, olhou o policial com extrema soberba e declarou, altivo:

— Devia saber como tratar um *lord*, afinal foram vocês que tiveram monarquia por aqui.

O delegado soltou o braço do chileno, respeitoso e magoado.

— Meu inglês é muito ruim — ele disse.

— E eu não falo português — asseverou o chileno.

— O que foi? — quis saber Spender, preocupado.

— Ele quer que eu sirva de intérprete — disse o chileno.

— Mas você é o nosso intérprete — respondeu Spender.

— Tudo bem! — exclamou o federal, espanando invisíveis grãos de poeira de seu fabuloso paletó. — Vou tentar me fazer entender na medida do possível.

— Quer dizer que foi mesmo assassinato — disse Jane, à queima-roupa.

O delegado Rubens derreou os ombros, perdeu a pose e ficou olhando para Jane com um ar de frustração.

— É, é, é! Assassinato — ele repetiu, meio descontrolado.

— E como foi? — quis saber Sir Delamare.

— O Dr. Duarte foi assassinado com um dardo envenenado.

— Índios! — exclamou Spender. — Mas eu pensava que...

— Estivessem extintos? — ironizou o delegado. — Mas não foram os índios, o senhor pode ficar tranqüilo. Na verdade, o dardo utilizado para matar a vítima era de uma tribo extinta. Um antropólogo da Universidade do Amazonas reconheceu a arma do crime. Segundo ele, é uma raridade. Existem apenas três iguais no mundo. Um está em Turim, o outro em Moscou, já verificamos pelo telefone, e os curadores confirmaram que os dardos estão lá.

— E o terceiro? — perguntou Sir Delamare.

— O terceiro deveria estar em Londres — disse o delegado, puxando do bolso um envelope de plástico transparente, bem espesso, onde se via o longo dardo pontiagudo, bastante inocente e frágil. — Pertence à coleção Challenger.

Todos os olhos se voltaram para Jane. Ela se levantou, sem calçar os sapatos, e caminhou na direção do delegado.

— Eu sou a proprietária da coleção Challenger — ela disse.

O delegado estava ali, exibindo o dardo, justamente porque já sabia quem era ela.

— Acho que a senhorita nos deve algumas explicações — disse o federal.

Houve uma quase total concordância entre os que estavam no quarto.

— Ora, ela não matou o senhor Duarte — protestou Lester.

— Ninguém está acusando a senhorita Challenger — disse o federal.

— Mas esse dardo venenoso é dela — disse Spender.

— Temos um cônsul aqui? — quis saber Sir Delamare.

Spender consultou uma caderneta e informou, um pouco decepcionado:

— É um cônsul honorário. Chama-se Varney, exporta orquídeas.

— Eu não conheço todas as peças amazônicas que tenho em casa

— disse Jane, bastante segura. — São aproximadamente dois mil objetos etnográficos coletados pelo meu avô e pelo meu pai. Portanto, não posso afirmar se esse dardo é o mesmo que deveria estar na coleção. — Pegou o envelope, entregue com uma certa relutância da parte do delegado, e observou o perigoso objeto. — Para mim, são todos iguais. Que tipo de veneno injetam?

— Curare — disse o delegado.

— Você deve ter outras coisas perigosíssimas em casa, e nem sabe — disse Spender, muito preocupado.

Sir Delamare estendeu a mão, e Jane passou-lhe o envelope. Ele ficou observando a delicada arma letal, fabricada por um povo que não existia mais.

— Interessante! — ele exclamou. — Sempre me deixei impressionar pela habilidade desses povos primitivos para os venenos. Certa vez, na África Ocidental, vi um homem morrer fulminado bem à nossa frente. Era um dos nossos carregadores, falava um inglês inteligível e aparentava boa saúde. Caiu morto. Soubemos mais tarde que tinha sido envenenado pela amante. As nativas alimentavam uma espécie de besouro com certa planta e usavam as fezes como veneno.

— Deus do céu! — exclamou Spender, lívido.

— Você não sabe do que são capazes as mulheres — disse Sir Delamare, com gravidade. — Na Índia, elas quase sempre não são tão letais quanto as africanas. Certa vez, em Jaipur, eu visitava um potentado local, um pequeno marajá, muito rigoroso com o seu harém. Pois bem, logo depois da ceia, notei que ele reclinara sobre umas almofadas, com os olhos abertos, e ali ficou, calado, enquanto as mulheres me assaltavam sexualmente. Fiquei intrigado com a inesperada promiscuidade, e vim a saber mais tarde, pelo coronel que comandava a guarnição local, que as mulheres do harém adoravam os homens brancos, especialmente ingleses. Para burlar a severa vigilância do marajá e saciar seus atormentados desejos, não hesitavam em drogar o respeitável dignitário.

— Com curare! — exclamou o delegado, muito surpreendido com a revelação.

— Não exatamente, usavam uma substância retirada da fava-de-calabar — disse Sir Delamare.

— Graças a Deus vivemos na Inglaterra! — suspirou Spender.

— Infelizmente, o senhor Duarte não foi drogado por odaliscas lascivas — disse Jane.

— A senhorita tem toda a razão — concordou o delegado. E não tenho muito tempo disponível.

— O que o senhor deseja saber? — perguntou Jane.

— Se a senhorita conhece um homem chamado Henry Amazon?

— Henry! Mas é claro, é meu irmão de criação — ela respondeu, surpresa. — O que aconteceu, delegado?

— Seu irmão de criação! Bem, nos informaram que era seu mordomo.

— Aconteceu alguma coisa com o Henry? — quis saber Lester.

— Pedimos às autoridades inglesas para verificarem se faltava alguma peça na coleção Challenger. Fomos informados que, de fato, algumas peças tinham sumido. E o mordomo, chamado Henry Amazon, era o principal suspeito. O diabo é que o elemento desapareceu. A Scotland Yard ficou de nos dar novas informações.

— Henry sempre foi um tanto excêntrico — resmungou Jane. — Mas não entendo por que tiraria apenas algumas peças da coleção. Por ele, já a teríamos vendido, ou doado a alguma instituição. Ele detestava coisas de índio, dizia que traziam má sorte. Sequer se aproximava dos mostruários.

— Seu irmão está em maus lençóis — disse Sir Delamare. — As peças sumiram, ele sumiu. E ele é mordomo. A Scotland Yard deve estar exultando.

— Eu mesmo — confessou o delegado, enrubescendo, senti-me aliviado ao saber que o suspeito é um mordomo.

— Aquele tipo nunca me enganou — intrometeu-se Spender. — Parece um malaio. Um tipo realmente sinistro.

— Sinistro é o terno que você está usando — Jane atacou, obrigando Spender a recuar.

— O que tem de errado com o meu terno? — ele se defendeu.

— É de lã, idiota. Lã em plenos trópicos! — interveio Sir Delamare. — Por que não ouviu os meus conselhos?

— Ora, bermudas, senhor! Não uso calças curtas desde os 13 anos.

— Que negócio é esse de malaio? O suspeito não é inglês? — perguntou o delegado.

— O tipo é... é escuro — Spender tentou explicar. — Não o conheço muito bem, só o vi uma vez.

— Antigamente, os melhores mordomos eram de Barbados — disse Sir Delamare. — Mas é claro que muitos não gostavam da idéia de ter um negro a lhes preparar o banho. Eu nunca tive esse tipo de preconceito. Estou agora apenas com uma governanta, da Irlanda, e muito eficiente, mas um pouco tagarela. Às vezes sinto falta de meu velho Swinburne; era de Uganda, batizei-o pessoalmente em homenagem ao grande poeta.

— O que aconteceu com ele? — quis saber Spender, ingenuamente impressionado.

— Está morto, coitado — disse Sir Delamare, pensativo. — Eu sempre disse que aposentar um homem é assinar a sua sentença de morte. Contra a minha vontade, dei a aposentadoria a ele. Estava comigo há mais de 30 anos, muito bem de saúde, com um excelente pecúlio. Deixou a nossa casa e decidiu voltar para o seu país. Desembarcou em Campala justamente quando o presidente Obote estava sendo deposto, e desapareceu. Contratei um grupo de mercenários para resgatá-lo, mas inutilmente. Ele tinha sido fuzilado e depois comido por elementos de uma tribo rival da sua.

— Ele foi... comido! — exclamou Spender. — O senhor está se divertindo à minha custa!

— E por que estaria? Por acaso está insinuando que o meu mordomo era algum tipo intragável?

— Bem, senhor. Não sei o que dizer...

— Além do mais, em certas partes da África, correntes ideológicas engolem as outras um tanto literalmente. É até mais decente, acredite. Pelo menos, mostram ao povo o osso duro de roer que era o poder derrotado.

O delegado Rubens, aturdido, consultou o relógio.

— Mas, afinal, o homem é malaio ou não é?

— Não, senhores, ele não é um malaio — disse Jane pesarosa. — Henry é na verdade um índio, um índio do Amazonas. O último de seu próprio povo.

Ocorreram as coisas mais maravilhosas

A lua gorda e brilhante insinuava um raio prateado na cama onde Jane estava deitada. A pálida luz fazia seu rosto cintilar, e ela adormecera sem se cobrir. Os cabelos, ainda úmidos do chuveiro, espalhavam-se no travesseiro como escuras e misteriosas ervas. O alvo pescoço inclinara-se para a direita, e o sono era como um brando suspiro, porque finalmente o cansaço tinha sido mais forte. Perto da cama, sobre a mesa de cabeceira, o luar batia numa foto emoldurada em prata. Era uma foto antiga, amarelada, que a luz da lua retocava com suavidade e tornava ainda mais expressivo o rosto ali registrado. Lester sabia de quem era aquele rosto flagrado na ilusória confiança com que os homens costumam posar para os retratos. O rosto pertencera a um homem muito gentil, um cavalheiro anacrônico, prematuramente desaparecido aos 50 anos, o pai de Jane. Na distância da morte, aqueles olhos enluarados pareciam compreender tudo: a impetuosidade da filha, o desaparecimento de Henry, o desencontro de Lester e até mesmo a morna noite amazônica que não parecia ter fim.

O ar-condicionado, regulado para funcionar com baixo rendimento, permitia que o calor chegasse até o quarto. Sentado na cama, sem conseguir dormir, Lester estava às voltas com as suas preocupações. Mas não desejava estar em outro lugar, nem mesmo em seu apartamento cheio de embalagens de pizza. Naquela noite, ele queria apenas velar o sono de Jane, observá-la respirar, sentir a fragrância do corpo dela, sorvendo por inteiro os minutos de um momento que ele sabia raro. Porque Jane raramente permitia que isto acontecesse. Você é como um irmão, ela vivia dizendo para atormentá-lo. No início, quando se deu conta do que sentia por Jane, não tinha sido fácil se controlar, porque ela seguia tratando-o com uma tola benevolência, uma generosidade cheia de cumplicidade que no fundo repelia outro sentimento que não a amizade. Quando a adolescência acabou, e como ela insistisse em simular que desconhecia o que se passava com ele, Lester praticamente desistiu. Não queria que virasse obsessão. Deixaram de se ver por alguns anos, cada um fazendo as suas coisas. Lester quase já se considerava a salvo, quando se reencontraram na redação da *New Economist*.

Lester sabia que era o responsável pela animosidade quase imediata que se estabeleceu entre os dois, com todo o falatório que deliciaria os colegas da revista, tornando-os rivais, mas uma rivalidade mal alicerçada e que no fundo nenhum deles levava muito a sério. Os motivos eram sempre políticos, porque Lester, nos anos em que tinham se mantido distantes, fizera o seu percurso de engajamento, enquanto Jane se mantivera fiel às virtudes de sua família: aquelas mesmas virtudes do velho liberalismo inglês tão caro aos Challenger, que ele achava agora retrógrado e preconceituoso.

A constante escaramuça serviu por algum tempo, deixando intactos o orgulho de Lester e a independência de Jane, sem que um não se fechasse irremediavelmente para o outro. Algumas vezes agiam como nos velhos tempos, embora isto não fosse satisfatório para Lester. Jantavam juntos, assistiam a algumas peças de teatro, a algum filme, e ele sentia-se generoso, fechava os olhos para o que achava ser insensibilidade política da parte dela, ainda que acabasse por usar a política com medo que ela o excluísse como sempre. O bom humor, o sorriso que Jane por acaso irradiasse num desses encontros deixavam-no quase em pânico, e ele se refugiava na provocação. Se ela gostava da peça, inevitavelmente ele argumentava usando propositadamente o jargão mais extremista, o mais pobre, aquele a que a ironia de Jane não resistiria.

Esta fastidiosa encenação durou o tempo que Jane decidiu que durasse. Lester sabia disso só agora. Talvez fosse este o propósito de sua presença ali. Naquele hotel, ao lado dela, ele descobria que o encontro dos dois era algo impossível de improvisar.

No final da tarde, assim que o delegado se retirou, deixando no ar um monte de interrogações, Jane pediu desculpas e, pretextando cansaço, retirou-se para o seu quarto. Instintivamente Lester decidiu acompanhá-la, contrariando a vontade dela, que dizia querer ficar sozinha e tentar ordenar as próprias idéias.

— Vou com você até a porta — ele insistiu, enquanto abandonavam a suíte de Sir Delamare.

Jane suspirou, caminhando normalmente, mas prosseguiu sem se deter, ignorando a porta do quarto e rumando para o elevador.

— Ei — gritou Lester —, você passou...

Antes que terminasse a frase, o elevador chegou, e Jane fez-lhe sinal para que a seguisse. A porta do elevador fechou raspando os calcanhares de Lester.

— Vou procurar Pietro — ela disse.

— Mas você não está cansada?

— Estou cansada daqueles malucos — ela disse, remexendo na bolsa e pescando dali uma agenda. — O endereço do trabalho dele deve estar aqui.

Tomaram um táxi e deixaram o hotel. Embora já fossem cinco horas, a tarde ainda estava clara, a intensa luminosidade indicava que demoraria muito para a noite cair. O táxi seguia em alta velocidade por uma pista bem asfaltada, vez ou outra deixando para trás quartéis do Exército, conjuntos habitacionais modestos e palhoças que ofereciam frutas à beira da estrada. Então, atingiram o perímetro urbano e começaram a passar por uma cidade desgastada, de ruas esburacadas cheias de monturos de lixo e valas de água negra escorrendo. As casas davam a impressão de ainda estarem em construção, mas não pareciam novas, ou que algum dia seriam novas, apenas decadentes e disformes.

— É aqui — disse o chofer, estacionando o táxi.

Um edifício escuro, de vidro e aço, levantava-se solitário por entre um casario outrora *art nouveau*, cheio de portas comerciais rasgadas impiedosamente nas delicadas fachadas. Ao sair do táxi, foram obrigados a pular crateras de lama fétida que se abriam na calçada.

— Se não me engano — comentou Lester —, seu avô costumava dizer que aqui as calçadas eram de mármore.

Jane deu de ombros e entrou no edifício. Por trás de um balcão, duas jovens sorriam para eles num eterno aturdimento.

— Procuro pelo senhor Pietra Jr. — disse Jane.

— Da parte de quem? — uma delas perguntou.

— Ele está? — insistiu Jane.

— Da parte de quem?

— É particular! Preciso falar com ele.

— Um instantinho — a moça pediu, sempre sorrindo. Discou um telefone, mas Jane não esperou. — Ei, não pode...

Mas Jane já estava desaparecendo num dos elevadores, arrastando Lester. As recepcionistas se entreolharam, e a que ainda segurava o telefone fez uma nova ligação.

— Segurança? Uma mulher e um homem, estrangeiros, invadiram o prédio. Estão no elevador dois, subindo.

O elevador parou no último andar. Quando as portas abriram, os dois saíram apressados, quase correndo. Passaram por um corredor vazio e entraram numa sala onde uma secretária os observava inquisitiva. Os dois ofegavam, Lester um pouco mais, porque era um sedentário convicto.

— O que desejam? — quis saber a secretária, levantando-se.

— Quero falar com o Pietro, eu sei que ele está aí.

— Não creio que ele possa atender, está reunido com fornecedores, sem previsão de tempo para acabar.

— Acho que a reunião não vai durar muito — disse Jane.

A secretária pôs-se no caminho de Jane, estava disposta a impedir o que quer que a outra tentasse fazer. O escritório do seu patrão não seria invadido sem resistência. Era muito elegante, esquálica como um manequim, porém de baixa estatura. Estava quase em pânico e consciente de sua desvantagem. Tudo o que lhe restava era a autoridade que o cargo de secretária lhe conferia.

Um suspiro de alívio escapou da secretária quando quatro homens fardados de cinza, musculosos e armados, entraram na sala.

Jane e Lester foram escoltados sem maiores constrangimentos até a rua. Para alívio de Lester, Jane não tentara resistir. Teria sido um massacre. A noite começava a cair, e os dois ficaram parados na calçada do prédio.

— Vamos ficar plantados aqui? — protestou Lester.

— Vamos sentar ali — disse Jane, apontando para a esquina, onde um bar muito sujo, que fazia Lester lembrar de certas tabernas portuguesas, oferecia duas mesas e algumas cadeiras.

— Não me diga que vamos ficar aqui até que esse cara desça!

— Exatamente — disse Jane, atravessando a rua.

— E você pretende fazer o quê, quando ele aparecer?

Jane não respondeu, limitou-se a sentar e fez um sinal para um homem gordo que estava atrás do balcão.

— Cerveja! — ela ordenou.

O homem gordo veio se arrastando, trazendo a bebida. O bar lembrava tempos melhores. O balcão e as prateleiras eram de mogno escuro e mármore, a gordura e a poeira não escondiam suas elegantes linhas *art nouveau*. Um lustre de metal e vidro com motivos vegetais pendia do teto, enegrecido e triste, com a sua única lâmpada de baixa voltagem acesa. Aqueles móveis poderiam valer uma fortuna num antiquário londrino, mas o gordo proprietário não sabia disso.

— A cerveja é boa — comentou Jane.

Lentamente a noite se instalava. Um congestionamento paralisou a rua, e os motoristas buzinavam histericamente. Empregados da empresa de Pietro Pietra Jr. estavam deixando o edifício, engrossando a massa de pessoas que caminhavam apressadas pelas calçadas ou trotavam por entre os carros detidos pelo engarrafamento. Jane e Lester ficaram alertas, a qualquer momento o empresário daria as caras. Observavam com expectativa a grande porta do edifício, e por isso não perceberam a aproximação de quatro pessoas, uma mulher e três homens.

— Desculpe — disse um dos homens.

Lester foi o primeiro a notar a presença deles.

— O que desejam? — perguntou, em guarda.

— Nós trabalhamos lá — disse o homem, apontando o edifício, falando inglês com fluência. — Somos da limpeza, estávamos trabalhando no último andar e ouvimos tudo. Queriam falar com o Pietra Jr, não é?

— Por acaso é a senhorita Challenger? — perguntou a mulher.

— Sim, sou eu! — exclamou Jane, intrigada. — Onde ouviu o meu nome?

— É, não importa onde ouvi — e a mulher hesitou —, quer dizer, não quero parecer grosseira, mas o certo é que precisávamos falar com a senhorita.

— Precisavam falar comigo? E por quê?

— É que amanhã começa essa viagem organizada pelo governo federal — disse um dos homens —, e a senhorita vai participar, não vai?

— Aparentemente, é um dos motivos para estar aqui — respondeu Jane, ainda mais intrigada. — Os maiores grupos econômicos do mundo vão se reunir a bordo desse transatlântico para discutir o futuro dos investimentos na região.

— Somos jornalistas — esclareceu Lester. — O assunto nos interessa.

— Nós sabemos — respondeu um dos homens.

— E não queremos que a senhorita e seu amigo embarquem no navio — disse a mulher num tom suave, respeitoso.

— Não querem? Como assim? — espantou-se Jane.

— Vão acontecer coisas — disse um dos homens —, não podemos adiantar muito, só estamos aqui porque um amigo da senhorita Challenger pediu que viéssemos.

— Amigo? Que amigo? — O rosto de Jane estava sério, desconfiado.

— Não podemos dizer o nome — asseverou a mulher.

— Ele é como se fosse seu irmão — disse um dos homens.

— E essa viagem pode se tornar perigosa, muito perigosa — reiterou outro.

— O nome desse amigo é Henry, não é? — disse Jane, excitada. — O danado está por trás disso e não quer aparecer.

— Talvez — disse a mulher.

— Por que não verificam pessoalmente? — disse um dos homens.

— Basta vir conosco — disse o outro.

— É longe, mas ficaremos muito contentes — disse a mulher.

— Vocês sabem por que nós estamos sentados aqui? — perguntou Jane.

— A senhorita quer acertar contas com Pietra Jr. — disse a mulher. — Seu amigo nos contou. Não é a primeira vez que ele faz isso, é um homem muito mau.

— Se formos com vocês, Pietra Jr. escapará — argumentou Jane.

— Não se preocupe com isso — assegurou um dos homens —, ele não perde por esperar. A senhorita conhece o chofer que trabalha pra ele? É um dos nossos.

— Um de vocês? — perguntou Lester. — Quem são vocês?

— Somos índios — disse a mulher.

— Onde aprenderam a falar inglês? — quis saber Jane.

— Na missão — esclareceu um dos homens. — Eu e minha irmã estudamos numa escola da News Tribe Mission. Eles estudaram com a Worldwide Evangelization Crusade.

Jane e Lester ficaram em silêncio, indecisos e tensos. Agora prestavam um pouco mais de atenção ao grupo. Eram positivamente indígenas. Os homens se vestiam modestamente, mas pareciam bem nutridos, tinham boa conformação física e deviam estar na faixa dos 30 anos. Como os homens, a mulher tinha a pele morena, olhos oblíquos e cabelos negros e lisos, mas os traços do rosto eram finos e harmoniosos. Do grupo irradiava candura e tranqüilidade.

— Para onde querem nos levar? — perguntou Jane.

— Temos uma discoteca onde nos reunimos — disse um dos homens.

— A discoteca agora está no bairro da Compensa — disse um outro.

— Nunca estamos no mesmo bairro por muito tempo — explicou a mulher.

— Somos nômades, não conseguimos parar num só lugar — disse outro homem.

Saíram do bar e tomaram um ônibus entupido de gente. Os dois ingleses se agarravam num tubo de metal que corria em toda a extensão do ônibus, preocupados com a velocidade e as paradas bruscas que o chofer imprimia ao sacolejante transporte. As pessoas viajavam coladas umas nas outras e tagarelavam alegremente. Deviam fazer aquilo diariamente, pois festejavam a entrada de outros passageiros a cada parada, ou se despediam ruidosamente daqueles mais sortudos que desciam antes. Para surpresa de Jane, aquele povo de traços predominantemente indígenas, mesmo comprimido no exíguo transporte e após uma jornada de trabalho, tinha um odor neutro, apenas o cheiro de óleo diesel queimado se fazia presente.

A mulher, que se colocara ao lado de Jane, sorria com benevolência e como que se desculpava com o olhar pelo desconforto da viagem. Lester, segurando-se com força, curvava-se para ver o caminho que o ônibus percorria, mas inutilmente. Além de não conhecer a cidade, a excessiva lotação criava uma barreira de cabelos negros ou faces risonhas.

Depois de um tempo que lhes pareceu uma eternidade, o ônibus parou. Todos foram descendo, muito falantes, dispersando no que parecia ser um largo cercado por casas de madeira, o asfalto vencido por crateras de lama avermelhada e tufos de um capim de folhas longas e delgadas.

Deixaram para trás a claridade do largo e caminharam por um labirinto de palafitas de madeira e palha. A lua cheia estava na linha do horizonte e pouco ajudava. O grupo de índios seguia com a desenvoltura de quem já percorrera muitas vezes o caminho, mas não se distanciavam dos dois ingleses, algumas vezes os amparando e conduzindo-os sobre estreitas pontes de uma só tábua, estendidas nas partes alagadas do terreno. Grilos e sapos davam a sonoridade esperada para aquele terreno pantanoso, que exalava um odor sulfuroso. Das palafitas pouco iluminadas, vinha o onipresente ruído das televisões ligadas.

— É aqui — disse a mulher.

Estavam no limiar de uma subida, e, no topo, no final de um caminho aberto na vegetação rasteira, uma grande palafita, coberta de zinco e circundada por varandas, erguia-se na luz fosca da lua.

— Hoje não funciona — esclareceu um dos homens.

Os ingleses foram conduzidos pela escada de madeira e notaram o cartaz que encimava a entrada principal. *Selvagen's*, estava escrito em letras toscamente desenhadas num fundo azul e sobre a figura de uma índia despida que o pintor ingênuo deve ter imaginado ser exuberante e erótica.

— Onde está o Henry? — quis saber Jane. — Não era aqui que deveríamos encontrá-lo?

— Ele vai aparecer — disse a mulher, abrindo apenas uma fresta da porta, por onde todos passaram.

Alguém acendeu uma lâmpada, e os ingleses ficaram um tanto perplexos com as dimensões do espaço. Toda a extensão da palafita, excetuando as varandas, formava um único e comprido salão, decorado por filas e filas de bandeirinhas de papel colorido e baterias de refletores. No fundo, um praticável guardava os instrumentos musicais e os painéis de som e luz. Os equipamentos eram todos sofisticados, o que havia de melhor no mundo.

Acomodaram-se em torno de uma mesa circular, e logo apareceram copos e garrafas de cerveja.

— Temos várias casas como esta — explicou um dos homens. — Quase toda cidade do Amazonas tem uma discoteca assim, freqüentada por nós. Sempre gostamos de dançar, e os jovens acabam aparecendo também.

— No começo, era apenas um lugar para dançar, para suar e esquecer. Depois a gente viu que era o único lugar onde os nossos podiam se divertir.

— É muito difícil ser índio aqui.

Jane e Lester ouviam em silêncio, até mesmo intimidados, como se estivessem metendo o nariz em algo que não lhes dizia respeito.

— Quando vamos pedir um emprego — explicou um deles—, escondemos que somos índios. Porque, se descobrem, empregam qualquer um menos nós.

— Por isso, dizemos que somos peruanos ou colombianos. Não dá para mentir que somos brasileiros, porque falamos português com sotaque.

— Quando a gente vai a um lugar freqüentado pelos brasileiros, eles fazem de tudo pra puxar uma briga.

— Muitos brasileiros não gostam de índio aqui, porque têm histórias ruins de índio pra contar. Coisas que ouviram quando criança, ou que aconteceram com algum conhecido, ou com a família, quando ainda não moravam em Manaus.

— Podemos gravar o que vocês estão nos contando? — perguntou Lester, tirando do bolso um pequeno gravador.

— Pode gravar o que quiser — disse um dos homens.

— Vocês são da mesma tribo? — quis saber Jane.

— Não exatamente — disse a mulher. — Talvez sejamos da maior tribo que existe por aqui, a dos que não têm mais tribo.

— Mas viemos de muitos lugares diferentes.

— Mas por quê? Tinham problemas onde estavam? — perguntou Jane.

— Por todos os motivos. Alguns tinham problemas de terras, posseiros invadindo, garimpeiros. Outros porque faltava comida, ou estavam doentes e queriam se tratar com os brasileiros. Até mesmo porque queriam correr o mundo, conhecer outras terras.

— A Marta, por exemplo — disse um dos homens, indicando a mulher —, é uma moça tukano. Ela nasceu em Pari Cachoeira, no alto Rio Negro, bem a noroeste daqui, quase na fronteira da Colômbia. Eu sou do Rio Solimões, sou tikuna, e os outros dois, um é parakanã, do sul do Pará, e o outro é mawé, do baixo Amazonas. Como podem ver, somos quase uma confederação.

— Minha tribo acabou — disse o parakanã. — Não tenho mais ninguém. Nossas terras estão debaixo da represa de Tucuruí.

— Quando ele chegou aqui — explicou o tikuna, o mais articulado —, quase não falava. A Marta encontrou ele na rua, bêbado, tuberculoso.

— Eu não tinha mais nada pra falar — disse o parakanã. — Foi tudo muito rápido. Quando eu penso, parece mentira. Nosso povo tinha pouco contato com os brasileiros, até que eles apareceram aí por volta de 1972, uns caras da Funai. Disseram que as terras iam ser inundadas, que o rio ia crescer e engolir tudo. Seis meses depois que eles chegaram, mais da metade da nossa gente tinha morrido. Pneumonia, febre, tuberculose. O pessoal ia morrendo que nem peixe no timbó. E os caras tinham se engraçado das nossas mulheres, pegavam as mais novas e levavam elas pro acampamento deles. Tinha um que gostava de rapazes e passava a noite com eles. Daí que as meninas e os rapazes apareceram doentes, com gonorréia. Uma delas até ficou grávida, mas o menino nasceu cego, todo deformado, e tivemos que sacrificar. Um dia baixou um avião e meteram o pessoal dentro, não tinha sobrado nenhum velho. Fiquei sabendo mais tarde que levaram o pessoal pro Xingu. Eu estava muito doente, tuberculoso, e me internaram num hospital em Belém. Quando me senti melhor, fugi do hospital e fui trabalhar num barco que vinha subindo pra Manaus. Piorei de novo, pensei que era o fim, mas a Marta me encontrou.

— Você está trabalhando, agora? — quis saber Lester.

— Cuido da aparelhagem de som aqui — explicou, tímido.

— Ele é um excelente técnico em eletrônica. Pode consertar qualquer tipo de aparelho — disse Marta, mal dissimulando o orgulho que sentia pelo amigo.

— Sabe o que aquele ali faz? — disse o tikuna, indicando o mawé. — Ele é mecânico de aviões a jato, formado pela Air France.

O mawé baixou os olhos e sacudiu a cabeça numa negativa.

— É verdade sim, ele viveu dois anos em Paris — prosseguiu o tikuna. — Mas está desempregado.

— Não há muitos empregos para mecânicos de jato aqui em Manaus — disse o mawé. — Trabalhei até o ano passado para a Varig.

— Mas foi demitido injustamente — disse o tikuna. — Descobriram um pacote num avião que vinha de Miami. Era contrabando, componentes eletrônicos. Não conseguiram encontrar os responsáveis. Ele teve a má sorte de estar trabalhando naquele dia no terminal. Foi arrolado no inquérito, estava claro que o rapaz era inocente, mas aí descobriram na ficha dele que era índio.

— Tudo isso já passou, não adianta remoer — protestou o mecânico de jatos.

— Está bem — aceitou o tikuna. — Ele não gosta de falar no assunto.

— E você, Marta — perguntou Jane —, como veio parar aqui?

— As freiras me venderam para um aviador da FAB.

— O quê?

— Elas fazem isso o tempo todo. Muita gente quer meninas para os trabalhos domésticos. As freiras acham que é uma maneira de nos civilizar mais rapidamente. Eu tinha 13 anos, era muito boba, e fui trabalhar na casa do piloto, em Brasília. Algumas meninas tiveram mais sorte, mas eu peguei um cara violento. Quando estava de folga, saía batendo em todo mundo, na mulher, nos filhos, na sogra, no cachorro. Sobrava pra mim, é claro. E eu não podia pôr os pés na rua. Passei três anos trancada naquela casa, não podia nem olhar na janela. Uma noite, ele ensaiou uma pancadaria, e todo mundo se trancou num dos quartos. Eu estava na cozinha e ouvi o cara berrando, esmurrando a porta. Quando dei pela coisa, ele estava em cima de mim, me agarrando. Achei que daquela vez não seriam apenas pancadas. Peguei a chaleira e joguei a água quente em cima dele. Graças a Deus que só acertei alguns respingos. O cara recuou, assustado, e eu aproveitei pra escapar. Ganhei a rua com a roupa do corpo e andei, andei, passei a noite andando. Só pensava em voltar pra casa. Na noite seguinte, a polícia me pegou. Acabei na Funai. Prometeram me levar até Pari Cachoeira, mas as freiras estavam furiosas, me chamavam de delinqüente por ter jogado água quente no piloto. A Funai me trouxe para Manaus e me largou aqui.

— A Marta trabalhava numa indústria — disse o tikuna. — Foi ela que teve a idéia de transformar as discotecas em lugar de reuniões.

— Não foi bem assim — ela protestou. — Todo mundo estava vindo se reunir na discoteca. Eu apenas organizei um pouco.

— Que tipo de coisas vocês fazem aqui? — quis saber Lester.

— Os brasileiros pensam que somos imbecis, eles acham que os índios são quase débeis mentais — disse Marta. — Nós apenas fazemos com que eles tenham provas concretas disso.

— Queremos que eles pensem que somos retardados.

— Como assim? — perguntou Jane.

— Bem, eles gostam muito de nossa habilidade manual. Somos imbatíveis na montagem de componentes eletrônicos num circuito impresso. As indústrias daqui adoram nos dar empregos. Nós organizamos algumas turmas, entramos numa fábrica e, após um certo tempo, deixamos o emprego em massa. Eles só percebem quando o turno começa, e a linha de montagem está vazia. É pior que uma greve, porque eles são obrigados a perder muitos dias até conseguir preencher o turno.

— Soubemos que a Banzai Eletrônica tem um arquivo de mais de duas mil carteiras de trabalho abandonadas — disse o mawé, orgulhoso.

— Dois executivos, um holandês e um suíço que trabalhavam como diretores de pessoal, cometeram suicídio no terceiro desaparecimento — informou o parakanã com uma ponta de vingança saciada na voz.

— Isto é apenas uma de nossas muitas atividades — disse Marta.

Lester pegou o gravador para ver se a fita estava em ordem. Não queria perder nada daquela conversa reveladora. Olhou para Jane, ela estava pensativa, remoendo algum pensamento. Torceu para que não fosse nenhuma inconveniência, nenhuma idéia capaz de deixar aquela gente enfurecida.

— Vocês, por acaso, não são o Jihad Jívaros? — perguntou Jane, à queima-roupa.

Lester levou um susto e deixou o gravador cair no assoalho. O barulho do gravador batendo no chão não foi suficiente para encobrir as gargalhadas de Marta e seus amigos.

— Por que estão rindo? — Jane protestou, ofendida.

Marta e seus amigos pararam imediatamente de rir.

— Peço desculpas — ela disse, arrependida das gargalhadas.

— Disse alguma coisa errada? — insistiu Jane.

— Não, não disse nada de errado — asseverou Marta. — Mas não somos membros do Jihad Jívaros.

— Embora uns dois ou três jívaros freqüentem a discoteca — disse o tikuna.

— O Jihad Jívaros é um movimento de brasileiros — explicou o parakanã.

— E não esqueça que somos meio débeis mentais — lembrou Marta. — Nosso movimento sequer tem nome. Nem mesmo é um movimento.

— O que vocês fazem na empresa do Pietra Jr.? — insistiu Jane, muito desconfiada.

— Nós já dissemos. Fazemos a limpeza.

— Só isso?

Os quatro se entreolharam e quase caíram na gargalhada, mas se contiveram.

— Bem — disse Marta —, nós damos uma ajuda ao computador.

— Passamos bombril nos componentes — revelou o tikuna.

— Às vezes derramamos soda cáustica na fiação — confessou o mawé.

— Outro dia deixamos um disquete com um vírus que acabou com todo o arquivo do caixa dois — disse o parakanã.

— Quando tentavam chamar o arquivo, aparecia o desenho de um índio — disse Marta, prendendo o riso.

Jane se levantou, esticou o corpo e consultou o relógio. Eram quase nove da noite.

— É, vocês são realmente amigos do Henry — disse Jane. E, virando-se para o fundo do salão, aumentou a voz. — Só falta a entrada triunfal. Está bem, Henry, pode aparecer, sei que você está aqui.

Uma janela se abriu, e o luar foi desenhar um retângulo fosforescente no assoalho. Uma figura entroncada, muito conhecida, debruçou-se no parapeito.

Jane saiu correndo e abraçou Henry pelo pescoço.

— Você ficou louco, louco — ela dizia. — Que diabo está pretendendo? Por que roubou aquele dardo?

Henry correspondeu ao abraço. Era a sua irmã, a menina Challenger, e ele não desejava que Jane corresse nenhum perigo. Mas o abraço foi rápido, e os dois se apartaram.

— O que está acontecendo, Henry? Por que toda essa maluquice? — disse Jane, assumindo um tom imperial.

Com um gesto felino, Henry saltou para o salão. Vestia-se modestamente, como os outros índios, o que era uma novidade. Vaidoso, muitas vezes irritava Jane com o que ela considerava excesso de zelo com a própria aparência, gastando quase toda a sua renda com roupas caras, especialmente italianas, sapatos de couro legítimo e relógios sofisticados. Por isso, aquela camisa de tecido ordinário, o azul desbotado e o colarinho esgarçado, as calças de vinco permanente em tecido sintético, completamente fora de moda, intrigaram Jane tanto quanto o fato dele estar ali, entre os outros índios.

— Eles precisam de mim — disse Henry.

— Eles? Mas você nunca ligou para eles! — disse Jane.

— Na verdade, eu é que estou precisando deles — Henry respondeu.

Jane afastou-se ainda mais e ficou observando Henry. Mal reconhecia, naquela figura saturnina bem nutrida e reservada, o irmão de criação. Tentou buscar o apoio de Lester, mas este também parecia alheio, uma figura taciturna, patética e frágil, esmagada como ela pelo silêncio, apenas preocupado em ver se a queda danificara o gravador.

— Escuta, Jane — disse Henry. — Talvez você não compreenda. Mesmo para mim, não é fácil.

— O que vai acontecer amanhã? — perguntou Jane.

— Os Jihad Jívaros vão tomar o navio — ele respondeu.

— Como descobriu?

— Eles procuraram o pessoal da discoteca, é claro que não aceitaram, não é assim que costumam agir. Os Jihad Jívaros têm poucos militantes, mas sabemos que não desistiram. Amanhã eles estarão a bordo do *Leviatã*.

— O que eles pretendem? — insistiu Jane.

— O que você acha? — retrucou Henry, indiferente.

— Eles vão assumir o comando do transatlântico — interveio Marta. — Pedirão uma coisa que nós sabemos impossível, algo que nós realmente nem queremos.

O tikuna se levantou, parecia exaltado.

— Eles ameaçarão explodir o navio se todos os brancos não se retirarem da Amazônia no prazo que vão determinar no manifesto.

— E, como eles também são brancos — explicou Henry —, pretendem também sair para o exílio. Possivelmente para um país islâmico.

— Acho que nos procuraram porque pensavam que ficaríamos contentes com a idéia — explicou Marta. — A Amazônia inteira para nós, como no passado.

— Mas não queremos isto — disse o tikuna.

— Não sabemos fabricar nada, nem mesmo um palito de fósforo — disse o mawé, um tanto desolado. — Teríamos que voltar a fazer fogo por fricção. Já tentaram acender uma fogueira friccionando uma vareta contra o musgo seco?

— E que diabo vocês querem? — perguntou Jane, irritada.

— Quase nada — respondeu Marta.

— Queremos apenas nos divertir um pouco — disse o tikuna.

— A vida não é lá grande coisa — explicou o parakanã.

Lester, que estivera até então meio entorpecido, despertou.

— Não acredito no que estou ouvindo — ele disse. — Se vocês não concordam com as propostas da tal organização, devem discutir, apresentar alternativas, encontrar soluções políticas. Não podem é cruzar os braços.

— Fazer o quê? — perguntou Marta.

— Ora, alguma coisa — insistiu Lester. — Até mesmo impedir que eles cometam essa loucura. As repercussões serão péssimas.

— Tudo o que podemos fazer é pedir para vocês não embarcarem — disse Henry.

— Você não pode nos pedir isso — disse Jane, bastante decidida. — É um pedido fora de propósito, uma idiotice.

— Nós somos mesmo idiotas — disse o tikuna, sem nenhuma ironia na voz.

— A não ser que pretendam nos impedir pela força — Lester deixou escapar, quase como um teste, esperando para ver a reação deles.

Eles começaram a rir, o que levou Jane a um ataque de fúria.

— Devem ser idiotas, com absoluta certeza — ela vociferou. — Seja lá o que tenha acontecido, deixou vocês com o miolo mole. Ou, quem sabe, não é uma marca genética, Henry. Porque você tinha obrigação de saber que não aceitaríamos uma coisa dessas, simplesmente não ficaríamos calados, tomaríamos uma atitude. Pois fique sabendo, senhor Henry Amazon, que nós vamos estar a bordo do *Leviatã*, não importa quantos primitivos apareçam suplicando.

— Sabemos disso — retrucou Henry, parando de rir.

— Pedimos por pedir — disse Marta.

— E tem mais — prosseguiu Jane, bastante exaltada —, vamos avisar às autoridades. Esses tais Jihad Jívaros serão caçados como baratas.

— Bem, isso eu não sei — hesitou Lester, para quem a idéia de delação era algo bastante repulsivo.

— Como, não sabe? — investiu Jane.

— Podemos esperar, ver o que acontece — ele disse, sem muita convicção. — O barco deve estar muito bem protegido. Com as fortunas que estarão reunidas a bordo, aquilo vai estar uma verdadeira fortaleza flutuante.

— Então fique fora disso — Jane explodiu. — Eu é que não vou esperar que um bando de cretinos faça de mim comida de peixe.

Jane pegou a bolsa e foi saindo. Henry esboçou um gesto mas desistiu, sabia que ela não o ouviria mais.

— Você fica, Lester? — ela perguntou, a voz áspera indicando que era na verdade uma forma impositiva para tirá-lo dali.

Lester acenou para Henry e seus companheiros, alimentando um injustificado sentimento de culpa. Queria ficar um pouco mais, entender melhor aquela gente, sufocar o mistério, se por acaso existisse algum. Mas Jane o chamava, e ele nada podia fazer, o que só contribuía para aumentar o sentimento de culpa, a sensação de que estava se omitindo.

— Jane, um instante! — ele pediu, e, virando-se para Henry, perguntou: — Por que Duarte foi morto?

— É uma longa história — disse Henry.

— Que eu não pretendo ouvir — gritou Jane, descendo as escadas.

Perderam-se pelas ruelas, caíram em poças de lama, assustaram-se com furtivas criaturas que atravessavam a penumbra. Duas horas depois, conseguiram chegar ao hotel, graças a um chofer notívago que também se perdera no bairro.

— Quero que fique comigo — disse Jane à porta do quarto.

Sem dizer uma palavra, Lester aceitou o convite. O mistério se adensava para ele, mas a culpa já não existia mais, estava completamente derrotada, fulminada e extinta no instante em que ela o convidou.

Os dois agora tinham pressa, sabiam que ao se tocarem iriam descobrir o quanto eram estranhos um para o outro. Jane admirava a discreta musculatura dele, a gentil flexibilidade de suas mãos, os pêlos quase invisíveis de sua coxa tensa. Lester, no entanto, parecia um cego, tateava sem cessar todas as curvas e reentrâncias dela, uma leitura *braille* da maciez feminina, como se quisesse constatar se realmente existia o que há muito povoava a sua imaginação. No rastro do luar, um calor intenso se instalou em seus corpos, ardendo em cada gesto.

Um herói, de vez em quando

Pietro Pietra Jr. nem ao menos ficou sabendo do entrevero entre a inglesa e os seguranças na porta de seu escritório. Uma vez que tudo se resolvera sem maiores complicações, a secretária achara por bem não comunicar o fato ao seu patrão. Depois, eram comuns coisas daquele tipo. Pietra Jr. estava se tornando famoso, uma revista semanal publicara uma ampla reportagem sobre ele, com fotos coloridas de seu chefe fazendo um monte de coisas: mostrando o haras de cavalos de raça, cercado de garotas no seu iate de luxo, perdendo fortunas numa roleta em Las Vegas e balançando-se numa alva rede na varanda de sua mansão de dez quartos. Ela não sabia que a reportagem tinha sido paga por Pietra Jr., mas se ficasse sabendo, o perdoaria. O que importava é que ela agora não parava de despachar jornalista de tudo quanto era revista e jornal, políticos que faziam ligações telefônicas com ares de falsa intimidade e, o mais triste, umas pessoas sem orgulho que só queriam se aproveitar das migalhas que caíssem da mesa. Mas ela estava ali para protegê-lo, afastar essa gente que só sabia fazer intriga, publicar coisas horríveis sobre ele. Pietra Jr. vivia sozinho, mas a secretária não alimentava nenhum sonho. Conhecia o seu lugar, sentia-se bem em se julgar uma espécie de anjo da guarda de seu patrão. O homem tinha um temperamento muito explosivo, os funcionários andavam por perto com o rabicho entre as pernas, e ela já tinha presenciado muita gente boa, poderosa, levar umas belas descomposturas pela cara. Com ela, no entanto, ele era diferente. Por isso, fazia qualquer coisa para não aborrecê-lo.

No meio da tarde, Pietra Jr. deixou o escritório. Disse que só voltaria no outro dia. Confessou-se deprimido com a morte do antigo sócio, apresentava duas significativas bolsas escuras debaixo dos olhos, e foi se arrastando para o elevador privado.

A secretária ficou penalizada.

Mas Pietra Jr. não estava deprimido. Na verdade, exultava, só não queria que os outros soubessem. O desaparecimento de seu antigo sócio viera no momento certo. Seus inimigos se dispersariam, alguns, ele sabia, tentariam aderir. As poucas ações de seu rival estavam agora nas mãos do único herdeiro, e este ele sabia como controlar. Mas a sua chegada ao topo da empresa não tinha sido nem um pouco pacífica. Quando o velho Duarte percebeu o perigo, já era muito tarde para qualquer reação efetiva. Ainda assim, procurou resistir, reunindo os diretores de sua confiança e antigos funcionários. Para dar uma demonstração de prestígio, recusou-se a entregar o escritório destinado ao presidente e tentou instaurar uma auditoria. O esforço não durou dois meses, a assembléia de acionistas não aceitou examinar a questão, e os órgãos governamentais procuraram se manter neutros na disputa. É claro que Pietra Jr. sabia que o Dr. Duarte jamais absorveria a própria derrota, e só os mais drásticos argumentos o impediriam de lutar.

Mandou o chofer embora, e ele mesmo assumiu a direção do Mercedes. Rumou para casa, mas não era para lá que ele desejava ir. O telefone tocou, ele a princípio não quis atender. Esperava passar o resto do dia livre, sem nenhum problema para resolver, sem decisões a tomar. Mas o telefone insistia, parava e recomeçava. Pegou o aparelho num rompante e ia atirá-lo fora. Desistiu no último instante, porque o telefone lhe custara trezentos dólares. Ainda tinha dessas coisas, ainda se importava com trezentos dólares gastos numa loja em Nova York.

Atendeu e ouviu uma voz feminina. A princípio não reconheceu a voz carinhosa que lhe falava. Estava sendo convidado para tomar um sorvete, agora, naquele instante. O sorvete lhe trouxe à memória o rosto por trás daquela voz. Era de uma das gêmeas que ele encontrara uma tarde na rua: tomavam sorvete no centro da cidade, eram morenas, de olhos oblíquos, graciosas e discretas. Tinham sido encantadoras, pagando um sorvete para ele. E nem mudaram de atitude quando disse quem era. Deixou um cartão com o telefone, mas elas sumiram, não as tinha visto mais, chegou a pensar que as duas eram de fora, de alguma cidade do interior, de uma daquelas famílias abastadas que se aferravam nas lonjuras.

Anotou mentalmente o endereço. Não era muito longe, um sitio nos arredores da cidade. Se o tráfego estivesse bom, em menos de uma hora estaria lá. A tarde reluzia nos telhados de zinco, o calor evaporava umidade, e o asfalto parecia, em determinado momento, interrompido por uma ondulante barreira transparente, uma barreira que se afastava, que era impossível alcançar.

O endereço era surpreendente, e Pietra Jr. logo reconheceu o lugar. Sempre que passava por ali, a extensão do muro com arame farpado, a rigorosa segurança e a elegante placa de madeira entalhada atraíam a sua atenção. Na placa estava escrito: Chácara Pontiac. Ele andara fazendo perguntas, tentara saber a quem pertencia aquela propriedade, mas nada conseguira apurar. As informações eram imprecisas, e jamais encontrara alguém que tivesse estado na propriedade ou soubesse com precisão a quem pertencia. Por isso, ao manobrar o carro para estacionar ao lado da guarita do portão, sentia uma enorme ansiedade, porque finalmente estava prestes a satisfazer uma velha curiosidade.

Mas também estava preocupado. Um guarda mal-encarado saiu da guarita e veio bamboleando pelo chão de cascalho, curvando-se à altura da janela do carro. Não estava armado e carregava folhas de papel presas numa prancheta. Ouviu o nome e, após consultar os papéis, voltou para a guarita e acionou algum dispositivo que fez o portão abrir. As rodas do carro agora experimentavam o calçamento em paralelepípedos de uma estrada ladeada por jambeiros. A idéia dos jambeiros lhe agradou, eram árvores de tronco reto, e o copado, de folhas verde-escuras, abria-se bojudo e gracioso. A estrada fazia uma curva à direita, e finalmente ele viu a casa. Não estava decepcionado, mas não podia dizer que gostava daquela arquitetura toda em madeira envernizada, eternit e vidros que diziam ser própria para a região. Mas tudo ali era muito bem tratado, o gramado crescia viçoso, e a casa brilhava como se a última demão de verniz tivesse sido passada minutos antes dele chegar.

Dois empregados vestidos de branco apareceram. Um deles pegou as chaves do carro para levá-lo à garagem, e o outro o conduziu para dentro. Por mais que se esforçasse, Pietra Jr. estava intimidado. Era sempre assim. Cada vez que se via num ambiente requintado, regredia aos tempos do contrabandista de máquinas fotográficas. O criado indicou-lhe um grupo de cadeiras de vime em torno de uma mesa, e se retirou. Mas Pietra Jr. não queria sentar, ficou escrutinando todos os detalhes da ampla sala de estar, calculando o valor de cada peça, porque o fato de saber que ele também podia ter aquelas coisas lhe devolvia a segurança.

— Que bom que você veio — ele ouvia uma das gêmeas dizer.

Não as tinha visto entrar, tão silenciosas apareceram às suas costas que pareciam ter se materializado.

— Vocês guardam tesouros aqui — ele disse, desenvolto, sem esconder a admiração. Antes que elas entrassem, estava tentando chegar a um acordo consigo mesmo sobre o valor de uma magnífica urna marajoara de quase metro e meio de altura.

— São coisas de família — disse uma delas.

Devia ser uma família que amava arte pré-colombiana, ele pensou. A sala não faria vergonha se comparada a qualquer museu de etnografia do mundo. Apenas de relance dava para avaliá-la em alguns milhões de dólares. Qualquer universidade dos Estados Unidos ou da Europa pagaria sem pestanejar.

— Meu nome é Iaci — a que usava *jeans* e camiseta verde se apresentou.

— Eu me chamo Ceuci — disse a outra, vestida apenas com uma camisa masculina uns dois números acima do seu.

— Meu nome vocês já sabem — ele disse.

— Pietro Pietra Jr. — elas disseram meio cantarolando.

As duas riram um pouco, um riso veladamente travesso, mas Pietra Jr. não achou divertido. Ouvir seu nome cantarolado lhe parecia sinistro.

— Você é muito famoso — disse Iaci.

— Não pára de sair nos jornais — disse Ceuci.

— Então se interessam por essa coisas — ele retrucou. — Pensei que não ligassem.

— Mas nós ligamos — explicou Iaci —, sabemos que é importante.

— Acompanhamos tudo o que sai a seu respeito.

— Antes mesmo de conhecer você.

— Antes de me conhecer?

— É, não é curioso? — disse Ceuci. — Sabíamos que um dia você viria.

Um calafrio percorreu o corpo de Pietra Jr., mas ele não podia explicar de onde vinha aquela sensação. Aparentemente tudo estava normal, o sol desaparecia por trás das árvores, os grilos cantavam lá fora, a casa estava tranqüila, e as moças eram atraentes e educadas. Ainda assim, sentia-se inquieto, os sentidos em total alerta, esforçando-se para localizar a origem do estranhamento. Aceitara o convite imaginando que não se tratava exatamente de sorvetes, mas agora já não tinha tanta certeza.

— Vocês moram aqui? — ele perguntou.

— É uma de nossas casas — respondeu Iaci.

— Passamos temporadas — disse Ceuci.

— Mas são de Manaus? — ele prosseguiu.

— Somos amazonenses, mas não de Manaus — disse Ceuci.

— Nascemos em Nhamundá, você conhece? — disse Iaci.

— Nhamundá? É no baixo Amazonas, não é? — Pietra Jr. pensou um pouco, o lugar tinha algo especial que ele não lembrava. — Infelizmente, ainda conheço mal o baixo Amazonas. Estive apenas em Parintins.

— Não fique triste — disse Ceuci —, nunca encontramos alguém que conhecesse realmente bem o baixo Amazonas.

— Nem o Solimões — disse Iaci.

— Ou o Rio Negro — prosseguiu Ceuci.

— As pessoas não vivem o suficiente para conhecer bem qualquer coisa — disse Iaci.

— Mas garanto que as meninas já viajaram bastante — disse Pietra Jr.

— Nem tanto — explicou Iaci.

— Apenas de uma casa para a outra — completou a irmã.

— Em seu devido tempo — disse Iaci.

— E não podemos dizer que conhecemos bem nem onde moramos.

— Acontecem mudanças.

— Quando nos familiarizamos com um lugar, o outro já se transformou.

— E estamos sempre recomeçando.

Uma nova onda de intranqüilidade atingiu Pietra Jr. Talvez fosse a maneira como as duas falavam, as vozes iguais no timbre, a entonação preguiçosa mas ao mesmo tempo incisiva, o idioma pronunciado com uma perfeição quase artificial. Além do mais, a semelhança física e a previsibilidade dos gestos, pois uma quase que repetia o que a outra acabava de fazer, desafiavam a vista. Olhar para elas era como padecer de visão dupla.

— A vida de vocês não deve ser muito movimentada — ele disse.

— É muito movimentada — disse Iaci.

— Aprendemos a evitar o tédio — disse a outra.

— Não temos medo de solidão — explicou Iaci.

— Como? Tomando sorvete? — ele provocou.

— Gostamos de sorvete — respondeu Ceuci.

— É uma grande invenção, você não acha? — disse Iaci. — Uma máquina que fabrica neve em diversos sabores.

— Muito apropriada para o nosso clima.

— Os antigos não acreditariam.

A moderação das duas estava começando a dar nos nervos de Pietra Jr.

— Não posso ficar muito tempo — disse Pietra Jr.

— Estamos aborrecendo você? — perguntou Iaci.

— Não é isto — ele tentou ser afável. — Hoje foi um dia muito difícil para mim, muitos problemas. Sinto-me cansado, preciso de algumas horas de sono. Eu estava indo para casa quando vocês telefonaram.

— Sinto muito — disse Iaci, pendendo a cabeça para o lado.

Pietra Jr. notou que Ceuci também tinha inclinado a cabeça e, como a irmã, mostrava uma expressão que ele interpretou como pena.

— Poderíamos ter marcado um outro dia — disse Ceuci. — Não sabíamos que o dia tinha sido tão difícil.

— Bastava você nos ter dito — prosseguiu Iaci.

— A culpa é toda minha — assumiu Pietra Jr. — Eu queria ver vocês de novo, e quando descobri que viviam aqui, fiquei ainda mais curioso. Esta propriedade sempre me atraiu.

— E o que achou? — perguntou Ceuci. — Gostou de nossa casa?

— É magnífica, e não esperava encontrar o tesouro que vocês guardam nesta sala. Pena que meus conhecimentos de arte pré-colombiana não sejam dos melhores. E olhem que meu avô trabalhava com isso. Não é uma coincidência incrível? Quando eu era menino, costumava visitar o meu avô em São Paulo, ele morava num casarão em Higienópolis, cercado das últimas peças de sua coleção. Pobre homem, cercado de maravilhas e preferia viver quase na miséria a vender uma só das peças. Quando ele não estava por perto, eu inspecionava a sua coleção e não conseguia entender por que se aferrava tanto àqueles potes. Não acreditava também que valessem algum dinheiro. Para mim, vovô mentia. Achava que era uma maneira de me enganar, de enganar meu pai com uma falsa esperança.

— Seu avô tinha uma coisa assim? — perguntou Ceuci, mostrando um pendente de jade esverdeado, quase vítreo, na forma de um par de sapos copulando, que uma corrente de ouro segurava em volta de seu pescoço.

Pietra Jr. estremeceu. Ele conhecia aquela jóia, ou talvez uma parecida, mas não tinha certeza. A superfície polida emitia pequenos raios esverdeados, e os sapos pareciam pulsar, exsudando algum tipo de fluido corporal. Ao mesmo tempo, era uma pedra finamente esculpida por mãos habilíssimas e com uma técnica que se perdera para sempre. Seu avô afirmava que todos os muiraquitãs eram poderosos amuletos.

— Mas é belíssimo esse muiraquitã! — ele exclamou.

— É um exemplar único — disse Ceuci.

— Único, você tem certeza? — ele quis saber.

— Absoluta, só há um muiraquitã como este na face da terra.

— Como você conseguiu? — perguntou ele.

— É de família — ela respondeu. — Ganhei de minha mãe.

— Você tem certeza? — ele insistiu.

— Claro, ganhei quando tive a minha primeira menstruação, por quê?

— É que meu avô tinha um exatamente igual — ele falou, tenso. — Nunca o encontramos. Vovô teve uma morte insólita, foi encontrado com a cabeça dentro de uma panela de feijão. Ele insistia em fazer a própria comida e deve ter sofrido uma síncope.

— Sinto muito — disse Ceuci, trocando olhares com a irmã.

— Quando meu pai chegou ao casarão, as peças tinham desaparecido. Levaram tudo, até mesmo o muiraquitã que ele guardava num cofre. A polícia nunca chegou a um suspeito, e meu pai acabou se desinteressando.

— Se você diz que era igual a este — disse Ceuci, acariciando o muiraquitã que pendia sobre a camisa branca —, então este é o muiraquitã que estava com o seu avô.

— Porque só há um muiraquitã como este — interveio Iaci.

— Mas se vocês disseram que é jóia de família?

Elas se limitaram a cravar os olhos oblíquos em Pietra Jr. A sala já estava na intensa penumbra da noite, mas os olhos pareciam ter luz própria. Havia algo por trás de tudo aquilo, ele pensou. A sensação de que alguma coisa o espreitava era real. E não estava exatamente na sala, ou do lado de fora, mas dentro das duas moças, porque a fina retina dos olhos delas parecia barrar a passagem de uma outra personalidade, que nada tinha de polida e civilizada, que era feroz e implacável.

— Por que você não olha mais uma vez as peças da sala? — Iaci sugeriu.

— Está escuro — ele reclamou.

— Vamos, você pode ver — induziu Ceuci.

Cauteloso, ele passou lentamente os olhos pela sala escura. Para seu espanto, as peças se destacavam nitidamente na penumbra. Mas ele não lembrava, sempre achara a arte pré-colombiana muito parecida.

— Está vendo aquelas duas vasilhas de cerâmica? — apontou Iaci. — São representantes da arte tapajós. Não reconhece?

— Não, não me lembro — ele balbuciou.

— A memória dos homens tem o mesmo tamanho do pau deles — disse Ceuci.

A irmã começou a rir e apontou para uma série de remos pendurados na parede.

— Reconhece aqueles porantins?

— Não sei, como vou saber? — ele se eximiu.

— Os homens esquecem com a mesma rapidez com que ejaculam — disse Iaci.

— Que diabo vocês querem de mim? — ele gritou, fechando os punhos.

— Seu avô nos roubou. Você está nos roubando — disse Ceuci.

— Eu, roubando vocês? — ele gargalhou. — Detesto essas coisas de índio, se é o que querem saber.

— Isso nós já sabemos — Iaci retrucou.

— Mas o que foi que eu roubei de vocês? O quê? — ele desafiou. — Eu nem sei quem são vocês.

— Eu sou Iaci!

— E eu, Ceuci!

— Ora, vão pro inferno — ele esbravejou, movimentando-se para sair. — Não tenho tempo para conversa fiada.

— Quem será que estava por trás daqueles garimpeiros que desembarcaram na serra do Surumu? — perguntou Iaci para a irmã.

— É, quem será? — disse Ceuci.

— Deve ser muito rico para ter fretado cinco aviões e embarcado mais de cem homens.

— Não sei do que vocês estão falando — rosnou Pietra Jr.

— Ele não sabe do que estamos falando — disse Ceuci.

— Será que você é um desses homens de pau tão pequeno que sofre de amnésia? — provocou Iaci.

— Vai ver, ele tem ejaculação precoce e esquece antes de lembrar — disse a outra.

Pietra Jr. nunca se sentira tão agredido, mas hesitava, não sabia se ia embora ou dava um corretivo nas duas atrevidas.

— Está com medo? — sibilou Iaci, tirando a camiseta num gesto petulante e atirando-a contra ele.

— Eu, medo? Olha aqui... — titubeou Pietra Jr., porque tentara aparar a camiseta, e esta quase lhe escapara das mãos.

Iaci sorria, os brancos dentes emitindo um halo de provocação. Aproximava-se lentamente, observando Pietra Jr. com arrogância.

— Não vai doer nada — disse Ceuci.

Pietra Jr. era um homem grande, corpulento. Sua figura projetava-se como um gigante perante as duas frágeis criaturas, mas de alguma maneira eram elas que dominavam a situação.

— O que está esperando, homem? — desafiou Iaci.

Nada, ele pensou, não estava esperando nada, e tremia. Sentia cada fibra de seu corpo vibrar sem controle, o pânico mais primitivo tomando conta de seus instintos. Ele se esforçava para controlar o pavor, mas era inútil, porque não havia razão aparente para o que sentia. As duas se mantinham distantes dele, não estavam armadas e nem de longe pareciam perigosas. Ainda assim, o medo o dominava, crescendo quando Ceuci tirou a camisa folgada e foi se despindo, a irmã repetindo os mesmos gestos, até que a lua cheia galgou o copado das árvores enluarando a nudez daqueles corpos morenos.

— Estou cansado — ele murmurou.

— O que há com você, homem? — disse Iaci.

— Estou cansado, já disse. Será que não entendem?

— Estou cansado — repetiu Ceuci numa perfeita imitação da voz dele.

— Quem são vocês? — Pietra Jr. tentou ganhar tempo.

— O que importa? — disse Iaci.

— Sabemos quem somos nós — disse Ceuci.

— Sabemos quem é você — disse Iaci.

As duas agora aproximavam-se dele. Aparentemente não se moviam, mas chegavam cada vez mais perto.

— Sabe, Iaci, quando fecho os olhos, não lembro da cara dele.

A outra fechou os olhos.

— É, eu também não o vejo de olhos fechados — disse Iaci.

Estavam bem próximas de Pietra Jr., quase encostadas nele, e mantinham os olhos fechados. Era aflitivo, e Pietra Jr. só pensava em escapar, sair correndo porta afora, mas tinha medo de perder o equilíbrio, porque o tremor continuava.

— Ele não é nada do que aparenta — disse Ceuci, sempre de olhos fechados.

— Ele é pequeno, mirrado e está apavorado.

— Vai acabar mijando nas calças.

— Por que será que eles sempre mijam nas calças?

— Ouve a respiração dele.

— Vai acabar tendo um ataque cardíaco.

— As artérias estão entupidas de colesterol.

— Precisa fazer um regime.

— Deixar de ser tão glutão.

— Qualquer um que comesse o que ele come já estaria morto.

— Como é gordo, Iaci. E tem a boca aberta, repara. Respira cada vez pior, parece que sofre de asma.

— Ele está bufando, parece um cavalo.

— É tesão — disse Iaci, com uma gargalhada.

— Você acha?

— É tesão, sim — insistiu Iaci. — Sente só o pau duro dele. Tem um volumão nas calças.

— Poxa, ele está de pau duro mesmo.

— Mas não se decide, Iaci.

— Está com medo de falhar, é sempre assim.

— Mas a coisa está bem dura.

— Parem com isso — Pietra Jr. gritou.

Elas abriram os olhos e começaram a rir.

— Não precisa gritar — disse Iaci, rindo.

— Estamos querendo elogiar — disse Ceuci.

— Afinal, os homens gostam de saber que têm um pau grande.

— Ou você não liga para isso?

— Que tipo de coisa quer nos ouvir dizer?

— Talvez ele não goste de mulheres — disse Ceuci.

— É de rapazes que você gosta?

— Ou só comia o filho do seu antigo sócio por dever profissional?

— O rapaz ficou apaixonado.

— Belo trabalho você fez.

— Muito competente.

— Ouvimos falar que o pobrezinho anda desconsolado.

— Podemos chamar o nosso jardineiro.

— Não, o jardineiro não serve.

— É verdade, ele não é o tipo passivo.

— Você não troca de posição de vez em quando, não é?

— Se quiser, chamamos o nosso jardineiro.

— Garantimos a qualidade, ele é um mestre.

Pietra Jr. já não tremia mais de medo, sentia ódio, queria bater nas duas mulheres que não paravam de matraquear.

— Está bem, suas putinhas — ele rosnou.

— Putinhas! Mas ele é tão típico — disse Ceuci às gargalhadas.

— Vocês já passaram da conta — disse Pietra Jr.

Retesou os músculos e procurou atingir as duas com um golpe. A mão fechada encontrou o vazio, mas ele não se deu por vencido. Gritava insultos e vibrava socos e pontapés para todos os lados, pulando e grunhindo como um cão danado. Mas não acertou ninguém, as duas estavam sempre fora do alcance dos golpes, e logo a excessiva agitação cessou, deixando os braços doloridos e as pernas tão fracas, que elas vergavam ao peso do corpo.

Exausto, cambaleou. Teria ido ao chão, se não o tivessem amparado.

— Me deixem em paz — ele suplicou.

— Você é que deve nos deixar em paz.

— Nós não fomos atrás de você.

— Por quê? Por que estão fazendo isso comigo? — ele disse, soluçando.

— Você ainda não sabe?

— Não, juro que não sei — ele choramingou.

— Está bem, nós entendemos.

— Senta um pouco — ordenou Iaci, acomodando-o numa poltrona de vime. Tinha gestos maternais e ficou acariciando os cabelos dele.

Pietra Jr. soluçava, não podia se lembrar da última vez que tinha chorado. As lágrimas corriam pela maçã do rosto, e o nariz pingava. O que teria ele feito para merecer aquela humilhação, ele pensava. Muitas vezes o acusavam de ser um explorador, de agir por meios escusos, de oportunismo e traição. Mas tudo o que fizera não era diferente do que os outros faziam, não tinha inovado absolutamente nada na matéria. Por isso, não era tão rigoroso com os outros e não posava de santo. E se tudo aquilo que diziam que ele era fosse verdade, a justificativa estava no fato de que assim procedera para vencer, para desbravar fronteiras, para tirar riquezas de uma terra difícil e perigosa, onde os que o precederam viviam conformados com suas próprias limitações.

— Ele ainda está chorando? — perguntou Ceuci.

— Está, e não vai parar tão cedo — respondeu a irmã.

— Se os homens soubessem que é inútil chorar depois — disse Ceuci.

— Preciso ir — gemeu Pietra Jr., tentando se levantar da poltrona. — Vocês não podem me deter aqui.

— Podemos levar você para casa — sugeriu Ceuci.

Pietra Jr. agitou-se, dispensava a gentileza. Uma vez que saísse daquela casa, nunca mais pretendia encontrar as gêmeas.

— Não, não! — ele levantou a voz. — Posso ir sem a ajuda de vocês.

Reuniu as forças e ficou de pé. A cabeça parecia leve, sentia-se um pouco tonto e a visão turva. Experimentou dar um passo e viu que podia caminhar sem maiores problemas. Elas nada fizeram para impedir que partisse, e Pietra Jr., meio trôpego, saiu da casa. O carro estava estacionado logo à entrada, e o mesmo criado aguardava, segurando as chaves.

Quando se acomodou na direção do carro, o cheiro de couro e desinfetante perfumado devolveu-lhe um pouco de calma. Acendeu os faróis e saiu em meia velocidade pela estrada de paralelepípedos. Sabia que bastava fazer a curva para ver o portão lá no fundo e a avenida. Mas isso não aconteceu. Ao virar a curva, viu apenas os paralelepípedos brilhando ao luar e uma outra curva, e depois outra curva, até constatar que estava dando voltas e voltas sem chegar a nenhum lugar, como se aquilo fosse um labirinto interminável cercado de jambeiros.

O coração começou a bater acelerado, quando, na curva seguinte, notou a casa recortada pela luz da lua. Ansioso, sentiu o carro desacelerar por conta própria e morrer. Desesperado, fez várias tentativas de dar a partida, sem sucesso. Frustrado, suando por todos os poros, ele estava esmurrando o painel, quando ouviu vozes.

— Quer ajuda?

— Já viu se não é pane de combustível?

— A bateria caiu, foi?

Pietra Jr. nem precisava olhar para saber de quem eram as vozes.

— Não consigo encontrar a saída.

— Que saída?

— Fiquei dando voltas, devo ter tomado a direção errada.

— Ele não encontrou a saída.

— Ficou dando voltas, coitado.

— Querem parar com isso! — Pietra Jr. ordenou.

As gêmeas nem tinham se dado ao trabalho de se vestir. Pietra Jr. olhou para elas e começou a se exasperar. Como podia acontecer uma coisa daquelas, e logo com ele? E, afinal, que diabo era aquilo? Duas mulheres nuas ao luar só podia ser uma alucinação, um surto qualquer de loucura. E ele não gostava da idéia de estar ficando louco.

— Isto não está acontecendo — ele disse.

— Acontecendo?

Freneticamente, ele insistiu para o carro dar a partida, torcendo a chave com tanta força na ignição que acabou por quebrá-la.

— Porra! — ele berrou. — Só faltava essa bosta quebrar.

Saiu do carro e bateu a porta com raiva. O carro sacudiu levemente, e, para o seu espanto, caiu aos pedaços como um calhambeque de palhaços de circo. As rodas escaparam dos eixos, as portas desabaram, e todas as partes móveis saíram do lugar. Uma nuvem de poeira e fumaça pairava sobre os destroços.

— Acho que você é nosso hóspede para a noite — disse Iaci.

— Quero um táxi — exigiu Pietra Jr. aos berros. — Aqui eu não fico.

— Será que você ainda não se convenceu? — disse Ceuci.

— Se convenceu de quê? — ele gritou. — De quê, de quê?

— Que é nosso hóspede — completou Iaci.

— Eu mato vocês — ele ameaçou.

— Nós sabemos — disse Iaci.

— Mas não ligamos, já estamos acostumadas — disse Ceuci.

— Hoje você dorme aqui, amanhã faremos uma viagem — disse Iaci.

Totalmente perplexo, Pietra Jr. se entregou sem resistir. As gêmeas, uma de cada lado, tomaram-no pela mão e o conduziram para a casa como um alquebrado gigante sendo levado por duas meninas travessas. Mas desta vez foram para um dos quartos da casa, as duas cantarolando baixinho uma estranha canção num idioma completamente desconhecido para ele. A melodia, sussurrada num timbre muito alto e nas agudas vozes femininas, evocava tristeza e ao mesmo tempo uma sensação de tranqüilidade impossível de aceitar. De algum modo, Pietra Jr. sabia que a canção era uma mentira, uma armadilha sonora, uma espécie de melodioso anestésico. O quarto era de uma austeridade completa. Apenas uma solitária rede de tucum atada de tal forma a se elevar acima do assoalho limpíssimo, a traçar no espaço vazio uma perpendicular. A janela com tela de arame estava fechada, e uma vela acesa fora posta no parapeito. Pietra Jr. se viu de pé, ao lado da rede, sendo despido com frio desvelo pelas gêmeas. O toque delas era morno, as pequenas mãos trabalhavam com destreza, mas não havia carinho ou qualquer emoção no que faziam. Aliás, Pietra Jr. desconfiava da capacidade das gêmeas em sentir emoções como as outras mulheres. A pequena labareda da vela espalhava uma luz incerta, amarelada, alternando luminosidade e escuridão. Quando finalmente estava despido, elas o acomodaram no delicado trançado da rede de tucum.

Pietra Jr. suspirou ao sentir as fibras da rede tocarem seu corpo, sem nenhuma aspereza. A rede devia ter sido embebida em ervas aromáticas, recendia a musgo e breus perfumados. As gêmeas seguiam cantando, embalando gentilmente o seu repouso, invadindo com a triste melopéia os últimos redutos de sua vontade.

— Vocês estão aí? — ele perguntou, depois de um tempo.

Elas não responderam, mas não precisavam, a canção prosseguia no mesmo bruxulear da vela e no ritmo pendular da rede. Pietra Jr. abriu os olhos, sentia frio, a garganta apertando de desamparo.

— Dorme.

— Descansa.

— Por que se vingam em mim? — ele perguntou. — Não sou diferente dos outros. Não fiz nada que outros já não tivessem feito antes, e muito pior.

— Nós sabemos.

— Então, por quê? Por quê?

Pararam de cantar, e no silêncio da noite apenas o leve ruído das escápulas se fazia ouvir.

— Não é nada pessoal — explicou Ceuci.

— Você não precisa ter medo — assegurou Iaci.

— O que é que vocês queriam? — ele prosseguiu. — Que nunca tivéssemos vindo para cá?

— Não, não é isso!

— Mas vocês continuam a nos tratar como forasteiros, como intrusos sem escrúpulos. Eu não sou um invasor, será que não entendem?

— Somos todos intrusos — disse Ceuci.

— Nós também somos invasores — disse Iaci.

— Isto aqui talvez ainda não estivesse completamente pronto.

— Foi o que logo os antigos perceberam.

— Tem sido uma luta muito grande.

— Mas nunca esquecemos que não fomos convidados.

— E procuramos viver como simples hóspedes temporários.

Pietra Jr. tornou a fechar os olhos e suspirou. Aquela conversa não fazia muito sentido. Que diabo elas queriam dizer com aquela história de que a Amazônia ainda não estava pronta?

— Pode ser que não estivesse pronta quando vocês chegaram — ele disse —, mas agora ela está pronta para nós.

— Não, não está — disse Ceuci.

— Mas se não está para nós — ele prosseguiu —, para quem ela está se preparando? Quem ficará com tudo isto quando estiver pronto?

— Não sabemos — respondeu Iaci.

— Talvez não seja para nenhum de nós — completou Ceuci.

— Por isso queríamos esse encontro.

— Para dizer que não é a presença de vocês que nos incomoda.

— Nem a exploração.

— Porque vocês são assim mesmo.

— Não vão mudar nunca.

— Tudo o queremos é que tenham comedimento.

— Não é pedir demais.

— Façam o que achar melhor, mas com um certo decoro.

— Evitem o exagero, para não gerar escândalo.

— Porque atrás dos escândalos vem a piedade.

— E a piedade costuma atrair novos intrusos.

— Daqueles intrusos mais inconvenientes.

— Extremamente irritantes.

— Porque se julgam carregados de razão.

— Se consideram justos.

— E querem nos enfiar a solidariedade deles goela abaixo.

— O que nos leva às vezes a preferir a exploração a certas solidariedades.

Pietra Jr. dormia profundamente, alheio ao que as gêmeas tinham falado. As duas ficaram alguns minutos observando o gigante estirado na rede, cessaram de embalar e, depois de apagar a vela, deixaram o quarto. No dia seguinte, quando ele acordasse, sentiria pela primeira vez o peso de seus 55 anos. Elas, no entanto, carregavam nas costas alguns milênios.

Foi horrível na floresta

Não era a primeira vez que homens audaciosos aproveitavam uma viagem pelo Rio Amazonas e descobriam boas oportunidades de investimento. O primeiro a inaugurar o trajeto e a mania tinha sido dom Francisco Orellana, um espanhol meio à deriva como todo ibérico que se prezava. Depois dele, tantas viagens foram organizadas, que era um espanto não haver uma empresa turística especializada no assunto. Mas ninguém se frustrava por isso, já que o próprio governo brasileiro sempre se encarregava de suprir a lacuna.

O ministro do Planejamento do Brasil estava naquele momento dando as boas-vindas aos convidados para a próxima viagem. Cercado por microfones, gravadores e câmeras de TV, ele mantinha as mãos pousadas sobre a tribuna e relatava o que tinha acontecido na última grande excursão de homens de negócios por ali. A platéia ouvia em silêncio, acomodada no salão de convenções do Hotel Tropical. Quase 25 anos tinham se passado, ele lembrava, e os resultados, ainda que controvertidos, em muitos aspectos eram surpreendentes. O ano era 1966, quando ainda não existia uma consciência ecológica muito clara, e pouco se conhecia sobre a Amazônia. Ainda assim, o governo não hesitara. Um punhado de pioneiros, a nata dos grandes empresários internacionais e nacionais, reunira-se a bordo do transatlântico *Rosa da Fonseca* e aceitara o desafio de abrir a região para a modernidade. Governo e empresários investiram 150 bilhões de dólares e retiraram lucros que montavam ao triplo do que havia sido aplicado. É claro que muitas coisas erradas aconteceram, parte da mata virgem foi derrubada, e muitas pessoas, especialmente os pobres e os índios, perderam a terra e muitas vezes a vida. Mas tudo era passado, a viagem que estavam para começar ia virar uma página da história. Os erros seriam evitados, a ecologia seria respeitada, o futuro estava logo ali, descendo o grande rio, caminho de riquezas, doce mar dos lucros fantásticos.

O ministro falava num tom quase coloquial, ainda que não desprezasse uma certa retórica. Falava muito mais aos jornalistas presentes, pensando na repercussão que seu discurso teria no dia seguinte, que propriamente aos que estavam sentados no salão. Na verdade, ele sabia que seus convidados apenas se mantinham atentos e em silêncio por cortesia. Eram pessoas poderosas, com muitas preocupações. Antes de começar o discurso, observara aqueles rostos e tentara um cálculo aproximado do quanto valia aquela platéia. Não chegara a nenhum número preciso, mas todos os resultados superavam em muito o produto interno bruto de seu país. Era com embevecida vaidade que ele ocupava a tribuna.

Na platéia, Sir Delamare mal escondia a preocupação. Jane Challenger e Billy Lester não tinham aparecido para a solenidade. E, o que era mais grave, o lugar reservado à mesa dos trabalhos ao presidente da Federação das Indústrias do Amazonas estava vazio. Sir Delamare se importava com a lacuna na mesa porque esta deveria estar ocupada por Pietro Pietra Jr.

— É mera coincidência — tinha dito Spender, tentando acalmá-lo.

— Somente os idiotas acreditam em coincidências — ele respondera furioso.

A verdade é que pouco podia fazer naquele momento. A solenidade era uma simples formalidade, mas ele queria estar presente até o fim, observando os participantes, saudando os conhecidos, cientificando-se da companhia que em breve teria a bordo do *Leviatã*.

Felizmente, a fase dos discursos se encerrou bem antes do que ele pensava, e o silêncio foi quebrado por exclamações cordiais entre os convidados; um batalhão de garçons apareceu servindo bebidas e comidas. Deu ordens para que Spender tentasse descobrir onde estavam os dois jornalistas, e começou a circular pelo salão, segurando amigavelmente o braço de Juan Sender.

O ministro veio pressuroso ao encontro de Sir Delamare, arrastando uma escolta de assessores e aduladores, uns tão parecidos com os outros que ficava difícil estabelecer diferenças.

— É uma grande honra — disse o ministro, apertando-lhe a mão. — Esperamos que essa viagem prove que não temos mais preconceitos com o capital estrangeiro.

Sir Delamare sorriu e balançou a cabeça num sinal de discordância.

— Não creio que os senhores tenham sido preconceituosos algum dia — disse Sir Delamare.

O ministro riu e tratou de sair de perto. A impertinência de Sir Delamare fazia parte de todos os arquivos de dados das autoridades do Terceiro Mundo.

— Que mania! — exclamou Sir Delamare, segurando o braço de Juan Sender. — Por que não mudam de assunto?

— Tenha um pouco de compreensão — ironizou o chileno. — Faz parte da cultura local.

— Não posso evitar, é insuportável como usam esta história como se fosse um espantalho.

— O senhor devia se alegrar porque agora preferimos os americanos — disse o chileno. — Eles têm as costas bem largas, capazes de lançar sombra nas piores incompetências e nos maiores privilégios.

Sir Delamare deu uma gargalhada e acendeu um cigarro, espalhando fumaça e abrindo uma clareira em sua volta.

— É engraçado como por aqui adoram espantalhos — prosseguiu Sir Delamare. — Isso sempre me intrigou na América Latina. Quando não é o maldito imperialismo, é o maldito comunismo.

— Mas o senhor não pretende negar que o imperialismo existe? — quis saber Juan Sender.

— Claro que não, meu amigo. E estou certo que o comunismo também existe.

— Se não existissem, nossa rica imaginação teria criado algo equivalente — disse o chileno. — O certo é que não faltaria bicho-papão para nos assustar.

— Não me diga, caro amigo Sender.

— Mas é evidente. Sem esses espantalhos, para usar a vossa definição, como poderíamos explicar tanta miséria em meio a tanta riqueza? Seriamos obrigados a admitir a nossa burrice ou revelar a nossa cumplicidade.

— Mas isso não é perigoso? Afinal, é uma farsa que repousa no acordo entre duas forças opostas.

— Sim, é perigoso, mas não porque as forças são opostas. O perigo está no comodismo. Os lucros são um pouco menores, mas constantes, e não exigem o mesmo esforço de imaginação dos centros mais ricos. Além do mais, a miséria tem o seu próprio charme, o seu folclore, o exotismo da indigência. Nossas literaturas não existiriam sem a poética da comiseração. E nossos escritores diplomatas levariam uma vida de profundo tédio. Pense nisso, senhor!

Sir Delamare deu uma tragada, e o romancista chileno ficou olhando apreensivo para a comprida cinza do cigarro prestes a cair.

— Hum! Hum! — resmungou Sir Delamare. — Não gosto de literatura.

Juan Sender aquiesceu, compreensivo. Graças ao pouco caso que Sir Delamare devotava à literatura é que a amizade deles tinha prosperado.

— Mil perdões! — disse Sir Delamare. — Não pretendia ser rude.

A cinza do cigarro finalmente desabou sobre uma cadeira, mas, antes que alguém notasse, Juan Sender espalhou-a com um sopro.

— Não foi nada — disse Sender, tranqüilizando Sir Delamare —, eu também não ligaria para a literatura se não fosse romancista.

Sir Delamare acendeu outro cigarro e recomeçou o passeio pelo salão. Mas não estava muito fácil se locomover agora, o salão parecia mais cheio de gente circulando ou em rodinhas de conversas animadas, e Sir Delamare era obrigado a parar o tempo todo para receber abraços e cumprimentos em que pipocavam os *flashes* dos fotógrafos.

— Assim não podemos conversar — reclamou Sir Delamare.

— Acho que devemos ir para o bar da piscina, deve estar menos freqüentado, espero.

Os dois foram abrindo espaço na multidão, sem muito esforço, porque as baforadas de Sir Delamare davam-lhe um quê de Moisés apartando o Mar Vermelho à força de nicotina.

Encontraram uma mesa à beira da piscina e ali se acomodaram. O bar não estava vazio como Sir Delamare esperava, mas as pessoas eram mais jovens, a noite bastante agradável, e uma lua radiante parecia repousar preguiçosamente sobre a copa das árvores.

— Estávamos falando coisas muito interessantes — disse Sir Delamare.

Juan Sender mostrou-se atento, o corpo reclinado sobre a mesa como uma girafa sobre um tufo de folhas comestíveis.

— A América Latina sempre me intrigou — prosseguiu Sir Delamare. — Quero dizer, nunca concordei com as explicações que me deram sobre a miséria e o atraso dos latino-americanos. Que os pretos africanos tenham problemas sérios de desenvolvimento, ou até mesmo alguns países asiáticos, é compreensível, afinal são muito diferentes de nós, europeus. Quanto aos latino-americanos, bem, são um pouco como nós. Você, meu caro Sender, por exemplo, sempre se vestiu como nós, foi educado no cristianismo e sabe usar os talheres à mesa, sem pensar no que está fazendo. Para mim, a grande diferença entre a Europa e a América, meu amigo, está nos topônimos. Vocês optaram por batizar certos acidentes geográficos com nomes exóticos.

— Não podíamos suspeitar que fazendo isto teríamos mais tarde problemas de identidade — disse Sender.

— Tsk, tsk, tsk — fez Sir Delamare com uma expressão consternada.

— Uma criança que toma contato com uma palavra como Aconcágua jamais se recupera do trauma — disse Sender.

— Compreendo — disse Sir Delamare, reverente.

— Mas veja bem, Sir — prosseguiu Sender. — As suspeitas que o senhor tem a respeito de nosso continente não são infundadas. E não quero negar que exista o imperialismo, ao contrário, mas acho muito mal explicada a persistência e a desenvoltura com que tem agido por aqui.

— Para mim, é incompreensível que o Brasil, por exemplo, seja um país subdesenvolvido — disse Sir Delamare. — Até mesmo a Nova Zelândia, que vive de ovelhas, conseguiu se igualar à Inglaterra em poucas gerações.

Sender sorriu, porque a comparação deixava os brasileiros em maus lençóis. Em quatro séculos, tinham falhado em chegar perto não da Inglaterra, mas de Portugal.

— O Brasil é a oitava economia capitalista do mundo — disse Sender.

Sir Delamare tossiu e balançou a cabeça.

— Já ouvi essa sandice antes — disse com a voz rouca. — Parece uma daquelas afirmações bombásticas dos Tories. Só que em 1860.

— Eu vivi aqui no Brasil — disse Sender. — Comecei meu exílio no Rio de Janeiro, é um país que admiro, deixei aqui bons amigos. Mas uma coisa me intrigou desde o primeiro dia: os brasileiros não conseguiam pensar o próprio país em suas devidas dimensões. Era muito estranho como eles faziam questão de diminuir, encolher, sei lá.

— Mania um pouco absurda, ousaria dizer — exclamou Sir Delamare.

— Era como se tentassem reduzir suas responsabilidades.

Conhecer os brasileiros mais de perto tinha sido surpreendente. Em muito se pareciam com os chilenos, viviam às voltas com superlativos; eram os maiores no futebol, possuíam a melhor televisão do mundo, a maior cidade da América do Sul, mas quando Sender tocava nos problemas do país, o Brasil murchava como um balão furado. No final, parecia mais Uganda, ou a Guatemala.

— Sabe de uma coisa? — disse Sender. — Certos países são subdesenvolvidos porque querem. O Brasil é um desses. É um desejo da classe dominante.

— É uma dura afirmação — ponderou Sir Delamare.

— Diria o mesmo do Chile — prosseguiu Sender —, da Argentina, da Venezuela, da Colômbia e do México. Países com densidade populacional, recursos naturais e unidade lingüística. Não posso mais aceitar que países como os nossos sejam vítimas indefesas dos apetites estrangeiros. O senhor acredita que a ITT e a CIA sozinhas acabaram com a democracia em meu país?

Sir Delamare limitou-se a acender um cigarro.

— Enquanto isso — disse Sender —, preferimos difundir coisas bem diferentes, adoramos escrever livros inteiros mostrando que a História da América Latina é uma espécie de calvário temperado com pimenta. Um martírio com malemolência.

— Coisas tremendas aconteceram aqui — disse Sir Delamare.

— Era de se esperar, não? Da época colonial aos dias atuais, não fizemos outra coisa além de sofrer, coitadinhos, pobrezinhos e exploradinhos que somos. Sorte sua que não tenha lido nenhum desses livros, porque são coleções de horrores que se repetem até a náusea, que se esforçam para mostrar com tal eloqüência que estamos sofrendo há tantos séculos, que me pergunto se o masoquismo não se tornou a nossa verdadeira identidade. Que espécie de gente somos nós? Ingênuos? Cordatos em excesso? Prisioneiros de um destino manifesto pervertido? Ou será que esse negócio de pôr a culpa nos estrangeiros não passa de conversa fiada?

— Se Billy Lester estivesse aqui — disse Sir Delamare, acusaria as oligarquias latino-americanas de terem se vendido aos estrangeiros. Não sei se você sabe, mas ele é trabalhista.

— É o que também dizem os latino-americanos de esquerda — explicou Sender. — O chato é que quase sempre a esquerda, aqui, só é esquerda quando não está no poder. Tem sido assim o tempo todo.

— É um continente deveras estranho — disse Sir Delamare. — Mas não será devido ao catolicismo?

— Em parte o senhor tem razão, mas o catolicismo não tem sido obstáculo para a França, para a Itália. Nem mesmo para a Espanha.

— Sem querer ofender, acho os papistas muito peculiares — disse Sir Delamare.

— O senhor já reparou que os melhores escritores ingleses são papistas? Joyce, Greene, Waugh, Burgess.

— Os escritores são muito peculiares — respondeu Sir Delamare.

Sender assimilou a observação e sorriu. Tinha agora a impressão de que Sir Delamare estivera ouvindo seus argumentos apenas por cortesia, uma forma amena de matar o tempo, não importando o assunto, desde que não fosse excessivamente enfadonho. E esta era a grande virtude da América Latina, a de não ser tediosa enquanto não a transformavam em obsessão messiânica, uma parte do mundo que fascinava os europeus como os dinossauros fascinavam as crianças.

— Por Deus! — exclamou Sir Delamare consultando seu relógio. — São quase dez horas, e Spender ainda não apareceu.

— O senhor Spender deve ter se recolhido, senhor. Estava se queixando do calor, sentindo-se desidratado.

— Mandei que ele procurasse a senhorita Challenger e Billy Lester. Espero que não tenha levado a minha ordem ao pé da letra e decidido vasculhar toda a cidade.

— Quer que eu ligue para o quarto dele? — perguntou Sender.

— Não se incomode — disse Sir Delamare, levantando-se da cadeira. — Eu mesmo vou tratar disso.

Acompanhado pela nuvem de fumaça, o velho cavalheiro seguiu empertigado para as cabines telefônicas.

— Volto logo — ele disse, com um aceno, antes de sair do bar.

Juan Sender ficou observando o caminhar firme de seu amigo, admirando seu vigor físico e o estudado desmazelo das roupas que usava. Meses atrás, aquela amizade sequer poderia ser cogitada, especialmente quando ele pensava nas circunstâncias que antecederam o encontro entre os dois. No início do inverno, Sender recebeu proposta de uma editora inglesa para a tradução de seu romance mais recente. A carta o tinha deixado surpreso e alegre, porque o romance ainda estava na gaveta, mofando um ineditismo de dois anos. Sua vida de escritor editado quase não existia mais, e os três romances anteriores estavam esgotados há alguns anos, tanto no Chile quanto na Espanha. Vivia com o salário que recebia como funcionário da agência do Banco do Brasil, em Barcelona. Era um trabalho meramente burocrático, sem contato com o público, onde estava encarregado de traduzir contratos para o português, embora seus ouvidos continuassem refratários ao idioma, tão semelhante ao espanhol quando escrito e tão gutural e eslavo quando falado. Mas o emprego garantia a sua sobrevivência, e Sender cultivava poucas exigências. Como não pertencia a nenhum movimento político, seu exílio era solitário, e sua única ambição era ter algum tempo para escrever. Neste sentido, as quatro horas de Banco do Brasil eram perfeitas, sem contar com a sorte de ter colegas de trabalho bastante discretos que jamais queriam saber o que ele escrevia nas horas de folga.

A carta da editora inglesa oferecia um adiantamento de dois mil e quinhentos dólares pelo romance *Kassov*, era assim que o livro se intitulava, e anexava o parecer da equipe de leitura exaltando as qualidades literárias da obra. Os dois mil dólares podiam não ser muito, mas para ele chegavam numa boa hora. Uma clínica de cirurgia plástica de Madri estava cobrando mil e oitocentos dólares pelo tratamento prestado a uma professora italiana de literatura latino-americana que perdera a ponta do nariz ao, inadvertidamente, lhe perguntar o que estava escrevendo no momento.

Quando a professora ficou sem a ponta do nariz, ele justamente terminava a revisão final dos originais do romance, ainda hesitava sobre o título e decidira mandar uma cópia para Colchie Dany-Rose, uma empresa especializada em agenciar dançarinos com problemas de coordenação motora, ilusionistas com mal de Parkinson e escritores latino-americanos. Ao remeter os originais, estava fazendo sua mais desesperada tentativa para ver seus livros de volta às livrarias. Mas quase dois anos iriam se passar sem que nada acontecesse, até receber a carta da editora inglesa.

Primeiro ele tentou entrar em contato com a agência literária; não queria assumir pessoalmente as negociações, mas logo se deu conta de que não havia outra alternativa. Numa prova do quão perigoso andava o mercado literário internacional, Sender ficou sabendo que a Colchie Dany-Rose estava desativada temporariamente, e seu proprietário, homiziado na casa de um tio em Palermo. Pelo que tinha se informado, o homem andara recebendo ameaças de morte por ter agenciado um poeta colombiano, gesto que fora tomado como invasão de território, porque aquele país era tradicionalmente controlado pelo cartel de Medellín.

Disposto a não deixar passar aquela oportunidade, Sender pediu uma semana de licença ao banco e foi para Londres. Tudo transcorreu sem incidentes, o dinheiro veio para o seu bolso no mesmo dia em que assinou o contrato, e ele já se preparava para regressar, quando foi convidado para uma festa. A editora celebrava a venda de dois milhões de exemplares de seu maior sucesso, um romance que contava as vicissitudes de um diplomata britânico nos trópicos. A autora, duquesa de Penbroken, estava com 90 anos e decidira ingressar na literatura quando a artrite não lhe permitiu mais tricotar. Seu personagem era irascível, ressentido com a hierarquia diplomática inglesa e, contra a vontade, enviado à selva amazônica para investigar denúncias de que índios estavam sendo escravizados numa plantação financiada por capitais do Reino Unido. Antes de atingir o seu primeiro milheiro, o romance já podia ostentar a mais ultrajante coleção de resenhas dos últimos cinqüenta anos. Um crítico chegara a indicar uma clínica que fazia milagres no tratamento da artrite, mas aparentemente os doze estupros, as oito páginas de flagelação, o grafismo das cenas de homossexualismo masculino e a variedade de métodos de tortura prevaleceram.

A editora era parte do império de Sir Delamare. A autora, sua amiga de longa data. Era natural que os jardins da mansão Tudor de Kensington fossem escolhidos para receber os convidados da festa.

Sender não queria ir, sabia que corria um risco muito grande, mas acabou por sucumbir aos apelos dos seus editores. Procurou passar despercebido, e já quase se considerava a salvo, quando, no final da festa, se viu frente a frente com a festejada duquesa. Apresentado como escritor latino-americano, foi acolhido por Lady Penbroken como se fosse um dos desafortunados nativos da plantação que tão vivamente descrevera em seu romance.

— O que está escrevendo agora? — ela perguntou, depois de trocar amenidades com aquele exótico literato.

A primeira investida foi contra a mão que a duquesa estendera para dar ênfase à pergunta. O resto bem poderia ter saído de uma das páginas do romance, se a autora não tivesse falhado em incluir na história uma cena de canibalismo. Quando lograram resgatar a vítima, Sender levava na boca pedaços de renda e algumas pérolas, deixando na pele da duquesa a recordação de seus impulsos irrefreáveis.

— Desculpe! Desculpe! Eu não queria! — ele gritava, sob o peso de seis homens da segurança que o mantinham colado ao gramado.

Levada às pressas para um hospital, a duquesa sobreviveu. Mas o destino de Juan Sender era incerto. Os mais compreensivos queriam interná-lo num manicômio, os outros, simplesmente entregá-lo à polícia e processá-lo por danos materiais e agressão. O pessoal do departamento de vendas da editora exigia o justiçamento imediato.

Foi quando um homem saiu da mansão e, sob os olhares incrédulos e respeitosos de todos, ordenou:

— Libertem-no!

Era Sir Delamare em pessoa.

Alguns mais exaltados tentaram argumentar sobre o inconveniente da ordem, mas foram repelidos. Os seis corpulentos seguranças se levantaram, e Sender tratou de verificar se ainda estava inteiro. Depois, com uma expressão desolada e olhos tão mortiços que davam piedade, levantou-se.

— Diga-me — perguntou Sir Delamare —, que tipo de coisa mando aplicar: soro antiofídico ou vacina anti-rábica?

Mortificado, Sender balançou as mãos num gesto impotente.

— Por favor, senhor. Sou perfeitamente sadio. Garanto que nenhuma doença foi transmitida.

— Ora, mas não estou me referindo à saúde dela. Estou temendo é pela sua saúde, meu rapaz.

Juan Sender desabou e só foi acordar num quarto de hospital 42 horas depois. Quando abriu os olhos, ficou sabendo que Sir Delamare tinha uma proposta de trabalho para lhe fazer. Era o começo da amizade, porque um homem capaz de morder a duquesa de Penbroken e sobreviver não podia continuar como um simples bancário em Barcelona.

A proposta de Sir Delamare era para que reescrevesse o romance, em tempo integral, e para tanto estava disposto a lhe pagar cem libras por semana. Sender aceitou, porque entrava em desespero só de pensar nos gastos com a indenização e custos hospitalares que sua aristocrática vítima exigiria. Mas a duquesa se mostrou magnânima e preferiu esquecer o incidente, refugiando-se em sua propriedade em Dundee para começar um novo romance.

Sender agora desconfiava que a proposta de Sir Delamare era uma manobra para adiar indefinidamente a publicação de sua obra. Nenhum editor, em sã consciência, diz a um escritor que não há limite de tempo para terminar um livro, se deseja ver este livro publicado um dia. Pior ainda se paga o escritor para escrever sem prazo determinado. Era o que tinham feito com ele, um contrato que lhe dava todo o tempo do mundo. Mas não sentia mágoa por isso, gostava de reescrever, fazia um trabalho meticuloso, e como todos os escritores, por mais lento que fosse, um dia chegaria o momento de pôr a palavra "FIM".

Os dois primeiros meses do contrato, ele trabalhou num quarto da mansão de Sir Delamare. O velho nobre não gostava de literatura, mas adorava ouvir e contar histórias, especialmente contar. Acreditava no mito de que os escritores são capazes de transformar em histórias qualquer coisa que lhes entre pelos ouvidos, e não havia dia que não relatasse uma de suas aventuras. Sender não se importava em ouvir, seu problema era contar, mas Sir Delamare não era bobo de repetir o erro de sua amiga duquesa. De qualquer modo, o chileno achava que o velho não se interessaria pela história de Leopold Kassov, o personagem de seu romance, um gênio da teoria literária, figura trágica que saiu da Rússia para morrer na obscuridade, em Manaus, depois de vagar por Paris e Açores.

O ritmo alegre do samba e a movimentação dos jovens que se punham a dançar na beira da piscina trouxeram Sender de volta. Consultou o relógio e deu-se conta de que já estava ali há duas horas esperando por Sir Delamare. Começou a achar que esperava inutilmente, o velho àquela altura já estava na cama, dormindo, reunindo as forças para a viagem do dia seguinte. O melhor a fazer era dormir também.

Entrou no elevador, estava vazio, sem ascensorista. Apertou o botão e se encostou na parede do fundo, meio displicente, preparando-se para buscar o sono, mesmo estando cinco horas distante de sua hora natural. Deveria ser uma viagem rápida, porque só havia um andar, onde todos os quartos estavam distribuídos, mas o elevador continuava subindo, o indicador digital registrando uma numeração improvável. Quando ia apertar a emergência, o elevador parou, e as portas se abriram. Cauteloso, ele esticou o corpo, sem deixar o elevador, para observar onde estava. Mas tudo parecia normal, com a mesma passadeira azul sobre as mesmas lajotas rústicas e as mesmas portas brancas e frisos azul-marinho. Balançou a cabeça e voltou a olhar o indicador de andar, sempre com o dedo no botão para manter a porta aberta. O indicador marcava o número 10. Estava errado, ele pensou, um defeito. E saiu para o seu quarto, que ficava dobrando o corredor, totalmente despreocupado, mesmo quando cruzou com um homem em malha colante cor da pele e a cabeça metida numa fina bolha de plástico transparente.

Abriu a porta e entrou no quarto, ia acender a luz com um gesto automático, mas viu que não era necessário. O quarto estava iluminado, e dois homens se debruçavam sobre uma espécie de console eletrônico posto sobre a cama. Vestiam colantes como o outro com quem cruzara no corredor, mas tinham as cabeças desprotegidas. Pareciam absorvidos no que faziam, porque não interromperam o trabalho quando Sender entrou.

— Queiram desculpar! — disse Sender, batendo em retirada.

Apenas um deles, o que aparentava menos idade, notou a presença de Sender.

— Um momento! — pediu o homem. — Por acaso é o infopsi?

— Como? — respondeu Sender, desconcertado.

— Manaus! — exclamou o outro, o mais idoso, de barba rala e a pele do rosto queimada por excesso de exposição ao sol. Tinha os olhos azuis aguados fixos num ponto indefinido.

— Sim, aqui é Manaus — disse Sender.

— Você é o infopsi? — insistiu o mais jovem, agora com a expressão alarmada e logo apontando para Sender. — Como pode andar sem vitapoio, é imprudência. Quem é você, afinal?

— Bem... — Sender hesitou. — Sou um hóspede, acho. Só errei de quarto.

— Hóspede? — estranhou o homem, como se a palavra fizesse tanto sentido para ele quanto infopsi e vitapoio faziam para Sender.

— E vocês, quem são? — perguntou Sender.

O jovem esfregou os olhos e suspirou.

— Alguma coisa saiu errada — ele disse. — Vamos ter de começar tudo de novo.

— Manaus! Manaus! — o outro repetiu numa excitação crescente.

— Por favor, Dr. Kxalendjer, fique calmo. Quer mais um pouco de chá?

Uma fumegante chávena de porcelana estava na mão do jovem e foi servida ao mais idoso. Sender ficou ainda mais intrigado, porque não tinha a menor idéia de como a chávena aparecera na mão do rapaz.

— Maaanaaaus! — exclamou contente o mais idoso quando terminou o chá.

O jovem fez um expressão de desânimo e pediu com um gesto que Sender chegasse mais perto.

— Não sou um especialista — disse o jovem —, mas você deve ser do século XIX.

— Não, do século XIX, não. Sou do século XX, do final do século XX.

— Perdão, é que são muito parecidos. Sempre me confundo.

— Que significa isto? — disse Sender. — É alguma brincadeira?

— Infelizmente, não — respondeu o jovem. — Aproxime-se mais.

Cauteloso, Sender chegou mais perto da cama. Podia ver melhor o console, era uma delgada placa metálica com uma superfície vítrea furta-cor que lembrava um *compact disc*. Mas ao entrar no quarto ele pensava ter visto minúsculos pontos luminosos brilhando sobre a placa.

— Você não vai entender o que estamos fazendo — disse o jovem.

Juan Sender se ofendeu, era engraçado, não estava amedrontado, apenas intrigado. Era assim que costumava reagir aos insólitos pesadelos que o assaltavam quase todas as noites.

— Se você me contar o que estão fazendo — ele respondeu —, talvez eu possa entender.

O jovem aquiesceu e passou a mão sobre a placa. Uma série de gráficos começaram a evoluir no interior de um quadrado de luminosidade verde que se abrira na superfície cambiante.

— São diagnósticos nanossomáticos dele — disse o jovem, apontando para o homem idoso. — Ele é o Dr. Kxalendjer, meu tutor. Está assim, em estado de choque, há um ano. Somos da equipe do Protetorado Amazoniano, e ele regressou de uma expedição neste estado. Nem sabemos como conseguiu programar a própria flutinave. O problema é que até a equipe infopsi está perdida mas não quer confessar que fracassou. Eles são muito orgulhosos, ah, isso são!

— Está mesmo difícil de entender — confessou Sender.

— Eu avisei — comentou o jovem, logo prosseguindo, porque talvez precisasse falar com alguém. — Acontece que os casos de alienação irreversível são raríssimos agora, hum, quero dizer, em nosso tempo. Quase sempre, os nanopavlovs podem detectar as mais sutis carências do metabolismo provocadas por situações traumáticas, e prontamente indicam as compensações químicas exatas. Mas o caso do Dr. Kxalendjer é um mistério.

— Deve ter visto algo que o abalou — disse Sender.

— Ele não é homem de se abalar — disse o jovem, e apontou para um ponto específico na placa. — Ponha o dedo sobre a luz, talvez ajude a entender o que estamos fazendo aqui. Vamos, não tenha medo.

Sender não titubeou, sentou-se na cama e pousou o dedo indicador no ponto indicado pelo rapaz. Quando tocou a superfície furta-cor, estranhou a textura macia, quase uma pele morna e viva.

Sir Wallace Kxalendjer era o último descendente de uma notável linhagem de desbravadores, gente enérgica, voluntariosa ao ponto da temeridade, que muito se orgulhava de ter suas raízes fincadas na Idade Industrial e de pertencer a uma família que se tornara lendária desde o final do milênio anterior. Brilhante etno-arqueólogo, estava comissionado no cargo de diretor do Centro Geral de Pesquisas da Universidade do Protetorado Amazoniano, quando adoeceu.

— Manaus! Manaus! Manaus! — era tudo o que dizia, numa concisão vocabular inquietante, porque a palavra não significava absolutamente nada para ninguém. Somente mais tarde, a palavra Manaus foi identificada como o nome de uma tribo indígena extinta no século XVIII do milênio passado e denominação de uma cidade que existia em algum lugar do Protetorado.

A palavra estava em desuso há pelo menos duzentos anos, e apenas os mais especializados a conheciam; por isso, no princípio, a intromissão daquele vocábulo de sons lúgubres foi tomada como mais uma das excentricidades do cientista. Afinal, só ele era capaz de sustentar que a região era bela, e de ficar horas e horas a observar nuvens de tanajuras em seu vôo nupcial de dezembro, ou de declarar-se embevecido com a migração de milhões de centopéias nos meses mais secos. Os insetos e os artrópodes eram agora os senhores quase absolutos ali, cada época do ano sendo dominada por uma das muitas espécies que pareciam brotar de toda parte e enegrecer a redoma translúcida que os protegia não apenas daquelas pragas sazonais, mas de um ecossistema enlouquecido.

O Protetorado, que por uma espécie de atavismo acabara por atrair o Dr. Kxalendjer, era uma das regiões mais inóspitas e temidas do planeta. Embora os rigores da região fossem razões suficientes para levar qualquer criatura mais sensível à loucura, isto não podia explicar o que acontecera a um homem duro e experimentado como ele. O Dr Kxalendjer estava no auge de sua fama quando procurou a chancelaria dos Estados Colegiados em Londres e pediu um visto de entrada no Protetorado. Qualquer terminal público mostrava o seu último trabalho, um magnífico relatório sobre suas escavações na África do Sul e um estudo surpreendente sobre uma exótica cultura do século XX, conhecida como *apartheid*, seguido da ruidosa polêmica em curso. O embaixador colegiado recebeu o visitante com perplexidade e apreensão. Não era para menos, pois representava um regime que provocava gargalhadas e simbolizava o que ainda restava de primitivo e atrasado no planeta. Por isso, fugindo à regra de sumariamente negar visto de entrada a quem quer que fosse, consultou as autoridades de Pasárgada e, para seu espanto, recebeu ordens para informar ao cientista que ele seria recebido com honras de convidado oficial do governo.

Dois meses depois, o cientista desembarcava em Pasárgada, a fétida e miserável capital do regime colegiado. A recepção no aeroporto foi rápida, sendo imediatamente conduzido ao hotel, onde dois homens vestidos anacronicamente, magros e assustados, o aguardavam. Eram cientistas nativos, providencialmente libertados da prisão por serem os únicos etno-arqueólogos disponíveis. Estes infelizes, que já estavam presos há quase cinco anos, seriam seus futuros assistentes. O rapaz que estava ali ao lado de Sender era um dos libertados. No dia seguinte, o ministro da Ciência recebeu Kxalendjer festivamente e, para estupor geral, ofereceu-lhe o cargo de diretor do departamento de Pesquisas Gerais da Universidade do Protetorado Amazoniano. O cargo estava vago desde a morte do antigo diretor, um entomólogo, devorado vivo por formigas. A reação entusiasmada do Dr. Kxalendjer foi em tudo um contraste com o pavor que tomou conta de seus assistentes. Os cientistas suplicavam que preferiam a prisão, e só não conseguiram seu intento porque estavam na presença de um ministro de convicções fortes, pois como sargento do Exército não admitia atitudes covardes ou recuos na frente de um estrangeiro.

Naquela mesma semana, a pequena caravana, conduzida por uma patrulha de sanitropas, rumou para o Protetorado.

Da viagem e do que ali sucedeu, nada se sabe, e as autoridades colegiadas insistem em manter o mistério, apesar dos reiterados protestos do governo londrino junto ao Parlamento Terra. A única certeza é que o Dr. Kxalendjer sofreu algum tipo de choque, talvez tenha sido testemunha de algum fato assombroso, algum horror inominável capaz de até mesmo abalar a sua forte constituição. E aquela parte do planeta, envolta em mistério e mantida à parte pelo sistema autoritário do Protetorado, bem poderia conter qualquer coisa realmente monstruosa.

Pouco se sabia a respeito do Protetorado Amazoniano, e o que se sabia era de arrepiar os cabelos. Os desmatamentos finais, realizados entre 2012 e 2017, promovidos pelos pós-ecologistas, e a grande explosão demográfica urbana, no final do século XX, provocaram o surgimento de novos fatores ambientais. A temperatura prosseguia aumentando à razão de um grau por ano, e nos meses de agosto facilmente atingia os 70 graus centígrados. Tempestades violentíssimas costumavam cair durante todo o ano, provocando o vazamento instantâneo dos rios assoreados, impedindo a navegação aérea até mesmo para as raras linhas suborbitais que serviam aos dois centros ainda razoavelmente habitados da área, ambos destinados à pesquisa e sob comando militar.

Por volta de 2020, começaram a aparecer surtos epidêmicos letais, conhecidos por "peste verde", provocados por arbovírus mutantes.

Foram momentos de angústia e horror para toda a humanidade. Doença altamente contagiosa, as vítimas enlouqueciam antes de perder o controle muscular e morrer horas após o aparecimento dos sintomas iniciais. Quando os primeiros soropositivos foram detectados em outras partes do mundo, o regime militar colegiado tomou uma atitude drástica e, para escândalo da comunidade científica, decretou a quarentena do Protetorado e promoveu o extermínio indiscriminado dos habitantes. No final, 90% da população tinha desaparecido, num total de vinte e cinco milhões de vítimas, deixando a área praticamente desabitada e isolada. Mesmo quando a vacina foi descoberta, em 2050, o ato de viver ali era uma espécie de desafio tecnológico. Na antiga sede do Protetorado Amazoniano, por exemplo, apenas o Setor Oeste, ocupado pela Universidade do Protetorado, ainda era regularmente habitado. O resto da cidade, fora dos limites do domo geodésico de 12 quilômetros de raio e na altura de um edifício de trinta andares, que formava um nicho protetor para a universidade, era um conjunto de rimas sem nenhum interesse especial, a não ser para os corajosos entomólogos que vez ou outra se aventuravam em expedições no local. Corria a lenda de que certas tribos do extremo norte montanhoso tinham sobrevivido aos surtos da peste, aos ataques das sanitropas colegiadas, ao calor e aos insetos vorazes, mas ninguém provara nada. Os satélites de observação não conseguiam penetrar com suas lentes na perene camada de nuvens que encobria a região há mais de dois séculos, e os registros de ondas sonoras ou térmicas eram imprecisos demais para serem conclusivos.

— Manaus? Manaus! Maaanaaauuussssh! — gritou o Dr. Kxalendjer.

Juan Sender retirou o dedo da placa e olhou para o velho cientista, que teimava em repetir a palavra com a alegre euforia de um demente. Não era uma coisa muito boa de se ver. Aliás, nada naquela situação o agradava. A boca estava seca, e sentia uma urgente vontade de urinar.

Por isso, queria acordar, livrar-se daquele estranho sonho, mas aparentemente isso não era possível. Levantou-se da cama e pôs-se a dar voltas pelo quarto, com medo de molhar a cama.

O jovem tentava acalmar inutilmente o doente, mas ele já não respondia aos medicamentos. Repetindo sem parar o nome que o obsedava, Dr. Kxalendjer deu um salto e se levantou. Sender, temendo uma agressão, procurou manter distância. Mas o cientista não parecia sequer consciente de que havia mais gente no quarto.

— Vamos, doutor — incentivou o jovem. — Onde deixou o arquivo? O senhor pode se lembrar. Por favor!

— Manaus! — disse Sender e repetiu: — Manaus! Manaus? Manaus!

O cientista parou de se agitar e, como se atraído pela palavra encantatória, voltou-se para Sender.

— Manaus? — perguntou Sender.

— Manaus — respondeu o cientista, sorrindo como uma criança, e apontando para o banheiro.

— Manaus? — Sender pediu a confirmação, indicando o banheiro.

— Manaus — confirmou o cientista, dando uns pulinhos.

Sender entrou com o cientista no banheiro. O velho olhava o ambiente, fazendo um reconhecimento, até que finalmente correu para a pia e, com grande alegria, apontava para o espelho.

O jovem entrou no banheiro com uma espécie de lanterna e apontou para o espelho. Nenhuma luz foi emitida, mas, por trás do espelho, entre o vidro e a placa de compensado, algo brilhava com uma luz violeta.

— Mal posso acreditar — exclamou o rapaz. — Estou procurando isso há seis meses.

— O que é? — perguntou Sender, curioso.

— É uma película orgânica de leitura de raciocínio paralelo. Utilizamos para arquivar registros de atividades de campo. É muito simples e prática, pode ser lida por qualquer terminal.

O jovem retirou a fina película e a exibiu para Sender. Fora do raio emitido pela espécie de lanterna, a película era marrom, translúcida como uma folha de gelatina.

— O inventário dos arquivos acusava a falta de uma película — prosseguiu o jovem, tomando o cientista pelo braço e conduzindo-o de volta ao quarto. — Eu sempre achei que, por algum motivo, antes de perder a razão o Dr. Kxalendjer a escondera. E como a flutinave registrava uma imersão temporal, minha intuição dizia que a película estava em algum lugar do passado. — O rapaz fez uma pausa e olhou para Sender. — Não pense que é fácil uma imersão temporal. Aliás, é proibido no território dos Estados Colegiados. Os militares sabem que qualquer interação provoca reações imprevisíveis.

Sender continuou calado, lutando contra o crescente desejo de aliviar a bexiga. Mas não queria acordar agora, precisava agüentar mais um pouco.

— Vamos ver o que tem aqui — disse o rapaz, pousando a película sobre a placa. No mesmo instante, a fina gelatina marrom se dissolveu, e na placa apareceu um triângulo.

— É um registro visual — explicou o jovem.

O triângulo girou e foi substituído pela imagem de um transatlântico navegando no Rio Amazonas. Para espanto de Sender, era o *Leviatã*.

A voz do Dr. Kxalendjer se fez ouvir com grande nitidez: "Esse é um antigo meio de transporte chamado navio, em desuso atualmente. Estou seguro que nesse navio, de nome *Leviatã*, e de acordo com minhas projeções canônicas de modelos históricos alternativos, ocorreu o ponto fulcral da tragédia que se abateu em nosso planeta. O cenário ocorrido é o seguinte: em 2045, quando o governo civil foi novamente deposto nos Estados Colegiados, a sorte do Protetorado foi selada, e a catástrofe ocorreu. Mas poderia ter sido evitada, se uma mulher, Maria Pietra, existisse. No cenário canônico, Maria Pietra nasce em 2025 e se transforma na maior liderança dos Estados Colegiados. Em 2045, ela consolida o regime civil e promove uma moratória de cinqüenta anos em todos os projetos do Protetorado Amazoniano. Problema: as possibilidades de Maria Pietra cessaram de existir com a morte de seu avô, Pietro Pietra Jr., no naufrágio do *Leviatã*. Fim do arquivo."

O *Leviatã* passa a sofrer diversas explosões. Grossos rolos de fumaça evolam da embarcação, e labaredas escapam de suas escotilhas. O enorme transatlântico começa a adernar, e sua popa vai desaparecendo sob as agitadas águas amarelas do Rio Amazonas. Helicópteros sobrevoam a tragédia, e pequenos barcos se aproximam, mas as explosões impedem que cheguem perto.

— Meu Deus, meu Deus — gritou Sender.

— Conhece o fato? — perguntou o jovem, angustiado. — Já aconteceu?

— Não, ainda não. Mas vai acontecer.

— Quando?

— Não sei. Quer dizer, o transatlântico parte amanhã, de manhã.

— E você pode impedir?

— Não creio! Eu mesmo quase não acredito. E sou um dos passageiros. Provavelmente eu morri no naufrágio. Não sei nadar.

— Manaus! Manaus! — gritou o Dr. Kxalendjer, no momento em que uma série de fagulhas escapava da placa sobre a cama.

— Nossa imersão saturou — disse o jovem, desolado. — Não podemos ficar mais.

E tudo se apagou, uma imensa escuridão tão sólida que Juan Sender temeu não poder respirar. Mas logo abriu os olhos e viu a janela do quarto aberta, a lua cheia aspergindo luar sobre os lençóis da cama. Estava completamente vestido e de sapatos, deitado sobre os lençóis como se tivesse simplesmente desmaiado. Mas lá dentro de sua cabeça a imagem do navio em chamas, naufragando, parecia querer saltar para fora.

Juan Sender se levantou da cama e foi ao banheiro urinar.

Uma visão para nunca esquecer

Henry Amazon contava apenas 3 anos quando perdeu o pai, mas sua história familiar era bastante original. Não poderia ser de outro modo, já que tinha sido inventada pelo professor Challenger. Como não havia registro fotográfico do pai, tudo o que Henry sabia é que herdara quase todos os traços do morto, além de conhecer bastante o que ele pensava, as coisas que falava e fazia, simplesmente porque a história favorita de sua mãe era a vida daquele jovem de 23 anos, muito sensível, que não resistira a um inverno europeu mais rigoroso.

Henry lembrava agora que seu pai, em seus tempos de menino, acreditava que a cidade de Manaus era uma espécie de fim de linha, de último posto, de reta final. Na sua percepção infantil, a cidade se bastava, havia sido feita para proclamar um ponto final em todas as jornadas, avarenta armadilha irrompendo na selva equatorial. Aqueles que a cidade alcançavam logo sabiam que a viagem chegara ao fim. Mas essa impressão não vinha do fato de a cidade estar no interior da selva amazônica. Somente mais tarde ele tomaria conhecimento da vastidão da sua terra e do isolamento geográfico efetivo em que Manaus vivia. Ao contrário, tal impressão ele havia colhido nas ruas da cidade e, muito especialmente, no destino de alguns circos que ali chegavam. Sim, pois até mesmo os circos, que nunca foram exatamente sedentários, encontravam em Manaus o fim de suas trilhas. Assim, muitos circos ali acabavam por se deixar apanhar, dissolvendo-se na voragem daquele lugar sem eletricidade, de noites abafadas e escuras, onde enormes e raros Buicks negros trafegavam como preguiçosos répteis antediluvianos.

Não é para menos que de todos os destinos que faziam de Manaus seu fim de linha, os que mais atraíssem a atenção do menino fossem exatamente os dos circos. Ali, naquela clareira cercada pelo jângal misterioso, aqueles nômades aventureiros como que perdiam o fôlego. E se deixavam assimilar, tornavam-se meros habitantes. Mas que a trapezista se tornasse peixeira, e o domador fosse trabalhar num açougue, essas mutações pouco importavam. Era o destino dos animais, incapazes de trocar de pele, que o impressionava. Abandonados, os mais pacíficos eram vistos a perambular pelos arrabaldes, adotados pelas crianças. Durante alguns anos, dois elefantes banharam-se ao cair da tarde no igarapé de São Raimundo, em meio à algazarra dos curumins, como numa cena saída da pena de Kipling. Mas, de todos os animais de circo abandonados em Manaus, o que mais cativou a população foi um casal de lhamas. Altivos, placidamente arrastavam sua rejeição, a ruminar por anos a fio nos canteiros de uma praça da cidade. Não eram exatamente uma atração para os habitantes da cidade, ressaltava o pai — representavam algo muito recalcado por todos. Os lhamas tornaram-se animais emblemáticos, símbolos pacientes, estóicos e indiferentes, do abandono de todos os que viviam ali.

Habitar Manaus era ser um pouco como aqueles dois lhamas. Sabiam disso, mas não confessavam, pois os animais são por natureza lacônicos e discretos.

De outro lado, talvez por suspeitar do isolamento da cidade, Manaus era para ele, um índio sem tribo, o centro do universo.

Ainda que distante, de alguma maneira a cidade não cessava de atrair coisas e pessoas.

Como era aquela Manaus? Henry não conseguia imaginar, mas, de acordo com as histórias de seu pai, era boa de se viver, apesar de tudo. O professor Challenger não se cansava de dizer que o significado de civilização no século XX era a arte de conviver num centro urbano. O pai de Henry concordava plenamente, ao evocar suas lembranças dos anos 50 em Manaus. Talvez fosse um centro urbano de proporções ideais para um convívio civilizado na Amazônia. Os que não eram índios sentiam falta de algumas coisas importantes, como eletricidade e um sistema educacional mais abrangente. Felizmente, o isolamento era plenamente quebrado pelos transatlânticos do Lloyd Brasileiro ou da Booth Line, e pelos elegantes Constellation da Panair. E se não contavam com a eletricidade, isso não era grave, porque, durante anos, a humanidade viveu muito bem sem ela, e nem por isso os que gostavam de música deixavam de ouvir suas peças prediletas em gramofones de 78 rpm. E muito se lia na cidade, à luz de candelabros, como num romance de Balzac. O interessante é que os mais antigos viviam repetindo que Manaus já tinha sido uma cidade muito rica, que já tinha vivido seus grandes momentos cinqüenta anos atrás. E o pai de Henry comentava: estavam enganados, o melhor instante da cidade acontecia exatamente naqueles anos, e ninguém percebia. Quando o pai de Henry morreu, em 1968, começavam os estertores. A memória dos lhamas na praça já tinha se apagado.

Contrariando todas as suas expectativas, Henry estava de volta ao Amazonas. Era a segunda vez ali, a terra onde suas raízes se perdiam, mas onde se sentia completamente estrangeiro. Sozinho, sentado na varanda da discoteca, ele olhava para as luzes da cidade que se espalhavam para o sul. Manaus se erguia sobre várias colinas, e a discoteca ficava sobre um desses pontos privilegiados. A lua cheia deitava um brilho viscoso na paisagem saturada de umidade. Quem o visse, imóvel e esparramado na cadeira, não suspeitaria o quanto estava preocupado. Seus olhos negros corriam lentamente pelo horizonte, e nenhum músculo do rosto denunciava qualquer emoção, mas por dentro era uma inquietação só.

Ele tinha muitos motivos para se preocupar. Estava sendo acusado pela morte de Danilo Ariel Duarte, de ter roubado sua própria casa e de estar foragido. Fora isto, Jane Challenger, a pessoa de quem mais gostava, ia embarcar no dia seguinte numa viagem possivelmente sem volta. Estes recentes acontecimentos em sua vida não faziam parte da história criada pelo professor Challenger, porque a história de Henry Amazon começara bem antes de ele nascer.

Mas Henry sempre dera pouca importância à sua história, na verdade detestava tudo o que se relacionava com família, índios e selva tropical. Para todos os efeitos, sentia-se um londrino, conseguira esconder tão bem de si mesmo suas origens, que, ao se olhar no espelho, não via o índio que do outro lado o observava diariamente. Como a imaginação livresca dos ingleses brancos viam nele um oriental, um malaio, era com essa imagem de mistério que gostava de se divertir de vez em quando. Mas só de vez em quando.

A história organizada de sua vida começou a desandar na tarde em que Jane deixou Enmore Park para regressar ao Amazonas. Henry peremptoriamente se recusara a dar importância ao que Jane andava falando. Adorava Jane, mas o desprezo por aquelas selvas escaldantes era mais forte. Nada que acontecesse ali podia ser importante, somente dramas menores, pequenas tragédias, melancólicas histórias de lhamas abandonados na rua. E Henry não tinha mudado de idéia; estar em Manaus por si só era horrível, e ele não admitia que ironias perversas o transformassem num daqueles tristes destinos circenses de que seu pai falava. O West End, para ele, era o centro do universo.

Como não desejava estar em casa quando Jane partisse, ficou na rua até tarde da noite. Ao retornar, encontrou Enmore Park completamente às escuras, mas não deu maior importância ao fato, porque imaginou que Jane dera folga às criadas. Foi direto para seus aposentos, atravessando os corredores escuros, contente por ter a casa só para si nas semanas em que Jane estivesse fora. Henry ocupava desde a infância um amplo quarto do andar térreo, muito silencioso, porque ficava distante da rua e contíguo ao jardim interno. Ao contrário do estilo eduardiano predominante na mansão, o quarto era um exemplo de objetividade escandinava e alta tecnologia de entretenimento doméstico. Por isso, não foi difícil Henry notar, quando se despia, que a harmonia de pinho e acrílico havia sido sutilmente maculada. E como as criadas só entravam ali uma vez por mês e sob sua supervisão, e nem mesmo Jane ousava bisbilhotar suas coisas, alguém de fora, um intruso, invadira Enmore Park. Rapidamente apagou a luz e ficou alerta, quase de respiração suspensa, tentando ouvir algo diferente que se destacasse do repertório de rangidos, estalos e sinistros ruídos que faziam tão típico o silêncio em Enmore Park.

Como não ouvisse nada de anormal, Henry saiu do quarto e começou a examinar peça por peça, acendendo as luzes, observando a arrumação dos móveis, olhando os muitos lugares onde uma pessoa podia se esconder. Sentia-se tão dono de seu território e tão certo de que não havia mais ninguém ali além dele, que não se dera ao trabalho de vestir uma roupa e fazia a inspeção sem a menor cautela.

Depois de correr o térreo, subiu para o outro andar. Ali estava o quarto de Jane e uma parte da casa que não lhe agradava: as três salas com as peças etnográficas da coleção Challenger. Votava tal desprezo por aquelas peças meio empoeiradas, arrumadas e catalogadas em vitrines de mogno e cristal, que por várias vezes tentara se ver livre delas, articulando vendas ou doações, sempre rechaçadas por Jane. Entrou na primeira sala e logo sentiu o odor característico do ambiente, uma alquimia de cheiros; palha seca, vegetais mortos, breus, ceras, sementes oleaginosas, plumagens de aves extravagantes e poeira: a desagradável memória olfativa da selva distante.

Nauseado, Henry hesitou. Sua imagem estava refletida nos cristais do grande armário que ficava na parede aposta à porta. Um corpo musculoso e nu, de olhos oblíquos e cabelo preto liso, perfeitamente justaposto aos magníficos adornos indígenas, parecia desaprovar sua hesitação. Chocado, Henry recuou. O selvagem ricamente ornado desapareceu, mas ele não teve tempo de sentir alívio, porque um violento golpe na cabeça o derrubou.

Antes de cair, desviou-se instintivamente de um segundo golpe. Ouviu o ruído seco de um tacape lançado ao chão e viu pés descalços, pés de homem branco, correndo. E perdeu a consciência.

Quando voltou a si, tentou abrir os olhos, mas uma enlouquecedora dor de cabeça lhe toldava a visão. Cores e luzes dançavam em sua vista, mesmo com os olhos fechados. E se lograva abri-los, o mundo exterior era uma nebulosa pulsante.

— Ele está mal — sussurrou uma voz feminina. — Por que se deixou apanhar assim?

Henry se agitou, queria falar, mas não conseguia articular nenhuma palavra, somente gemidos de dor.

— Calma, calma — disse a voz em seu ouvido —, está tudo bem agora.

Henry estranhamente se acalmou, confiava na voz, só queria poder abrir os olhos e não sentir mais dor. Sem abrir os olhos, experimentou levar a mão à cabeça para saber a extensão dos danos, mas foi impedido por mãos decididas.

— Fica quieto, rapaz — ordenou a voz, com doçura.

Aos poucos, as luzes e cores foram sumindo, embora a dor persistisse. O atordoamento impedia maiores raciocínios, e Henry se deixava levar pelos lampejos de dor e sossego que se alternavam. Fez um esforço e abriu os olhos, estava em seu próprio quarto, deitado na cama.

Um rosto feminino, iridescente como uma flor salpicada de orvalho, entrou em seu campo de visão. Estava séria, inquiridora, e passava um algodão embebido num líquido doce em seus lábios.

— Quem é você? — quis saber Henry.

— Fica quieto, por pouco tu não estás morto.

Henry experimentou mover o corpo, e a dor não incomodou como esperava. Levou finalmente a mão à cabeça e sentiu o calombo dolorido e úmido. O agressor tinha acertado o golpe um pouco acima da orelha direita.

— O que aconteceu? — gemeu Henry, agitando-se novamente.

— Calma — ela disse, segurando-o. — Tu já estás melhor, tiveste sorte, a pancada não fraturou nada.

Mas Henry lutava para se livrar do atordoamento, escapar da sonolência que o prostrava. Tinha receio que o agressor decidisse voltar para concluir o serviço. Assaltos a residências estavam ficando cada vez mais comuns em Londres. Todos os dias os jornais publicavam exemplos da escalada criminosa.

— Merda, ele desmaiou de novo — exclamou uma nova voz feminina.

— Não vou deixar — assegurou a outra, sacudindo o rosto dele.

Henry abriu os olhos e tentou sair da cama. Conseguiu apenas sentar na beira da cama, o quarto e as duas mulheres girando à sua volta.

— O que querem aqui? — ele perguntou, sobressaltado.

— Silêncio! — disse uma delas.

— Tu estás bem? — quis saber a outra.

— Estou melhor, acho — respondeu Henry, completamente tonto.

— Será que a gente pode acender a luz? — disse uma delas.

— Estás maluca? — a outra retrucou. — E se o cara voltar?

— Mas no escuro... — protestou a mulher.

— No escuro está ótimo, vai dar para a gente fazer tudo o que estamos precisando fazer.

— O que é que precisam fazer? — quis saber Henry, preocupado.

— Nada, curumim — disse a mulher que Henry tinha visto primeiro.

— Bebe isto — ordenou a outra, levando uma cuia aos lábios dele.

— O que é?

— Bebe!

Henry obedeceu, de algum modo as duas possuíam uma autoridade, uma espécie de supremacia sobre ele. O líquido era amargo, travoso, descia pela garganta e deixava um rastro de insensibilidade. Quando acabou de beber, as coisas que giravam pararam abruptamente e sobreveio uma grande euforia. Ele deu um salto e pôs-se de pé.

— O que está acontecendo? Quem me atacou?

Uma dor insuportável fez com que se dobrasse, perdesse toda a pose e mais uma vez rolasse para a cama, gemendo. No mesmo instante a dor passou, e Henry percebeu, indignado, que uma delas segurava firmemente o seu pênis. A dor que sentira tinha sido deliberadamente provocada por ela ao lhe apertar a glande.

— Nada de gritos, está ouvindo? — ela advertiu. — Se gritares, ele voltará e estarás perdido.

Henry ficou quieto, quase imóvel, a não ser pela respiração acelerada.

— Viemos aqui para te ajudar — disse a outra, provocando calafrio nele com um sorriso. — E estás realmente precisando de muita ajuda.

— Por favor, isso dói muito. Cuidado!

— Ah! dói?... pelo menos não estás morto — disse a mulher, segurando firme o indefeso apêndice. — Queres ver como não estás morto?

Ela diminuiu a pressão e brincou de balançar de um lado para outro o membro enrugado, às vezes bombeando suavemente, como se a cada movimento adicionasse alguns centímetros à sua envergadura e extensão.

— Pára com isso — protestou Henry, meio retorcido sobre a cama.

— Não paramos — responderam em coro. — Queríamos muito te conhecer.

Elas não deixaram margem para Henry fazer outra pergunta, lambiam e beijavam o membro totalmente ereto, cobrindo-o de saliva, dividindo entre si, com uma equanimidade de anos de prática, a vez de fazê-lo desaparecer em suas bocas em torturantes sucções.

— Por favor, por favor — suplicava Henry.

— Tu não estás gostando?

— Não é hora — ele dizia. — Depois, depois.

— Tem que ser agora — ele ouviu.

— Não temos muito tempo — disse uma delas.

Henry ouviu as duas mulheres, mas não alcançava o significado das palavras que elas diziam; de sua garganta escapava um ruído gutural, e a excitação o mantinha totalmente entregue aos caprichos de as. Conformado com o agradável jugo, Henry procurava observar melhor as duas invasoras. Eram pequenas, corpos deliciosos, e se vestiam com elegante toque francês. Mas os gestos, tanto quanto a maneira de falar, eram neutros, aplicados mas despidos de emoção.

— Ih! ele vai gozar — exclamou uma delas, e interromperam o trabalho.

— Não, não parem — protestou Henry.

— Olha como balança — disse uma delas, rindo.

— O que será que ele procura, indo de um lado pro outro?

— E a cabeça, olha só como está vermelha.

— Acho que apertamos demais.

— Por favor — gemeu Henry.

A mão de uma delas se apossou novamente do inquieto membro e começou a sacudir vigorosamente, para cima e para baixo, até provocar jatos de gotas opalescentes. Henry suspirou, esvaziando-se do tormento.

— O que fazem aqui? Como entraram? — Henry voltou a perguntar, assim que conseguiu se recompor.

— Tu não estavas nos procurando?

— Eu? Mas se nem conheço vocês.

— Vamos, levanta, vem conosco — ordenaram, puxando Henry da cama.

— Esperem — ele disse. — Primeiro vou vestir uma roupa.

— Não, depois. Vem!

A casa estava às escuras, mas as duas caminhavam como se fossem íntimas dos meandros de Enmore Park. Subiram as escadas e seguiram para as salas que abrigavam a coleção Challenger.

— Nós falhamos, curumim — disseram, mostrando uma das vitrines.

Alguém tinha arrombado com requintes de brutalidade a porta da vitrine e levado várias peças. Cada uma das peças desaparecidas deixara o contorno perfeitamente desenhado no veludo bordô que revestia a prateleira.

— Droga! — Henry se enfureceu. — Se queriam levar essas merdas, não precisavam me agredir.

— Tens idéia do que foi levado? — uma delas perguntou.

— E eu vou saber? — ele respondeu, irritado. — Essas coisas nunca me interessaram.

As duas se postaram ao lado da vitrine arrombada e começaram a indicar os espaços vazios, explicando em tom professoral.

— Aqui estava a zarabatana. Uma arma de precisão para alvos a média distância. Esta particularmente é um exemplar extraordinário, com um impulso de 75 libras.

— E aqui estava o dardo. Só existem três no mundo.

— E sabes quem fabricou essas armas?

Henry deu de ombros, não se importava exatamente com as peças roubadas; sua preocupação agora era com o fato de Enmcre Park ter sido facilmente invadido tanto pelo ladrão quanto pelas duas mulheres.

Um tapa sonoro no rosto fez Henry recuar.

— Não bate nele com força — disse uma delas.

— Ele merece, ainda não acordou.

— Sabes a quem pertenciam essas armas roubadas? — perguntaram outra vez.

— Não sei — respondeu Henry.

— A um povo que desapareceu.

— Mas não totalmente.

— Tens um pouco do sangue desse povo.

Um frio atravessou o corpo de Henry, e ele olhou intrigado para as duas mulheres. Sentia-se embaraçado como um menino relapso que não aprendera direito a lição.

— Não sabes de nada, não é? — disseram.

— Ele está com medo?

— Estou — Henry murmurou, como se sentisse dor.

— O povo se chamava Tapanhuma.

Era a primeira vez que Henry ouvia o nome.

— Vocês estão dizendo que pertenço a esse povo?

— Tu logo descobrirás — disseram.

— Bem, Jane vocês sabem quem é, não? — Elas confirmaram. — Jane sempre brincou comigo, dizendo que estou à beira da extinção.

— Ela é bastante perspicaz.

— Mas não és o único.

— A longo prazo, todos estaremos extintos.

— Por isso não é importante.

— O importante é que o dardo vai ser usado e não podemos impedir.

— Mas gostaríamos de mudar o alvo.

— Um momento! — disse Henry. — Não estou entendendo nada.

— É simples — elas disseram.

— Há um vôo hoje à noite para Caracas. De lá, podes pegar um outro para Manaus.

— Vocês estão malucas! — exclamou Henry.

— É possível. Para começar, nem deveríamos estar aqui.

Henry fechou a cara ao ouvir isso, mas tentava raciocinar, repassando a estranha seqüência de acontecimentos para ver se encontrava um nexo, algum sentido que ligasse o roubo das peças, a agressão e a presença das duas mulheres que não paravam de falar, sempre tão impositivas.

— Temos de ir — disse uma delas, sorrindo.

— Não — insistiu Henry, ansioso. — Respondam só uma coisa.

— O quê?

— Por que ir a Manaus? O que devo fazer lá?

— Ora, mas são duas coisas que temos de responder.

— Por favor!

— Na verdade, não sabemos.

— Mas vamos fazer a viagem contigo.

— O avião sai dentro de três horas.

— Como vou pagar a passagem? — disse Henry. — Não uso cartão de crédito.

— As passagens estão aqui, veja.

— Vamos logo, aceita. Temos que ir para o aeroporto.

— Está bem — disse Henry, e não deixou de se espantar ao ouvir a própria voz concordando com aquele absurdo.

Voltaram para o quarto, e Henry pegou uma valise de mão, onde arrumou umas mudas de roupa e coisas de toalete pessoal. Fazia tudo muito vagarosamente, como se esperasse que o tempo passando se encarregasse de dissolver aquela insólita situação.

— Ele está preocupado — disse uma das mulheres.

— Será que não confia em nós? — disse a outra.

— Por que confiaria?

— É verdade, não há razão para que aceite nossa palavra.

Henry terminou de se vestir e olhou o relógio. Apesar da premeditada demora em fazer as coisas, não tinham se passado cinco minutos desde que aceitara acompanhar as mulheres.

— Se pelo menos vocês fossem mais claras — ele reclamou.

As duas mulheres gesticularam que nada podiam fazer.

— Já dissemos que não deves ficar preocupado.

— No fim tudo se encaixa.

— Ou não — disse a outra.

— Tens razão. Somente nos mitos tudo se encaixa.

— E nos quebra-cabeças chineses.

— Mas não há motivos para preocupação.

— A preocupação é uma bobagem.

— Uma grande bobagem, porque o que tem de acontecer, acontece mesmo.

Henry pegou a valise, balançou a cabeça num sinal de desaprovação e disse:

— Que porra de conversa é essa?

— Oh! desculpa.

— Não queríamos te aborrecer.

— Mas estão conseguindo me encher o saco, sabiam? — esbravejou Henry.

As duas ficaram estáticas, os olhos congelaram e os rostos se fixaram numa expressão indiferente, não humana. Paradas ali, eram como dois exemplares de um brinquedo mecânico que ficou sem corda.

Dali para a frente, e enquanto durou a viagem, elas ficaram caladas, como duas meninas emburradas, respondendo por monossílabos. Os trâmites dos aeroportos, os rituais dos serviços de imigração, o insólito das alfândegas e as tediosas horas perdidas dos vôos deram tempo para Henry observar melhor as duas mulheres. Não ficou sabendo quase nada sobre elas, mas já podia discriminar certas diferenças entre as duas. Quando chegaram em Caracas, e por não terem visto de entrada no país, tiveram de esperar a conexão numa sala isolada. Nas quatro horas que passaram isolados, Henry conseguiu, depois de muita insistência, saber como elas se chamavam. As duas aparentavam a mesma idade, por volta dos 20 anos; tinham a mesma estatura, a mesma pele morena e os mesmos olhos negros e oblíquos. Os corpos eram delicadamente construídos e proporcionados, mas Iaci, a que primeiro Henry notara, era mais farta de seios, sempre tomava a iniciativa, e ao falar gesticulava graciosamente com as mãos. A outra, que se chamava Ceuci, era bem mais discreta, não exatamente tímida, apenas reservada, mas seus olhos de um negro profundo expressavam curiosidade, uma vivacidade que contrastava com a postura comedida de seu corpo.

Para completo espanto de Henry, as duas viviam em Manaus numa propriedade magnífica, a Chácara Pontiac, nome que evocava enormes carros americanos mas homenageava o grande chefe tribal de Ottawa.

— O chefe Pontiac sabia das coisas — disse Ceuci —, e em todas as reuniões perguntava por que os índios toleravam que os brancos vivessem entre eles.

— Até hoje os índios estão tentando responder a esta pergunta — disse Iaci.

Uma vez em casa, as duas mostraram-se bastante amáveis, contaram histórias dos tempos antigos, riram dos casos de amor, choraram com algumas tragédias e disseram que pertenciam a um povo anterior aos índios.

— Somos icamiabas — revelou Iaci.

— Em nossa época reinava o estrógeno.

— Os índios só apareceram quando a testosterona virou moda.

— Mas não temos ressentimentos.

— Pelo menos inventamos o orgasmo clitorial.

— Enquanto os índios — riu Ceuci — só contribuíram com o milho da pipoca.

Henry estava achando muito agradável a hospitalidade das icamiabas, mas não se sentia inteiramente à vontade. Não podia acreditar que tivesse atravessado um oceano e cruzado a linha do equador apenas para ouvir duas mulheres espirituosas contarem histórias.

No começo da noite, souberam pela televisão que um ex-governador do Amazonas morrera em circunstâncias misteriosas, possivelmente assassinado. Segundo as investigações policiais, uma zarabatana indígena tinha sido utilizada, e a vítima recebera um dardo envenenado com curare. Tanto a zarabatana quanto o dardo já estavam nas mãos das autoridades, e o repórter da TV teve o cuidado de exibir aos telespectadores as duas peças. A seguir, um antropólogo apareceu dizendo que a zarabatana era muito comum e estava meio danificada, o que talvez a inutilizasse como arma, mas o dardo era muito especial, apenas três existiam no mundo, devidamente catalogados em coleções respeitadas, todas no estrangeiro, portanto não fazendo o menor sentido que um dardo daqueles fosse aparecer no Amazonas e muito menos na alcova de um ex-governador.

— É o cunabi roubado da tua casa — disse Iaci.

— Não é possível — duvidou Henry.

— Mas é claro que é — insistiu Ceuci.

— Agora sabemos quem te bateu na cabeça.

— E roubou a zarabatana e o cunabi.

— Vocês estão brincando! — exclamou Henry.

— Não, não estamos. Não temos muito senso de humor.

— Foram os Jihad Jívaros — disse Iaci.

— Como?

— Jihad Jívaros — repetiu Ceuci. — É uma organização revolucionária.

— Liderada pelo comandante Muhamed Azancoth.

— Eles realizaram uma série de ações na Europa e Estados Unidos.

— Assaltaram várias coleções etnográficas.

— Levaram apenas armas: flechas, cunabis etc.

— Todas envenenadas com curare.

— E pertencentes a povos extintos.

— Esperem! — gritou Henry. — Devagar, que eu não estou entendendo nada.

As duas silenciaram, fixando em Henry seus analíticos olhos negros. Ele agradeceu a trégua com um sorriso aturdido, enquanto tentava raciocinar sobre o que acabara de ouvir.

— Desculpem — disse Henry com uma doce sinceridade. — Sou um pouco lento.

— Nós é que pedimos desculpas — disse Iaci.

— O que é que não estás entendendo? — quis saber Ceuci.

— Acontece que vocês não sabiam de nada. Pelo menos foi o que me disseram em Londres. Agora, aparece na televisão que um homem foi assassinado, e logo vocês desembestam a falar com grande conhecimento de causa. Como chegaram a tal conclusão? A impressão que eu tenho é que sabem bem mais do que dizem, e estão querendo me usar.

As duas balançaram a cabeça, contrariadas.

— Não seja idiota, curumim.

— Realmente não sabíamos de nada.

— Apenas um detalhe aqui, outro ali.

— Mas não o suficiente para completar o quebra-cabeça.

— Sabíamos que estavam roubando peças de coleções etnográficas em várias partes do mundo. Somente peças de povos já extintos.

— Por acaso fomos indicadas para observar a coleção Challenger.

— Achávamos que os assaltantes apareceriam, porque a coleção tem muitas peças de povos extintos.

— Ao mesmo tempo, tínhamos uma lista de alvos dos Jihad Jívaros.

— Esses nomes deveriam ser mortos nos próximos dias.

— Quando vimos o ex-governador morto.

— E pelo fato do nome dele encabeçar a lista.

— Deduzimos que foram os Jihad Jívaros que roubaram as peças da coleção Challenger.

— Elementar, meu caro Henry.

— Mas não queremos te usar. Podes ficar tranqüilo.

— Tens muito pouca importância nisso tudo.

— Nada podes fazer.

— Resolvemos te trazer porque não resistimos a um rapaz bonito.

— Nós te achamos muito bonitinho.

— E julgamos que acharias divertido ficar conosco um tempo.

— Dando umas boas trepadinhas.

— Lembrando o tempo em que nossas avós trepavam com os teus avós.

Fatigado demais para ficar irritado, Henry desviou o olhar para a televisão e teve um sobressalto: a imagem mostrava diversos grupos de pessoas que chegavam a um hotel; não conseguia entender a locução mas ocorreu-lhe a impressão de ter visto uma ruiva muito bonita que em tudo parecia Jane Challenger.

— Quem mais esses terroristas pretendem assassinar? — Henry perguntou.

— Se estivermos certas — disse Iaci —, os Jihad Jívaros não terão a menor dificuldade em pegar os outros nomes da lista.

— Tudo o que sabemos é que todas essas pessoas estarão reunidas num só lugar.

— Estarão a bordo do *Leviatã*.

— Logo, os Jihad Jívaros também estarão a bordo.

— Como é o nome do navio? — perguntou Henry, meio entontecido, deixando escapar um suspiro.

Iaci e Ceuci sorriram, indulgentes.

— *Leviatã* — respondeu Ceuci.

Este nome, ele pensou, é o navio em que Jane vai embarcar.

— Talvez eu não sirva para nada — disse Henry —, mas pelo menos posso ajudar minha irmã. Ela vai estar neste navio.

— O nome dela não consta da lista do Jihad Jívaros — disse Iaci.

Henry não estava disposto a apostar nos critérios dos terroristas e muito menos no senso de dedução das duas mulheres.

— Vou impedir que Jane embarque — disse Henry.

— É uma coisa que podes tentar — disse Iaci.

— E podes contar com a nossa ajuda — disse Ceuci.

— Não é necessário — Henry respondeu —, não preciso de vocês para falar com Jane.

Mas o esforço empenhado pouco adiantou. Logo ele descobriu que não podia aparecer no hotel onde Jane estava hospedada, porque a polícia o procurava como suspeito da morte do ex-governador. E Jane simplesmente repudiara o seu pedido.

Agora, sentado ao luar, ele lembrava das palavras de seu pai: a maldita cidade cada vez mais se parecia uma armadilha, o começo e o fim de uma história que o professor Challenger tentara reescrever. Primeiro, levando o seu avô para Londres, onde o velho morreu em 1962, quatro anos antes de Henry nascer. Para que não vivesse solitário, ou, de acordo com certos mexericos, não perseguisse as criadas, o professor Challenger importou da selva uma esposa para o amigo. Do consórcio, nasceu a mãe de Henry, em 1945, em meio às dificuldades de uma Londres arrasada pelos bombardeios e o racionamento. Quando o professor Challenger morreu, a tribo de Enmore Park já fazia parte da família. Mas o cuidado com a antimiscigenação foi seguido à risca, e, em 1965, despacharam a mocinha em viagem matrimonial ao Amazonas, onde ela encontrou, e se casou, com o pai de Henry. A mocinha se tornou mãe em 1966, mas não parecia ter vocação maternal, e o bebê ficou sob os cuidados da avó. O pai de Henry morreu em 1968, de pneumonia, e a mãe passou a década seguinte tentando organizar uma seita religiosa que prometia aos fiéis uma Terra sem Males, até desaparecer num domingo de 1979, para nunca mais ser vista. A partir dos 13 anos, Henry passou a viver sem maiores contatos com suas origens. Na verdade, menosprezava seu passado. Se fosse possível, mudaria tudo.

Como não podia mudar a própria cara, por exemplo, preferia que o tomassem por um oriental. Conscientemente, ele queria ser o ponto final, o corte definitivo: um etnocida de si mesmo.

Henry moveu novamente os olhos pelo horizonte banhado de luar. Sentiu um calafrio percorrer seu corpo. Afastou da mente o que lhe dava receio: a imagem de um *cashmere* inescrutável aprisionado na penumbra de um luar tropical, evocação de uma página de Kipling.

Foi horrível na floresta (reprise)

Os olhos enevoavam de sono, mas Sir Delamare resistia. Sentado numa poltrona, olhando pela janela do quarto, ele remoía sua irritação. Julgava-se preterido, posto de lado como um traste imprestáve . Spender, sentado ao seu lado, parecia levemente trêmulo, porque falhara em encontrar explicação para tantos sumiços. Jane Challenger e Billy Lester não estavam no hotel, e ninguém sabia informar nada. Para aumentar a raiva de Sir Delamare, o chileno também tinha desaparecido do bar da piscina sem deixar traços.

A atmosfera do quarto estava saturada de fumaça, porque Sir Delamare acendia um cigarro atrás do outro. Spender temia que o velho ficasse ali plantado, fumegando como uma chaleira fervendo até o dia nascer, mas não encontrava coragem para sugerir que fosse para a cama.

— Isso é coisa daquela menina Challenger — ele tinha dito. — É muito atrevida e está me subestimando. Tome cuidado, ou ela excluirá você também, Spender.

O outro não respondeu, mas se esforçava para acreditar em seu patrão, porque era um alívio ser excluído dali para a frente dos planos malucos de Jane Challenger. Ter chegado naquele hotel repleto de excêntricos e cercado de endemias exóticas por todos os lados era mais que o suficiente.

Mas o alívio de Spender durou pouco. Tocaram a campainha, e ele foi atender. De início, pensou que fosse o serviço de quarto trazendo algum pedido de Sir Delamare, porque se deparou com três homens prosaicamente fardados de empregados do hotel. Dois carregavam grandes bandejas, e um empurrava o carrinho de refeições. Acontece que ninguém enganava o faro de Spender, e ele só hesitou alguns segundos, logo se atirando sobre Sir Delamare, arrastando o atônito *lord* para o chão e praticamente soterrando-o com o próprio corpo.

Era um comando Jihad Jívaros. Os guerrilheiros destamparam as bandejas e o carrinho com incrível velocidade, revelando pilhas de livros, e passaram a atirar os pesados volumes encadernados contra o alvo de lã cinza encolhido no chão. Cada projétil significava um livro de mais de quinhentos páginas que ia se chocar com admirável precisão no traseiro de Spender.

— O imperialismo não é um simples espantalho — gritavam.

Ofendido em seu tranqüilo conservadorismo britânico, Sir Delamare sentiu-se na obrigação de revidar ao ataque.

Por entre os gemidos de dor de Spender, a voz de Sir Delamare podia ser ouvida.

— Ataquem, idiotas. Culpem o imperialismo.

— Tirem as garras da Amazônia! — gritavam os Jihad Jívaros.

Magníficas encadernações voavam pelo quarto, rumo ao traseiro de Spender, mas a voz de Sir Delamare não calava.

— Vamos lá, quero ouvir culparem o imperialismo — ele gritava. — Como é, não vão pôr a culpa nos americanos? Se o imperialismo não existisse, a incompetência de vocês trataria logo de inventar.

Os Jihad Jívaros rosnavam ao ouvir aquelas provocações, mas já tinham perdido o ímpeto inicial. De alguma maneira, as palavras de Sir Delamare caíram sobre eles como uma ducha fria. Atiravam a esmo mais alguns livros, quando Jane Challenger e Billy Lester entraram no quarto. Antes de bater em retirada, o comando fez pousar na testa de Lester um volumoso tomo dos *Gundrisse*. O jornalista, familiarizado com a bibliografia marxista, não se surpreendeu com a consistência da obra, mas não pôde deixar de ver algumas estrelinhas vermelhas girando em torno de sua cabeça.

— Você está bem? — perguntou Jane.

— Não foi nada — respondeu Lester, passando a mão no calombo dolorido com que o pensamento revolucionário lhe ornara a cabeça. — Onde está Sir Delamare?

— Ajudem aqui, idiotas — gritou Sir Delamare. — Este imbecil desmaiou, e vou acabar com algumas costelas fraturadas.

Quando Sir Delamare se viu de pé, livre da eficiente proteção de Spender, notou que o casal estava em trajes bastante íntimos. Lester usava apenas a calça do pijama, e Jane, uma camiseta de algodão.

— Já estávamos quase dormindo — explicou Lester, constrangido.

— Viemos de qualquer maneira, assim que ouvimos os gritos — completou Jane, altiva, sem se intimidar com o olhar atrevido e avaliador de Sir Delamare.

O velho nobre tossiu discretamente e desviou o olhar.

— Por que estavam jogando livros? — quis saber Jane, apanhando uma excepcional encadernação do primeiro volume da estética de Lukács.

— Eram Jihad Jívaros — disse Sir Delamare.

— O senhor acha? — duvidou Lester.

— O que queriam? — perguntou Jane, intrigada porque o volume trazia o carimbo da biblioteca do Museu Britânico.

— Presumo que foi um atentado — disse Sir Delamare. — Queriam nos matar, senhorita.

— Com livros? — mais uma vez Lester duvidou.

— Claro, com livros — disse Sir Delamare, irritado. — Alguns desses volumes devem pesar quase seis quilos. Corretamente usados, são tão letais quanto uma pedra ou um tijolo.

— Uma forma de apedrejamento pós-Gutenberg — comentou Jane.

— Precisamente, senhorita. São engenhosos os Jihad Jívaros.

— O senhor não pretendia negar a existência do imperialismo? — quis saber Lester, ainda um pouco tonto.

— Acho melhor voltar para a cama, meu rapaz — respondeu Sir Delamare, dando uma piscadela.

No dia seguinte, todos embarcaram no *Leviatã*.

Livro 4

Cucarachopitecus Tragicus

Sobre os insólitos costumes dos escritores (reprise)

Para desespero geral, um incalculável número de centro-americanos tentava passar pela imigração dos Estados Unidos sem visto de entrada, e, a julgar pela neurastenia dos funcionários, sem nenhum documento válido. Como tive o azar de chegar num vôo posterior ao daqueles senhores de *guayaberas* engomadas e senhoras em vestidos floridos, mal podia suspeitar o que ainda me esperava. Eu já sabia que o tempo era gasto de forma perdulária pela burocracia do aeroporto Kennedy, um dos mais neuróticos do mundo, mas naquela manhã não se podia culpar o serviço de imigração pela lentidão das filas. O problema é que, cada vez que um centro-americano chegava na frente do funcionário, entregava uns papéis sebentos e a confusão estava criada. Pelo número de *guayaberas* no recinto, a coisa prometia ir longe, porque não aparecia um só com os documentos em ordem. Duas horas depois, os funcionários resolveram endurecer e chamaram a polícia. Respirei aliviado ao ver que o índice de *guayaberas* desabava para zero, mas logo descobri que não se deve confiar em meras impressões visuais, especialmente se estamos numa fila do aeroporto Kennedy. Acontece que, atrás dos centro-americanos, e sem a evidência de suas indumentárias tradicionais, estava outro grupo igualmente pouco acostumado com documentos, carimbos e vistos, e com a agravante de sequer falar espanhol, quanto mais inglês. Eram iranianos, certamente partidários do Reza Pahlevi, ávidos para mergulhar de cabeça no sonho da sociedade afluente. O resultado foi que perdi quase quatro horas na fila da imigração, e quando chegou a minha vez, percebi que o funcionário pegou meu passaporte com receio, logo respirando aliviado ao ver que o visto estava em ordem, o portador não usava turbante ou sombrero, se expressava de forma razoavelmente inteligível e pretendia ficar apenas duas semanas na cidade. Ao sair do aeroporto, em meio ao engarrafamento da Triboro Bridge, rumo a Manhattan, desabafei em voz alta e em português:

— Por que diabo sempre volto a esta cidade?

— *B'gyoupardan* — disse o chofer, um crioulão dentuço, perguntando a seguir se eu era grego.

Três anos sem pôr os pés em Nova York, e lá estava eu reincidindo no erro, duplamente reincidindo, porque interrompera o trabalho do romance para atender a um desses convites que aceitamos sem medir as conseqüências; o primeiro erro tinha sido vir participar de um seminário sobre literatura latino-americana na cidade de Salem's Lot, New Hampshire, organizado pela universidade local, o que me obrigava ao outro erro, que era ficar em Nova York quase um dia e meio.

O crioulo dentuço entrou na Harlem River Drive com tal ímpeto, que o táxi imitou uma daquelas rotinas de sapateado flamenco, numa espécie de esforço perverso para que eu não esquecesse o que estava fazendo ali. Em ter de voltar a Nova York eu já me conformara, porque era inevitável por razões profissionais, mas nada justificava enfrentar mais um seminário de literatura latino-americana, especialmente depois dos dissabores anteriores, em Berlim e em Roma, sempre com os mesmos literatos hispânicos, engravatados e graves, que permutavam os papéis, ora apeados do poder, ora membros de governos, enquanto eu sucumbia exausto a despender meu portunhol porque nunca se lembravam de contratar intérpretes para os pobres falantes da última flor do Lácio, na inocente certeza de que todo latino-americano deve obrigatoriamente falar castelhano tão fluentemente quanto um general hondurenho.

Fiquei o dia e meio quase todo no quarto do hotel, pensando na viagem do *Leviatã* pelo Rio Amazonas, no destino de seus passageiros, tudo posto em suspenso, porque, inesperadamente, quem embarcara tinha sido eu. Depois, jamais gostei das ruas de Manhattan, sempre em permanente reforma, com seus crônicos tapumes, os engarrafamentos, as multidões de rostos contrafeitos, os monturos de lixo e o irreversível ar de Terceiro Mundo. Todas as vezes que ouvia alguém dizer que gostava de Nova York, não conseguia esconder minha incredulidade. Definitivamente, era a última cidade do mundo que eu escolheria voluntariamente para ir, mas já a visitara tantas vezes que perdera a conta. Só os meus sentimentos não tinham mudado: Nova York me dava medo.

Por que tenho medo daquela cidade? Tentei honestamente explicar esse medo, mas só encontrei algumas hipóteses. Minha primeira viagem aconteceu em 1972, e eu não guardava nenhum preconceito. Depois de ter vivido seis anos em São Paulo, e dominando razoavelmente o inglês, chegar ali não representava nenhum problema especial. Quem viveu numa cidade complexa, com traçado urbano barroco como São Paulo, já desenvolveu um senso de orientação tão aguçado que a "racionalidade" urbana de Nova York é uma brincadeira. Naquela cidade, ninguém se perde geograficamente, as pessoas se perdem em outros labirintos. Creio até que a "racionalidade" urbana da cidade é utilizada como uma espécie de espaço de sublimação para as violências que desabam sobre as pessoas. Dizem que Nova York é a cidade da grana e dos serviços. Os americanos chamam-na de *Big Apple*, a grande maçã, uma fruta insípida que a imaginação puritana liga ao pecado, à tentação. E o naco suculento da grande maçã é Manhattan, a ilha podre e cintilante, onde estão os conglomerados financeiros, as lojas de departamentos, os cinemas e os teatros. O resto é o resto, o além-túnel, o Brooklyn, suburbia, olvído de fim de semana.

Acho que o problema da cidade começa com essa profunda ligação entre dinheiro e serviços. É claro que em toda grande metrópole existe sempre essa ligação. Sem dinheiro você fica à margem, anda na periferia, absorve as rebarbas... quem vive no Rio ou São Paulo sabe do que eu estou falando. Mas Nova York virou metrópole muito recentemente, ganhou fama internacional apenas nos últimos 40 anos, embora sempre tenha manifestado vocação para tanto. Nova York rapidamente se tornou o porto mais importante do país, e cedo, com as levas de imigrantes europeus, revelou-se suficientemente atrativa para se transformar em centro cosmopolita. É de longe a mais estimulante cidade da América do Norte e uma força catalisadora em todo o continente americano. A atmosfera de crueza da cidade, se de um lado é massacrante, impede que ela seja contaminada pela mediocridade provinciana do resto dos Estados Unidos. Ali não há espaço para comiseração ou complacência. É tudo ou nada. A celeridade com que a cidade virou metrópole não permitiu que se desenvolvesse ali uma certa equanimidade na distribuição dos serviços. No Rio, ou em Paris, mesmo que você não tenha altas quantias, tem pelo menos acesso a um serviço público razoável. Mas em Nova York os serviços públicos beiram a indigência e ao sórdido. Definitivamente, o transporte público é sórdido. O sistema de metrô é nojento e impontual. E se você depender de qualquer guichê de repartição pública, vai se defrontar com uma terrível burocracia. Isso, para não falar na segurança pública, já que ninguém desconhece que foi a polícia de Nova York que inventou esse negócio de não registrar pequenas ocorrências para não provocar inflação nas estatísticas criminais.

O certo é que até hoje não consegui entender por que temo aquela cidade, nem por que tanto me desagrada. E nem posso reclamar da falta de equanimidade. Minhas estadas na cidade sempre foram ótimas, ainda que rápidas e com agenda tomada. Alguns amigos de lá dizem que eu preciso conhecer melhor Nova York, mas eu não se se posso colocar tal coisa na categoria de necessidade. Minha primeira hipótese a respeito da persistente aversão que sinto por Nova York é cultural. Minha formação amazonense é francófona e europeizada. Talvez por isso me sinta tão bem em Paris ou Lisboa. Eu nem gosto particularmente dos parisienses, mas a atmosfera de Paris é para mim inteiramente respirável, é como se fosse o meu meio ambiente. Ando em Paris, e meus pés reconhecem aquelas ruas, meu corpo se regala. Eu compreendo por que e como Paris cintila, ela foi a última grande metrópole latina. O ritmo de Paris é como uma música onde eu também posso adicionar certos compassos, porque sei a sua lógica. O ritmo de Nova York tem a capacidade de provocar em mim o repúdio, embora a sua lógica de cidade do mesmo continente onde vivo não me escape. Uma coisa que me impressiona ali é a massa de gente destituída, miserável, caindo pelas tabelas. Essa gente vem de todas as partes do país e do mundo, mas a maioria é de gente do Terceiro Mundo. Todos chegaram a fim de dar uma boa mordida na maçã, mas o máximo que conseguiram foi arrastar o sonho no subemprego, isolados nos pardieiros infectos. Nada é mais abjeto que a condição de imigrante, e Nova York dá hoje a impressão de ser a meca da imigração. Os imigrantes são criaturas que tendem a confundir a esperança com o possível. Entre uma coisa e outra são obrigados a desenvolver mecanismos monstruosos de acomodação. Tornam-se verdadeiros filisteus, querem romper as barreiras com as poucas armas que carregam. E terminam sendo usados como capachos, porque são despreparados, porque são originalmente de culturas refratárias ao capitalismo e especialmente por não dominarem a língua. Creio que meu horror a Nova York vem dessa natureza de entreposto que a cidade cultiva. Sinto asco quando vejo um imigrante oriental, por exemplo, desfilando em suas roupas nacionais pelas ruas e suplicando para ser assimilado. Tenho nojo dos centro-americanos e da falsa humildade com a qual se estiram no chão para serem pisados pelos ricos em troca de alguns dólares. Perdi completamente a capacidade de sentir pena desses imbecis do subdesenvolvimento. Nova York, de certo modo, funciona como uma armadilha que mantém cativos esses desafortunados. Até mesmo os exemplos supostamente vitoriosos me provocam náuseas, como esses cretinos que durante anos lavaram pratos e acabaram juntando dinheiro para abrir uma empresa de aluguel de limusines.

A raiva que eu sentia por estar em Nova York resistiu incólume ao vôo do pequeno avião até Salem's Lot, crescendo ainda mais quando me vi em meio a uma recepção acadêmica, com todos aqueles ternos de *tweed* e conjuntos saia-blusa de brim cáqui, poucos salgadinhos e muito vinho branco da Califórnia, estimulando o burburinho anglo-hispânico que procurava congraçar professores liberais com alto grau de hipermetropia e literatos com baixo teor de direitos autorais.

Para variar, os hispânicos eram os de sempre, seja porque são os únicos num subcontinente de pouca densidade editorial, ou porque são os mais espertos e pegam todos os convites que aparecem. De qualquer modo, adoram unanimemente uma boca-livre.

No dia seguinte, quando a primeira sessão do seminário começou, fui possuído pelo professor Challenger e pedi a palavra.

— Será este seminário realmente a propósito da literatura latino-americana? E se assim for, onde estão os escritores do Haiti, de Guadalupe e do Quebec? Por que a literatura de expressão francesa foi esquecida? Onde está o René Depestre? Por que o Roch Carrier não foi convidado? E a Marie-Claire Blais, não pôde vir? E a Anne Hebert, e a Rejeane Ducharme, e o Antoine Mallet, e o Victor-Levy Beaulieu? O que aconteceu com eles?

Na primeira fila, observando com ar sarcástico a agitação provocada pelas minhas palavras, estava Juan Sender, o real, o verdadeiro, não o mordedor de duquesas, mas o relutante dilacerador de incautos. Acenei discretamente para ele, e Sender respondeu levantando o polegar direito. A segunda coisa capaz de fazer Sender perder as estribeiras é ser chamado de latino-americano.

— Como, Quebec? — um dos organizadores do seminário se surpreendeu. — Quebec é América Latina?

A atrapalhação do professor era reveladora em todos os sentidos: os canadenses do Quebec não comiam tacos com chile, não usavam sombrero, não faziam a *siesta*, não tinham caudilhos e não embalavam os cem anos de solidão de seus filhos ao som de "La Cucaracha". Além do mais, o Quebec era credor, e não devedor internacional. Como enquadrá-lo na Latino-América?

As sementes da discórdia, no entanto, já estavam plantadas. Mas nem por isso minhas interrogações mudariam alguma coisa. Porque latino-americano não é um conceito cultural, que repete exatamente a presença na América dos desdobramentos da civilização latina. O que está enraizado na cabeça dessa gente, sempre bem-intencionada, é o estigma geopolítico que traça uma fronteira bem demarcada entre o norte e o sul do continente. A sorte do Quebec é estar do lado errado do Rio Grande, e eu sabia que só por ingenuidade alguém poderia acreditar que o conceito de latino-americano fosse capaz de absorver o

Quebec como uma das vertentes latinas. Na minha cabeça vinha a imagem da terra de Maple White, o mitológico platô do professor Challenger, espaço de ferrenho conservadorismo capaz de passar ao largo da própria evolução, como uma espécie de metáfora paleontológica do latino-americano. Um mundo perdido ideal para investigações de mentalidades e idiossincrasias, combustível fóssil para as explicações sobre a persistência do atraso e território posto em quarentena como exemplo de teimosia neofeudal e desafortunada mesclagem étnica.

O pior é que esta Maple White de suores e rumba parece contar com ajuda interna na perpetuação do isolamento. A prova estava no visível desagrado com que a platéia reagira ao ouvir a convocação do Quebec. E olhem que sequer enfatizei a ausência do Haiti e Guadalupe. Mas eu não devia me surpreender com isso, porque o rótulo de latino-americano arrasta não apenas os preconceitos, mas legitima o desconforto de ser elite de um mundo perdido que precisa seguir isolado para que essa mesma elite não desapareça.

— Você está ficando bobo? — Juan Sender mais tarde se divertiu à minha custa. — Incluir o Quebec na América Latina é um horrível golpe baixo. Acho que os quebequenses não vão ficar nada satisfeitos. Depois, a riqueza do Quebec o exclui, porque povo bem alimentado não serve para exercitar a piedade de ninguém.

— Não posso evitar a irritação — tentei explicar-me. — Deve ser porque a literatura de língua portuguesa fica tão soterrada no aluvião castelhano quanto a de língua francesa.

— Mas assim você cai mais uma vez no ressentimento — ele retorquiu.

— Você tem razão — eu disse.

— Ressentimento, sempre o ressentimento — disse Sender, cada vez mais sarcástico. — Mas a idéia do Quebec é diabólica. Sem os canadenses francófonos, restam os legítimos latino-americanos, os *cucarachas*, como dizem nos Estados Unidos, com suas mazelas sociais, a vocação de vítimas históricas e as denúncias contra o imperialismo. Pelo menos para um chileno como eu, que sabe muito bem que não somos flor que se cheire, o Quebec me redime.

— E não creio que os quebequenses se ofendam — expliquei —, porque eles são orgulhosos de sua cultura latina.

— Mas isso não importa — disse Sender. — Se estivessem aqui, seríamos obrigados a falar de literatura, não de política. Você já deu uma olhada no pessoal que está participando desse seminário? Pois bem, há uma cumplicidade tácita entre os organizadores e os pobrezinhos dos escritores latino-americanos. Conheço bem a questão: esse pessoal gosta de se autopunir, adora uma tribuna onde possa derramar a velha retórica da recriminação. Ainda há pouco ouvi um coleguinha acusar o imperialismo americano de ocupar as livrarias de seu país com best sellers, impedindo que os livros deles fossem lidos pelos leitores.

— Já ouvi a mesma acusação antes — eu disse. — Não tenho mais paciência para esse tipo de surto nacionalista.

— O que ele finge não saber é que nenhum imperialismo jamais reunirá poder capaz de tirar das nossas livrarias a verdadeira literatura nacional que por acaso produzirmos. Agora, não me peça para definir esse negócio de verdadeira literatura nacional.

Sender fez uma pausa e me observou com seus olhos de visionário descrente, as sobrancelhas finas arqueadas que afastavam qualquer sinal de humildade, e o rosto alongado com a expressão de alguém para quem a literatura não passava de uma coisa pouco lícita naquelas circunstâncias.

— Agora, preste atenção na boa consciência de nossos anfitriões — ele prosseguiu com a voz abafada. — Eles ouvem embevecidos quando enumeramos as violações das liberdades em nossos países, mortificam-se quando os acusamos.

— Confesso que sempre achei muito estranho esses encontros — eu disse. — Somos convidados para debater literatura e acabamos respondendo a perguntas sobre índice de analfabetismo, taxa de mortalidade infantil, efeitos da desnutrição e estabilidade do regime.

— Eu estava na sala — disse Sender, rindo — quando aquele professor quis saber como você se sentia escrevendo romances numa cidade onde duzentas pessoas são assassinadas num só final de semana.

— Porra, fiquei puto — me indignei. — Que época esta! Ainda bem que o Boccaccio não vive mais, se não iam querer saber como podia escrever contos em meio à peste devido à falta de saneamento básico em Florença.

— Tenho a impressão de que a resposta que você deu não agradou — disse Sender. — Eles gostaram foi daquele rapaz, o nosso escritor militante, mais militante que escritor. Pelo menos ele jurou que escreve para denunciar a miséria do povo. Pena que no país dele, essencialmente agrário, não há editoras, e os libelos que ele escreve são publicados com apoio governamental.

Nossa conversa seguiu neste tom pelo resto da tarde, sem que imaginássemos o que os nossos anfitriões tinham programado para a hora do jantar. Ao entrarmos no refeitório da universidade, lá estava sobre um palco improvisado um grupo de adolescentes ataviados em ponchos coloridos e prontos a usar aquelas flautinhas andinas agudas e enlouquecedoras, para mim responsáveis pela decadência do império inca. Tratava-se de um concerto folclórico em nossa homenagem. Agüentei firme, sem dizer nada, porque os garotos flautistas eram filhos de exilados chilenos... só Deus sabe o que fazemos em nome da política de boa vizinhança.

Mas aquilo tudo foi uma lição. Uma vez que esse negócio de latino-americano não é o reconhecimento de nossa civilização, mas um gueto geopolítico, uma espécie de saco de gatos onde querem nos embrulhar, tratei de cair fora. Agora, quando me convidam, vou logo dizendo: não falo espanhol, não me chamo Pancho e não moro ao pé da Sierra Madre. Porque, quando uma parte significativa de um continente se transforma em mero folclore geopolítico, não há mais traço de união, o que há é o conformismo disfarçado de retórica libertária, alimentando a má consciência. O mundo perdido de Conan Doyle pelo menos abria alguma possibilidade à evolução.

Para os que insistem em gostar, digo apenas que nesse negócio de latinidade eu estou mais para o Luandino Vieira, que é, nesse sentido, latino-africano, do que para o meu amigo Juan Sender. Mesmo que ele tenha urticárias quando o chamam de latino-americano.

— Ninguém anda por aí chamando os congoleses de latino-africanos — Sender costumava dizer, furioso. — Você lembrou o Luandino Vieira, e lembrou muito bem. Sorte dele que não existe esse negócio de latino-africano.

— Também, isso já seria demais para nossos amigos do Primeiro Mundo — eu respondia. — Eles não são liberais o suficiente para chamar a negrada de latinos. Um branco sarará ou mulatinho claro, queimadinho de sol da praia, ainda vá lá.

— Os franceses até que tentaram — retrucava Sender. — Nas cartilhas em que os meninos estudavam na África, constava aquela história de "os gauleses, nossos ancestrais".

Eu acabava rindo.

— É engraçado mesmo — dizia Sender. — Tenho um amigo, o Mongo Beti, um grande romancista da República dos Camarões. Ele fala um francês impecável e não se parece nem um pouco com aqueles escritores africanos de língua inglesa que ao abrir a boca fazem o Shakespeare se virar no túmulo. Pois bem, como não há esse negócio de "latino-africano", o Mongo Beti levou muito pau da censura francesa, na mesma época em que os franceses estavam embevecidos com o *boom* latino-americano. Às vezes eu tenho a impressão de que os franceses só levam a sério uma literatura quando ela entra no país com *agrément* do Cais D'Orsay. Se um país der o azar de não ter escritores com vocação pra diplomacia, jamais vai ser citado no *Apostrophe*.

Lembrei, naquele momento, de um conto que tencionava escrever. É claro que me abstive de tocar no assunto. Sender podia interpretar mal, e eu temia pelas conseqüências. Mas o conto era a respeito de um escritor brasileiro que um dia encontra o maior escritor latino-americano vivo. O brasileiro viajava pela Europa, indo de cidade em cidade, de uma estação ferroviária para outra, mas nos intervalos sempre acontecia um almoço com solícitos professores de língua portuguesa e a leitura de trechos de seu trabalho. A viagem coincidia com um dos mais quentes verões que a Europa já experimentara em muitos anos, e o escritor atravessava meio sonolento as paisagens abafadas pelo calor, pensando se aquele não era o clima ideal para um espécime exótico do Terceiro Mundo como ele. Vez ou outra cruzava com alguns tipos de sua própria vizinhança, coloridos bandos de salseiros, de sambistas, de tocadores de queña. Mais raramente, engravatados luminares das letras em vias de desenvolvimento. O escritor observava quão diferentes estes últimos eram dos primeiros. Eles quase sempre estavam dando faniquitos por não se acharem hospedados em determinados hotéis, ou batendo os pés porque tinham sido escalados para leitura na mesma hora de outro rival. Um caudaloso autor andino regressara do aeroporto ao saber que um desafeto da costa do Pacífico também estava no programa. Esse mesmo autor do Pacífico teve uma crise histérica quando descobriu que o discurso de abertura do programa seria conferido por um poeta e diplomata mexicano. O escritor brasileiro até perdoou a histeria do colega ao ouvir o discurso do mexicano, pois a frugalidade geográfica do poeta diplomata era tão grande que em suas palavras a chamada América Latina acabou reduzida apenas àqueles bem-aventurados que falavam a língua de um grande artista de seu país, ou seja, a língua de Cantinflas. Mas as surpresas não terminavam por aí, porque os salseiros, bandeonistas e tocadores de queña se uniram para barrar três popularíssimos nomes da música popular brasileira que deveriam se apresentar na filarmônica da cidade, exilando-os numa discoteca enorme e decadente. Para completar, certa manhã ele ouviu espantado um critico literário da Banda Oriental, com celebrados pendores ao carreirismo universitário nos Estados Unidos, afirmar que a literatura do Brasil era provinciana e que todas as obras de um grande romancista brasileiro dos anos 30 não se comparavam com o romance portenho *Don Segundo Sombra*. O escritor engoliu em seco, redobrou os cuidados no trato com aqueles sensíveis ex-torturados, exilados convictos e funcionários governamentais, até que se viu frente a frente com um afável ancião, solitário e calado, discretamente vestido em terno cinzento. Aquele homem de pele macerada e expressão de quem está prestes a morrer era considerado o maior escritor ao sul do Rio Grande. Um colega europeu fez as apresentações, e o idoso autor apertou-lhe a mão com inesperada energia e efusividade. Não conversaram muito, mas pelo menos a obra daquele escritor lendário não lhe era desconhecida. Na verdade, era uma obra bem pequena, apenas dois livros de pouco mais de cem páginas, um de contos e um romance, publicados há mais de trinta anos. Talvez porque o brasileiro pertencesse à estirpe de Camões e Fernão Mendes Pinto, os contos e o romance não o tinham impressionado. Gostava das poções venenosas que corroem o presente em busca do futuro, por isso mesmo não entendia o fascínio que o autor despertava nos círculos acadêmicos e oficiais mundo afora, já que era literatura típica de um mundo arcaico. Ele reconhecia que a obra não se comprazia em refletir as agonias do arcaico e do rústico, realizava-se mesmo com uma trágica desesperança, mas não podia aceitar que a transformassem em paradigma da chamada literatura latino-americana. Infelizmente, era isto que acontecia, e até mesmo se esperava que os escritores da América Latina se limitassem a fazer da literatura um subproduto da economia agrária.

Algum tempo depois, quando o escritor passava por uma pequena cidade encravada no coração do país, viu o grande autor latino-americano deixando a cidade, cercado de professores e estudantes. Ficou na plataforma vendo a figura lendária subir no trem, sem saber que meses depois a morte visitaria aquele homem. Quando leu a notícia, ficou pensando no quanto era estranho que um autor que não escrevia há trinta anos fosse o símbolo da literatura latino-americana, e que só a morte ousasse dar por encerrada a esterilidade maior do maior escritor estéril que jamais iria conhecer.

Ao deixar a estação ferroviária, o escritor foi levado para a universidade local, metido numa sala de aulas e obrigado a participar de um seminário sobre o Caribe que durou dez horas. Os objetivos do seminário não estavam muito claros, mas isso não parecia ter muita importância. O escritor brasileiro não podia deixar de pensar no encontro com o maior-escritor-latino-americano-vivo, e em como deste lado do continente não havia o desejo pelo grande-romance-americano. O que havia era a busca ansiosa pelo maior-escritor-disso e o maior-poeta-daquilo.

Arrisque a sorte com a senhorita Challenger

Salem's Lot é uma cidade de 70 mil habitantes, quase na fronteira com o estado de Vermont. O perímetro urbano propriamente dito não passa de algumas ruas em torno do Mall, um *shopping center* que por sua vez gira em torno de um grande supermercado. A maioria das pessoas vive na área rural, trabalhando em pequenas plantações de batata. Foi a batata a responsável pelo surgimento de uma universidade ali. Quando alguém manda o outro plantar batatas em Salem's Lot, não está exatamente insultando, pelo contrário; a prosperidade do pequeno burgo aconteceu nos anos da depressão, graças ao espírito empreendedor de um imigrante irlandês que enobreceu o ato de plantar batatas. Em 1929, ele descobriu um método de produzir batata frita em escala, vendidas em pacotes de cem gramas, tão baratas que qualquer um podia comprar. Quando a crise se abateu nos Estados Unidos, as Salem's Chips eram praticamente o único alimento acessível para milhões de desempregados. O imigrante ficou milhardário da noite para o dia e espalhou prosperidade à sua volta. Foi ele quem doou em 1939 os fundos para a criação da universidade, além de adquirir várias obras de arte na Europa e financiar uma das mais completas bibliotecas sobre a Irlanda que existe. Como jamais abandonou a modéstia, o único registro público de seu gesto está numa placa de bronze, à entrada do prédio da reitoria, com o seu nome e datas de nascimento e morte, e o provérbio em latim: *Minima de malis.*

A casa do benfeitor de Salem's Lot hoje pertence à universidade e serve para receber convidados. Era lá que alguns dos escritores estavam hospedados, aos cuidados de duas senhoras de idade indefinida. Uma vez mais, era possível sentir a modéstia do antigo proprietário, porque não se tratava de uma mansão, embora fosse espaçosa e moderna, projeto de um arquiteto local discípulo de Frank Lloyd Wright. Aproveitando um declive natural do terreno, a casa avançava sobranceira a um bosque de pinheiros, olmos, bordos, tílias e arbustos de zimbros, que à noite lembrava um cenário de romance gótico.

Como não estava nem um pouco interessado no seminário, evitei as sessões seguintes caminhando pelo bosque, admirando o silêncio, a calma e o perfume sutil das folhas em decomposição. Tinha vontade de andar descalço, pisando na terra escura e no tapete de musgo, mas me faltou coragem, porque ainda estava um pouco frio, apesar da proximidade do verão. Não vi pássaros, nem arganazes, e notei que os insetos também eram em pequeno número; algumas abelhas esvoaçando sobre brancas anêmonas-do-bosque, e uma solitária borboleta abanava preguiçosamente as asas cor de cobre pousada numa touceira de carriço. Mas eu estava inquieto, o fato de não seguir o programa deixava-me tão desconfortável quanto participar das sessões, mas não havia remédio, porque em primeiro lugar não deveria ter aceito o convite. Minha preocupação era não ferir as suscetibilidades de meus anfitriões, que acreditavam estar de algum modo nos ajudando, muito menos transparecer soberba aos meus colegas que aplicadamente seguiam as exposições e os debates. Como brasileiro, minha posição era delicada;

eu nada tinha a ver com a necessidade de legitimação do jovem contista da Nicarágua, muito menos com as angústias do romancista guatemalteco eternamente exilado, ou com a orgulhosa indignação do velho poeta equatoriano. Com toda a miséria, o Brasil ainda podia dar aos escritores um vasto horizonte de leitores, uma continuidade de tradição literária e a possibilidade de escapar da estrita função social reservada ao ato de escrever, quando exercido na periferia do mundo. O Brasil era o interregno, a transição, um passo a mais que os outros e um passo aquém do epicentro. Por isso mesmo, nossa literatura — de resto, como toda a nossa cultura — nunca precisou legitimar opções políticas, nem expressar angústias circunstanciais ou orgulhos feridos. Daí porque as manifestações da cultura brasileira em outras terras sempre foram espontâneas, independendo de projetos governamentais ou vontades particulares. Mas havia outra coisa, mais secreta, quase inconfessável, que me desalentava nesses encontros. Era a constatação do quanto ainda temos em nós daquilo que é mais detestável nos nossos vizinhos em pobreza, mas que a própria pobreza não pode servir de justificativa. Nós também somos prisioneiros de mesquinhas sociedades corporativadas, que capturaram uma parte da cultura como uma exclusividade do capital social. Tremendas desigualdades e bolsos rotos, mas valorizando todas as migalhas para garantir os postos, os cargos, as bolsas de estudo, as sinecuras: uma bizarra confraria de classe média a contabilizar os feitos, assegurando os melhores trapos. Os artistas funcionários públicos. A arte como extranumerário. No país mais capitalista do mundo, os escritores, por exemplo, apresentavam as biografias menos burguesas do mundo. Ex-caminhoneiros, ex-estivadores, ex-carregadores de carne, ex-pugilistas, em contrapartida aos diplomatas em serviço, ministros de estado temporariamente no ostracismo, professores universitários em tempo integral e funcionários estatutários.

Afogados pelo corporativismo, temos sérios problemas em estabelecer padrões de excelência, o nivelamento por baixo é quase um imperativo, porque a ilusão da arte como fadiga de hora de folga elimina o compromisso com o leitor. No país mais capitalista do mundo, os escritores devem escrever para os leitores, e, por se dedicar por inteiro à tarefa, o padrão de excelência não se esgarça nunca. Aqui, quase sempre o ato de publicar um livro nada tem a ver com o leitor, mas com a ilusão da arte. O livro se basta, porque preenche todas as necessidades, acalenta a vaidade e reforça o capital social. E como nenhum capital social é legível, pois é unicamente desfrutável pelo autor, criou-se uma indústria editorial que não pode ser indústria, e um mercado livreiro que de tão pequeno não pode ser chamado de mercado. O pior é que nem mesmo esse mercado de opereta conseguimos abastecer. Mas e a arte? E a literatura? Felizmente, há coisas irrefreáveis, e num país como o Brasil elas brotam espontaneamente, mesmo nos piores escaninhos burocráticos. No entanto, a exigüidade é limitadora, exclusivista e escravizadora. O terrível da pobreza é o círculo vicioso da própria pobreza, necessário à preservação corporativa, que se isenta de qualquer responsabilidade, acenando mais uma vez com a pobreza para explicar a incapacidade de ganhar os espaços das livrarias e a opção dos leitores, pois, se as livrarias e os leitores preferem os estrangeiros, a culpa é do poder dos estrangeiros. Explicação mais do que perfeita, mas que vira pó num país com a população do Brasil. E, o que é mais grave, esconde a mais cruel das desigualdades, que é a de nos terem confinado ao gueto da excelência, não exatamente parte da alta literatura, mas de um limbo qualitativo que nos obriga a estar bem acima do descartável que exportam, sem jamais ousar invadir o espaço do entretenimento de grande apelo de massa. Ainda bem que isso não passaria mesmo pela cabeça de nenhum de nós.

Dos males, os menores, pensei. Era esse afinal o lema do benfeitor daquela universidade, responsável pela preservação daquele bosque e, tudo indicava, um homem muito sábio. Ironicamente sábio. Voltei para a casa e consegui carona para a cidade num furgão que ia ao correio apanhar a pilha de revistas assinadas pela biblioteca da escola. O chofer era um homem de 60 anos, muito vigoroso, nativo de Salem's Lot, de onde nunca se afastou, porque achava o resto do mundo muito hostil para os americanos. Fomos conversando até o centro da cidadezinha, ele muito interessado em ouvir sobre o Brasil, e eu torcendo para que Juan Sender não cruzasse o seu caminho.

— Meu filho morreu por lá — ele tinha me dito.

— No Brasil? Em que cidade? — perguntei, imaginando um daqueles incautos turistas abatidos a cada verão no Rio de Janeiro.

— Em Santiago — ele respondeu. — Foi lá que teve um golpe militar, não foi?

Relevei a confusão geográfica e respondi.

— Vamos por parte. O golpe aconteceu realmente em Santiago, mas Santiago não fica no Brasil.

— Verdade? — exclamou. — Peço desculpas.

— Não há de quê — respondi, curioso por saber mais detalhes, mas sem querer parecer rude.

— Meu filho era piloto da Usaf, os comunistas atiraram nele.

— Sinto muito. Como foi acontecer uma coisa dessas?

— No dia do golpe militar, ele estava de folga. Pelo menos, foi o que um companheiro dele nos contou. Quando a confusão começou, estavam se divertindo num bar, os comunistas chegaram, separaram os nossos rapazes e escolheram um deles como exemplo. Meu filho não teve sorte, foi fuzilado a sangue-frio.

Fiquei calado, imaginando o que fazia em Santiago um piloto da Força Aérea dos Estados Unidos.

— O senhor não pode imaginar o que significou a morte dele para mim — ele prosseguiu. — Era o único rapaz, depois de duas meninas. Minha mulher ficou muito abalada, e nunca mais foi a mesma. Jesus Cristo, o que estou dizendo!

— Sei como se sente — eu disse, desajeitadamente.

— Levei anos para aceitar a morte dele, minha mulher também. As meninas hoje estão casadas, têm filhos. Uma vive em Peterborough, e a outra se mudou com o marido para Seattle. Pensei que já tinha superado tudo, mas estava enganado. Tudo parece ter voltado.

Novamente me abstive, mantendo-me em silêncio.

Mas o pobre homem parecia perturbado.

— Não sei se o senhor acredita nessas coisas — ele disse, nervoso. — Eu sou batista, e também não acreditava. Mas na semana passada minha mulher foi com uma amiga a um centro espírita. Foi contra a minha vontade, e voltou muito abalada, dizendo que tinha falado com o rapaz. Fiquei aborrecido, mas ela não falava noutra coisa. O centro espírita fica aqui mesmo em Salem's Lot, é muito antigo, acho que foi fundado em 1923. Ontem ela me arrastou para assistir a uma sessão. Deus do céu, o meu rapaz se manifestou, falou comigo, disse coisas que só eu e ele sabíamos. O que o senhor acha disso?

— Não sei o que dizer — respondi.

— O senhor não acredita, não é?

— Para dizer a verdade, sou um tanto cético...

Ele balançou a cabeça, compreensivo.

— Estamos chegando a Salem's Lot, onde o senhor quer ficar? — perguntou atencioso.

— Em qualquer lugar, não corro o risco de me perder — respondi.

— É uma cidade pequena — ele disse, estacionando o furgão numa rua de casas pintadas de branco e verdes gramados. — Se quiser carona na volta, saio da agência dos correios em quarenta minutos.

— Obrigado — agradeci, saltando.

— Está vendo aquela casa? — Ele apontou para um pequeno edifício com frontispício grego sustentado por quatro colunas. — É lá o centro espírita.

Limitei-me a acenar e fui caminhando. A rua estava deserta, e as casas não pareciam habitadas, mas os gramados e as cercas vivas estavam bem aparados, indicando o esmero dos habitantes. Quando passava pelo edifício onde funcionava o centro espírita, levantei o olhar. No triângulo formado pelo frontispício, estava escrito "Casa da nova revelação", em letras de metal bem polidas a rebrilhar ao sol. Entre as colunas, ficava uma grande porta de madeira, muito austera, ladeada por janelas envidraçadas e uma placa de bronze que só foi possível ler quando cheguei perto. Estava escrito: "Inaugurado em 2 de junho de 1923, com a graça de Nosso Senhor Jesus Cristo, a contribuição de alguns homens de boa vontade e a presença de Sir Arthur Conan Doyle."

Duas horas depois, eu estava voando para Nova York, em tempo de pegar um outro avião para o Brasil.

Livro 5

O País do Megatério

Elementar, meu caro Sir Delamare

Quando acordou, o quarto estava em silêncio. Mas Sir Delamare tinha quase certeza de que não sonhara, alguém estivera tocando flauta em plena madrugada. Uma melodia triste, repetitiva e dissonante, que se infiltrara pelo seu sono e o despertara. Não era homem de sono leve, e podia dormir sob as piores condições e com os barulhos mais irritantes, embora ultimamente dormisse muito pouco, como se a velhice, certa de que logo chegaria o sono eterno, preferisse as horas despertas aos sonhos. Para não perturbar Spender, que dormia no sofá da sala, ele saiu da cama sem fazer ruído e foi até a janela. Ainda estava um pouco escuro, e os primeiros raios do sol timidamente se dissimulavam por entre fiapos de nuvens cinza. O bosque continuava imerso na escuridão, mas era possível ver que uma densa bruma de umidade em evaporação levantava-se do chão, avançando pelo gramado até quase o limite da luz que iluminava a calçada que corria em toda a lateral do hotel. Aguçou o ouvido, mas apenas os leves rumores do amanhecer se faziam notar: a distante atividade na cozinha preparando o café matinal dos hóspedes e o despertar ainda mais distante da cidade, para além do bosque afogado pela bruma. O fato de não ouvir nenhum som de flauta, nenhuma melodia insinuante, fez seu sangue pulsar. Sentia-se agora inquieto, levemente irritado consigo mesmo, porque na imóvel tranqüilidade da madrugada pareciam crescer suas limitações de homem velho, cada vez menos ativo e mais lerdo e desmazelado. O coração estava frio, não sentia mais paixão, e a dissimulada comédia da vida lhe parecia tediosa e inútil. A velhice, que tinha lhe tirado quase tudo, não lhe tirara a curiosidade. Mas somente a curiosidade, sem os ingredientes de ilusão próprios da juventude, estava transformando-o numa pessoa seca, egoísta e solitária como um velho escorpião. Sabia que já estava meio morto e não podia fazer nada. De outro lado, o fato de estar à beira do túmulo lhe dizia que a vida não passava de um tolo mas adorável esforço.

Por algum obscuro processo de raciocínio, seus pensamentos empapados de mal-estar matinal concentraram-se em repassar tudo o que ocorrera nas últimas horas, desde sua chegada naquele hotel, detendo-se finalmente no desaparecimento de Danilo Ariel Duarte. Por que tinha ficado no hotel, afogado por horas de inércia e derrotado pelo marasmo? Nada fizera para proteger seu amigo, sequer o avisara de sua chegada. Afinal, ele agora se perguntava: o que viera fazer ali naquela terra irreal, quase uma contrafação do Oriente, uma espécie de Índia sem majestade, onde o homem não tinha a menor importância?

Mas eram perguntas sem respostas, que se confundiam com o efeito das longas horas de vôo, dos diferentes fusos horários e de sua idade avançada. De qualquer modo, ao se deixar atropelar pelos acontecimentos, era como ter estado mergulhado numa intolerável letargia. Então, Sir Delamare ouviu novamente a flauta. A mesma melodia que o despertara. Vinha do bosque, do interior daquela neblina que se instalava imóvel por entre os troncos das árvores como algodão a proteger cristais numa caixa. O som entrava pela janela e vinha se agarrar levemente em seus ouvidos, melodioso e repetitivo, suavemente ameaçador, porque misterioso.

Impulsivamente, Sir Delamare deixou o quarto sem fazer ruído. Spender ressonava meio encolhido no sofá, ainda sob o efeito dos tranqüilizantes que tomara após o ataque dos terroristas, outra das estranhezas daquela terra, cuja lembrança ainda estava bem visível na pilha de livros que os empregados do hotel tinham arrumado num canto da sala.

Atravessou rapidamente os corredores vazios e silenciosos, descendo as escadas porque estava ansioso demais para esperar o elevador, sempre ouvindo a melodia que se renovava como variações de um mesmo acorde. Uma lufada de ar quente indicou que estava finalmente do lado de fora, ainda na fímbria de luz que desenhava uma linha entre o hotel e a brumosa alcatifa do bosque. Por entre as sombras da folhagem, a madrugada ainda era ambígua, tímida entre os restos de noite capturados pelas folhas tenras. Mesmo cálido, o ar matinal era revigorante e puro. Sir Delamare puxou fundo uma golfada de ar e saboreou a inodora pureza do oxigênio onde outras sutilezas perfumadas gravitavam. Acalentado pela melodia que agora lhe parecia uma velha canção irlandesa que sua mãe cantava, ele entrou na bruma, viu suas pernas sumirem quase até acima do joelho, mas ao caminhar não parecia causar muita alteração, como se o nevoeiro pairasse ali com a indolência necessária para evitar que o calor o dissipasse.

Aos poucos, viu-se totalmente envolto pelo nevoeiro. Não fazia mais o cálido hálito da manhã tropical, mas uma leve aragem outonal que lhe dava arrepios na nuca. Tropeçou numa raiz e caiu, mas a queda foi amortecida por uma grossa camada de folhas mortas, que cheirava a terra, a coisas apodrecendo e viçando. Sentou-se, meio torto, e tateou em volta com cuidado. A visibilidade era quase nula, só via o que estava muito próximo, e assim mesmo sem maiores detalhes. Seus dedos encontraram as folhas, estavam mortas mas flexíveis e úmidas. Ao cair, algo lhe passara raspando pelo rosto, um galho molhado de orvalho, que deixara um rastro e uma ardência. Levou a mão até o rosto e teve um choque. No lugar da pele rugosa, áspera e seca, sentiu na ponta dos dedos uma firmeza que só figurava em sua lembrança, a firmeza que havia no rosto de um jovem desaparecido há mais de meio século, que usava bigodes finos e encerados, andava de bolsos vazios e vivia num mundo coruscante prestes a ruir. Certo de que estava sofrendo uma alucinação, ou à beira da morte, ficou passando as duas mãos sobre aquele rosto improvável, pele fresca desabrochando, logo estendendo o gesto para outras regiões de seu próprio corpo, pelos ombros, braços, peito, coxas, e não mais encontrando a devastação dos anos. Rolou no tapete de folhas e soltou uns gemidos de contentamento, que podiam ser também de agonia, sempre ouvindo a flauta e sua melodia evocadora de outras eras de inexperiência, arrogância e doçura. Sim, pensou ele, estava morrendo, mas não se importava. A sensação de morrer era estranhamente confortadora. Abriu os olhos e ficou esperando que a escuridão final se apossasse, mas isso não aconteceu. Da mesma forma que a bruma se protegia do calor com indolente lentidão, talvez o protegesse da morte por algum outro artifício. Deu um salto e ficou de pé, gozando o prazer de uma espinha dorsal desempenada e pernas capazes de prodígios que sua memória não guardava mais.

Então, a bruma se agitou, e duas silhuetas femininas vieram em sua direção, cada uma tocando a sua flauta de Pã, concentradas na complicada execução da melodia. Estavam vestidas em suntuosas vestes de orvalho, como duas fadas, e eram agradáveis, gentis, e seus olhos brilhavam como estrelas no nevoeiro. Sir Delamare começou a soluçar de emoção, exatamente como faria se encontrasse um dia a própria Titânia, rainha das libélulas.

As fadas pararam de tocar e olharam para ele como se fossem capazes de compreender os homens porque eram senhoras de todos os segredos masculinos.

— Onde estou? — ele perguntou, ainda soluçando.

Elas não responderam, limitaram-se a tomá-lo pelas mãos e o conduziram pelo bosque, rompendo a bruma, por onde caminharam em silêncio, até encontrarem uma forma metálica, rebrilhando de gotas, que ele reconheceu ser um automóvel. Não um automóvel qualquer, mas um magnífico Rolls Royce Silver Shadow, iridescente e espantoso como um rinoceronte de prata. Embarcaram naquela redoma de metal e couro, o compartimento de passageiros separado do chofer por uma placa de vidro escuro, e o carro começou a deslizar pela bruma como se estivesse numa estrada de irrepreensível pavimentação. O movimento era perceptível, Sir Delamare quase podia sentir o silencioso motor impulsionando o carro para a frente, os pneumáticos girando com firmeza, mas o nevoeiro colava-se aos vidros com uma intensa imobilidade. Sir Delamare voltou sua atenção para as duas criaturas que o ladeavam, sentadas com encantadora displicência. Pareciam meninas adolescentes, os seios mal se pronunciando, e as linhas do corpo preservando a graça da infância e as formas da maturidade. Não deviam ter mais de 15 anos, embora guardassem alguma coisa de avassaladoramente ancestral, uma velhice de sedimentos geológicos com uma faceirice experimentada em sucessivas gerações.

— Sinto-me com 18 anos — disse Sir Delamare.

— Tu tens 18 anos — uma delas disse, num inglês hesitante mas perfeito.

— Não, não tenho — ele respondeu, melancólico —, eu sei a minha idade.

— Já viveste 90 anos, não viveste?

— Pode-se dizer que sim — disse Sir Delamare.

— Então tens 18 anos.

— Não entendo! — ele exclamou.

— É simples. A vida é acumulação, tu entendes?

— Quem viveu 90 anos pode ter a idade que quiser, entre zero e o presente instante.

— Portanto, meu jovem — um delas disse, sorrindo —, tens 18 anos, se assim o desejares.

— Para onde vamos? — assustou-se Sir Delamare.

— Não sabemos.

— É uma pergunta que nunca devia ser feita.

— Não tem a menor importância para onde estamos indo.

— Porque jamais chegaremos a qualquer lugar.

— Somos breves demais para completar o caminho.

— Por isso, não vem ao caso para onde estamos indo.

— Compreendo — disse Sir Delamare.

— Compreendemos que não compreendas.

— E compreendemos que compreendas que também não compreendemos.

O suave ronronar do carro em movimento ocupou o silêncio, mas havia algo de terrível, de ameaça primeva, que mal se escondia por trás do clima onírico e sensual que as duas meninas expressavam. Sir Delamare suspeitava que, se um mundo existisse sob aquela nebulosa mortalha, seria um mundo onde as sensações teriam a consistência de caldas espessas e ferventes, onde os humanos estariam resumidos à completa lassidão dos instintos saciados; mundo onde as ambições não teriam lugar por total ausência do trágico, na perversa quietude do paraíso. Num mundo como aquele, Sir Delamare morreria de tédio, mas não podia esquecer que as duas meninas eram filhas de tal nirvana.

O carro finalmente fez uma curva e estacionou. A visibilidade externa continuava nula, mas o nevoeiro agora ganhara uma leitosa opalescência. Quando a porta foi aberta, Sir Delamare sentiu o bafo do calor tropical, e imediatamente o suor começou a alagar o seu corpo.

— Chegamos? — ele perguntou, por puro vício de falar.

Elas não responderam, mas tomaram-lhe as mãos com aquelas mãozinhas mornas e delicadíssimas.

— Está quente aqui — ele comentou.

— É bom suar de vez em quando — uma delas respondeu.

Sir Delamare temeu que elas começassem novamente um daqueles estranhos diálogos, mas as adolescentes se limitaram a sorrir, conduzindo-o com firmeza em meio ao brumoso caminho. Não caminharam muito, apenas alguns poucos passos, e logo pararam. Estavam frente a uma porta.

— Entra — disse uma delas, abrindo a porta.

— Nós te esperamos aqui.

— Deves sair pela mesma porta, não esqueças.

— O que tem lá dentro? — quis saber Sir Delamare.

— Coisas que queres saber.

— E nós também.

— Podes entrar, não tenhas medo.

— Nada vai te acontecer.

— Vocês não vêm?

— Não, não podemos.

— Mas estaremos aqui quando tu voltares.

Elas falavam com tanta inocência, que ele atravessou o umbral e se viu numa espécie de jardim interno, tipo ibérico, com uma fonte no meio. Voltou-se para falar com as meninas, mas a porta já estava fechada. Deu de ombros, suando por todos os poros, e contemplou com inveja os peixes que nadavam na água fresca e cristalina da fonte. E havia sol, um sol matinal, irradiando num céu azul intenso. Nada da bruma opressiva, mas uma leve brisa que lutava contra o mormaço e balançava com delicadeza as papoulas vermelhas e raríssimas bocas-de-dragão tão violáceas que mais pareciam criancinhas malcriadas prendendo a respiração.

— Mas que ótimo que o senhor veio — alguém disse com efusiva satisfação.

Atônito, Sir Delamare limpou com o lenço o suor que lhe escorria pela fronte e procurou divisar a figura que estava meio encoberta por um touceira de avencas. Era o delegado Rubens, em seu paletó xadrez.

— O senhor está se sentindo bem? — perguntou o delegado, vendo que o recém-chegado estava vermelho como um pimentão.

— Sim, estou muito bem. Apenas o calor...

— Entre, entre — insistiu o delegado. — Lá dentro está mais fresco.

Sir Delamare atravessou o jardim e entrou na casa, seguido pelo delegado Rubens. Imediatamente soube onde estava, porque na parede da sala pendia um enorme retrato, pintura acadêmica de muito mau gosto, de seu amigo Danilo Ariel Duarte.

— Telefonei para o hotel, e disseram que o senhor não se encontrava lá — explicou o delegado. — Deduzi que o senhor estava vindo para cá.

O inglês carregado e hesitante do delegado irritava Sir Delamare, mas não era pior do que o falado por certos políticos indianos que ele conhecia.

— Estranho método de dedução — replicou Sir Delamare —, pois nem mesmo eu imaginava para onde estava indo.

O delegado observou por alguns segundos o velho aristocrata, mas desistiu de entender o que ele queria dizer com aquelas palavras.

— Quer dizer que o senhor não recebeu o meu recado? — perguntou o delegado.

— Recado? Que recado?

— Maldita recepção daquele hotel, não transmitiram ao senhor minha mensagem.

— A que horas o senhor deixou a mensagem?

— Ontem, por volta da meia-noite. Não queria acordá-lo.

— Bem, deve ter coincidido com o ataque dos Jihad Jívaros.

O delegado tornou a olhar Sir Delamare com uma expressão inquisitiva.

— Os Jihad Jívaros? O senhor tem certeza?

— Bem, foi o que eles disseram. Mas não feriram ninguém.

— Não me disseram nada na Secretaria de Segurança. É que por lá eles não levam muito a sério essa história de Jihad Jívaros.

— Foi o que percebi. Quando chamamos a polícia, eles desconversaram, e só apareceu a segurança do hotel.

— As autoridades estão subestimando os Jihad Jívaros — lamentou o delegado. — Mas eles já assaltaram várias bibliotecas particulares e demonstraram ter ligações internacionais. Com o apoio de várias organizações radicais, roubaram peças etnográficas espalhadas em dois continentes.

— Verdade? — espantou-se Sir Delamare. — Roubam livros e flechas, então? Que coisa peculiar.

— É por isso que as autoridades não levam a sério. Acham que terrorista de verdade assalta banco e pratica atentados a bomba.

— Não culpo as autoridades, pois os livros andam muito desvalorizados hoje em dia — filosofou Sir Delamare, um dos que davam pouca importância aos livros.

Sir Delamare tomou a passar o lenço pela testa e correu a vista pela sala. Era um ambiente amplo, mobiliado com móveis pesados que estariam bem melhores numa quinta em Sintra, Portugal. Seu amigo Duarte devia ver naquele ambiente uma espécie de recordação de seu passado lusitano.

— Venha comigo — convidou o delegado. — Descobri algo interessante.

Os dois subiram a larga escada de mármore e seguiram para o quarto principal da casa. Tudo estava em seu devido lugar, mas indicava falta de uso, um abandono que a limpeza e os cuidados de meros empregados não disfarçavam.

— O Dr. Duarte continuou usando este quarto, e esta cama, mesmo após o falecimento de sua esposa. Talvez desejasse morrer aqui também.

— Mas ele foi encontrado morto aqui, nesta cama, suponho! — surpreendeu-se Sir Delamare.

— Mas não morreu aqui. Foi trazido. Quer dizer, ele estava aqui na casa, mas não neste quarto. O Dr. Duarte foi assassinado em seu escritório, lá embaixo, e carregado para cá.

— Espero que o senhor tenha chegado a essa conclusão por algum método dedutivo ortodoxo.

O delegado Rubens sorriu, respeitoso, e prosseguiu:

— Primeiro, a picada do dardo foi logo abaixo da axila direita. Se o tivessem acertado enquanto estava na cama, a picada teria sido em outra parte do corpo. Veja bem — e se aproximou da cama, repetindo teatralmente o que dizia —, se estivesse sentado, teriam três opções para fazer isso. Mas ele sentava sempre deste lado, do lado direito, como indica este afundamento no colchão. Sentado nesta posição, o dardo acertaria o seu lado esquerdo, porque o único ponto de tiro é a porta do quarto. Mas no escritório há janelas de todos os lados. Ele costumava sentar-se à escrivaninha, logo após o café da manhã, e trabalhava um pouco, atualizando a correspondência ou escrevendo um livro de fábulas. O senhor sabe que o Dr. Duarte adorava contar fábulas.

— Sim, eu já sabia. Por favor, continue.

O delegado Rubens tufou o peito, orgulhoso, e recomeçou seu relato:

— Bem, minha teoria é que ele estava trabalhando, recebeu o telefonema da senhorita Challenger e foi assassinado. O criminoso estava do lado de fora e atirou pela janela, indo o dardo acertar-lhe logo abaixo da axila direita. Deve ser um homem alto, porque o ângulo do tiro indica que veio de cima para baixo, lançado por alguém que tem mais de 1,90m de altura. Não há a menor possibilidade do assassino ter subido em algo, num banco, ou coisa parecida, porque então teria que se abaixar para fazer o disparo.

— Muito bem, e o que mais?

— O curare não faz efeito imediato. O tóxico paralisa os músculos, e a vítima morre por colapso cardíaco e insuficiência respiratória. Leva dois ou três minutos para a morte. É muito tempo, senhor. Em três minutos, um moribundo pode fazer muita coisa, inclusive chamar a polícia. O meu palpite é que o assassino era conhecido da vítima e entrou logo a seguir; e convenceu o Dr. Duarte de que ele estava sofrendo um mal súbito e o ajudou a subir para o quarto, sabendo que em breve o pobre coitado esticaria as canelas, se o senhor me perdoar a expressão.

— Mas por quê? Qual o motivo do crime?

— Vamos por parte, excelência.

— Muito bem, estou ouvindo.

O delegado abriu a janela do quarto e chamou Sir Delamare. Os dois se debruçaram na janela, e o delegado apontou para o gramado que corria pelo lado da casa.

— Ali na ponta está o escritório. O assassino se colocou logo ao pé da janela. Ele calça sapatos bastante grandes e pesa muito. Estive examinando o local e encontrei as pegadas. E mais, encontrei resíduos muito estranhos nas pegadas.

— Resíduos?

— De bagaço de cana-de-açúcar. Bagaço de cana que é muito comum na destilaria de Pietro Pietra Jr., um gigante de dois metros de altura e pesando quase 120 quilos.

— Por Deus, e o senhor já comunicou aos seus superiores?

— Eu não estou mais encarregado do caso. Afastaram-me.

— Quer dizer que...

— Minhas inquietações começaram a ficar inconvenientes, porque a explicação oficial para a morte do Dr. Duarte é de que foi natural, ataque cardíaco. Esse negócio de curare foi inteiramente afastado, e uma nova equipe de legistas refez o laudo pericial.

— Mas se o dardo foi roubado pelos Jihad Jívaros, como foi parar nas mãos do assassino? A menos que ele seja... Não, não faz sentido, não é?

— Não posso comprovar, mas minha teoria é que o velhaco do Pietra Jr. está aprontando alguma. O Dr. Duarte ia denunciá-lo.

— Pelo que fiquei sabendo, esse tal de Pietra Jr. se apossou fraudulentamente da indústria de meu amigo Duarte, deixando-o na completa miséria.

— Eu sei, todos aqui em Manaus conhecem a história. O filho-da-puta chegou como amante do filho do Dr. Duarte. Mas isso não importa. Para mim, há algo ainda mais terrível, pior do que perder a fortuna.

— Como assim? Por acaso existe algo pior do que perder a fortuna?

O delegado Rubens ponderou as palavras do velho aristocrata, mas tinha fortes convicções e não se sentiu abalado.

— Pior do que a miséria é ver o ladrão sair sem nenhum arranhão — disse o delegado. — Pior do que perder a fortuna é não poder se vingar.

— Você tem razão, meu rapaz. É um excelente policial.

— Muito obrigado, excelência.

— Quer dizer que meu amigo Duarte possuía alguma coisa capaz não apenas de arranhar a pele do ladrão, mas de feri-lo mortalmente.

— É o que eu acredito. Deve ser uma tremenda negociata, um desses escândalos capazes de provocar clamor internacional.

— Ele não precisava matar o pobre Duarte — lamentou Sir Delamare, com amarga ironia. — Meu pobre amigo nunca foi muito claro. Certamente tentaria fazer a denúncia através de uma de suas fábulas incompreensíveis.

— Mas o assassino não quis correr nenhum risco.

— O senhor sabe, delegado, que meu amigo Duarte entregou uns papéis à senhorita Challenger. — O delegado Rubens confirmou, sacudindo a cabeça. — Mas apenas uma parte chegou a Londres, o que sobrou da brutal ação desse senhor Pietra Jr.

— O senhor viu esses papéis? — perguntou o delegado.

— Sim, até mandei uma equipe da minha contadoria fazer uma perícia. Mas não disseram muito, aparentemente eram folhas esparsas de um caixa dois.

— Pietra Jr. é muito esperto — disse o delegado. — Deve ter retirado o mais importante. Quem sabe não encontrou entre esses papéis indícios do que o pobre Dr. Duarte pretendia fazer?

— É possível — concordou Sir Delamare. — Mas como provar?

— Só encontrando os arquivos do Dr. Duarte. Se é que já não foram destruídos. — O delegado Rubens observou as próprias unhas e deu um suspiro. — Se o senhor não se importar de perder mais alguns minutos, gostaria que viesse comigo até o escritório do Dr. Duarte.

— Certamente — aceitou Sir Delamare.

Foram para o escritório, um espaço não muito grande para uma casa tão ampla, com apenas uma escrivaninha colonial portuguesa, uma cadeira pesada de mogno e estofada de veludo azul, uma coleção de desenhos em guache de uniformes portugueses do século XVIII, em molduras de prata, arrumada simetricamente numa parede, e uma estante dona Maria I, envidraçada e fechada a chave, com livros grandes, encadernados, aparentando venerável antiguidade.

— Esta é a famosa coleção de livros de fábulas — disse o delegado, mostrando a estante. — Aqui estão obras raríssimas, primeiras edições, incunábulos, fólios setecentistas, impressões clandestinas brasileiras do século XVII.

— Um delírio para os Jihad Jívaros, não?

— Creio que eles preferem obras de maior peso, senhor!

— Certamente!

— Mas não é a coleção de obras raras o que nos interessa — disse o delegado, passando os dedos pela sólida madeira da estante, logo se dirigindo para a escrivaninha e tirando a capa de uma velha máquina de escrever Remington. — Era nesta mesa que o Dr. Duarte trabalhava, escrevendo nesta máquina que pertenceu ao seringal da família dele.

Sir Delamare se aproximou da escrivaninha e examinou a máquina de escrever. A máquina devia ter mais de 40 anos, mas estava muito bem conservada, em perfeitas condições de uso. Duarte devia prezar bastante aquela lembrança dos tempos pioneiros de sua gente.

— Só que ultimamente ele não estava usando a Remington — disse o delegado.

— Não estava?

— Descobri por acaso. Dois meses atrás, ele voltou dos Estados Unidos com um desses microcomputadores portáteis. A marca era Toshiba, se não me engano. Tive o cuidado de verificar na alfândega, porque a importação dessas engenhocas está proibida, e o Dr. Duarte foi obrigado a pagar um imposto para ficar com o aparelho. Bem, lá nos arquivos da alfândega consta que ele pagou os tributos e entrou com o aparelho. — O delegado Rubens estendeu a mão e abriu a única gaveta da escrivaninha, e lá de dentro, depois de remover alguns papéis, retirou um manual de instruções. — Veja só, é Toshiba mesmo. Até que minha memória não está me traindo.

— Muito bem, e onde está o micro?

— Não está, sumiu.

— Sumiu? Então, meu jovem, você pode me responder assim: elementar, meu caro Sir Delamare. O assassino levou o aparelho porque nele estava tudo o que ele queria.

— Exatamente. Pena que ninguém, nem os empregados nem o filho, confirma que o Dr. Duarte tinha o tal microcomputador. Para essa gente, ele continuava escrevendo na velha Remington.

Sir Delamare assimilou esta última informação e voltou a olhar para a imponente Remington em seus cromados e esmalte preto.

Ele contraiu os lábios, puxou um cigarro e acendeu:

— O que você quer que eu faça, meu rapaz? — perguntou em meio a uma baforada de fumaça azulada.

O delegado Rubens baixou os olhos e tentou esconder o quanto estava frustrado e aflito.

— Não sei, senhor. Sinceramente, não sei. Mas gostaria de ajustar contas com o Pietra Jr.

Levantou o rosto para Sir Delamare, agora sem tentar dissimular a tristeza de sua impotência.

— Você tem um forte senso de dever, meu jovem. Isso é altamente louvável.

— Sinto desapontá-lo, senhor. Meu negócio com ele é pessoal, e nada me daria mais prazer do que pegar o Pietra Jr. com a boca na botija.

— Compreendo. Ele deve ser um homem bastante odiado por aqui.

— Com perdão da expressão, ele já fodeu meio mundo.

Sir Delamare fixou o olhar no rosto tenso do delegado, sem nada responder. Uma nova baforada escapou-lhe dos lábios e dançou pelo escritório, enquanto o delegado fitava-o implorativamente.

— Você acha que ele vai estar na tal viagem? — perguntou finalmente Sir Delamare, logo consultando o relógio e exclamando: — Por Deus, a hora do embarque. São 11 horas da manhã. Eu deveria estar no cais às 9 da manhã.

— Quer uma carona? Estou de carro — ofereceu o delegado.

Sir Delamare gesticulou agradecendo e saiu apressado, quase correndo, seguido pelo delegado Rubens. O velho atravessou o jardim e abriu uma porta que até então passara despercebida para o delegado.

— Muito obrigado — disse Sir Delamare, antes de fechar a porta.

— Um momento — suplicou o delegado.

Mas a porta já se fechara.

Nervoso, o delegado Rubens correu para a porta, tentou abri-la inutilmente, porque estava trancada por dois cadeados bastante enferrujados, como se aquela passagem não fosse usada há muitos anos.

— Estou atrasado — disse Sir Delamare, ofegante, já no interior do Rolls Royce, sentado entre as duas meninas. — E preciso estar a bordo daquele navio.

— Tu estarás — disse uma das meninas.

— Não precisas se preocupar — a outra completou.

— Soubeste de alguma coisa que não sabemos? — perguntaram.

— O delegado acredita que Pietra Jr. matou meu amigo Duarte — disse Sir Delamare, recostando-se no confortável estofamento, grato pelo ar condicionado perfeito do carro. — Matou com o dardo envenenado. Isso é que eu não entendo.

— O que é que não entendes?

— O uso do dardo. A peça foi roubada pelos Jihad Jívaros, não foi? Como é que acabou nas mãos de Pietra Jr.?

— Simplesmente porque os Jihad Jívaros são uns desastrados.

— Não passam de um bando de lesos.

— São a vergonha do terrorismo internacional.

— O que é que vocês querem dizer com isso?

— Os Jihad Jívaros cismaram de matar o velho Danilo. Consideravam-no o símbolo do amazonense colaboracionista.

— Só porque ele foi o único empresário extrativista que aceitou se associar aos grupos que chegaram depois de 1967.

— Pagou caro a ousadia.

— Não estava preparado para o modelo econômico moderno.

— Esse negócio de moderno é muito perigoso por aqui.

— Sim, e o que aconteceu? — cortou Sir Delamare, antes que as duas sucumbissem à própria tagarelice.

— Eles mandaram um militante atirar o dardo. Pietra Jr. chegou bem na hora e surpreendeu o cara.

— O Pietra não é mole. O cara levou um bruta susto e saiu correndo.

— Largou a zarabatana e o cunabi.

— Que o Pietra Jr. usou.

— Simples, não?

— Mas então vocês já sabiam?

— Nós pegamos o Pietra Jr., mas ele é durão, quase não tiramos nada dele, mas sabíamos que ele matara o velho Danilo.

— Vocês seqüestraram o Pietra Jr.! — exclamou Sir Delamare.

— Bem, não exatamente.

— Ele escapou.

— Nós também temos as nossas leseiras.

— Deixamos ele dormindo num quarto, em nossa casa.

— E hoje de manhã cedo ele não estava mais lá.

— Deus do céu, onde foi que eu me meti! — lamentou-se Sir Delamare. — Esse homem está planejando alguma coisa muito séria. Meu amigo Duarte pagou com a vida porque sabia dos planos dele.

— E descobristes que planos são esses?

— Não, nem mesmo o delegado Rubens conseguiu qualquer pista. Duarte estava trabalhando num microcomputador, mas o aparelho foi roubado. A resposta deve estar na memória desse microcomputador.

As duas meninas se entreolharam, decepcionadas.

— Vocês agora precisam me ajudar a embarcar — disse Sir Delamare. — Ele deve estar a bordo, é um dos expositores, convidado pelo governo brasileiro.

Uma delas abriu a porta do carro e afastou as pernas, dando passagem para Sir Delamare sair.

— Até logo — ela disse, os olhos tristes e molhados.

— Até logo — disse Sir Delamare, descendo do carro.

Sentiu um bafo de calor e comprimiu os olhos porque a luz do sol feria. Instintivamente, levou a mão ao bolso, pegou a cigarreira, escolheu um cigarro e acendeu. Soltando baforadas como um navio a pleno vapor, entrou no hotel. Ao chegar na porta de seu quarto, consultou o relógio. Não tinham se passado mais que dez minutos desde que descera e entrara no nevoeiro.

O QUE ERA?

Nenhum romance de Juan Sender era passível de resumos convincentes. Definir seu primeiro livro, *Atacama*, como a história de um perneta de cinqüenta anos que vagueia pelo deserto do mesmo nome, com apenas um garrafão de vinho ordinário, obcecado por uma mulher que viu uma única vez quando tinha 18 anos em Valparaíso, é limitar demais as circunvoluções estilísticas daquelas 430 páginas áridas e crispadas. Ou dizer que *Noroeste*, seu romance seguinte, é o drama de uma jovem cega e com péssima coordenação motora que tenta seguidamente o suicídio, sem nunca encontrar a morte, ferindo-se e mutilando-se ao longo de 712 páginas de prosa torturada, é no mínimo uma irresponsabilidade. O romance que ele agora refazia, condenado pela generosidade de Sir Delamare, não era menos complexo, e os sucessivos adiamentos da publicação só contribuíam para agravar ainda mais o problema.

Primeiro, porque o romance já estava com oitocentas páginas, e seguramente o final não era ainda visível. Depois, e não menos importante, Juan Sender tinha o hábito de todas as noites repassar mentalmente suas histórias, pouco antes de dormir, o que significava que ultimamente andava dormindo muito pouco. *Kassov* talvez fosse o seu romance mais ambicioso, porque trabalhava com um tema especialmente perigoso: a gênese de uma teoria de análise literária. Na primeira parte, o romance tratava da publicação póstuma da obra de Leopold Kassov, o personagem principal, realizada por seus discípulos chilenos exilados em Paris. Com o lançamento dos textos, a crítica literária moderna toma conhecimento das revolucionárias teorias desse sábio soviético, pós-formalista, nascido em Kiev, em 1887, professor de prosódia eslava e especialista em contos de fadas *sikh*, lente da Universidade de São Petersburgo, onde teria ensinado de 1895 (mujiquezinho precoce) a 1912, até ser banido para a Sibéria por suas atividades antitzaristas. Leopold Kassov funda, então, em sua *isbá* siberiana, o movimento "Tundra Vermelha", que pregava a união do pacifismo *sikh* com o ativismo bolchevique. Os bolcheviques, no entanto, jamais se acostumariam com o punhal ritual *sikh* que o professor teimava em usar durante as reuniões políticas. Esta fidelidade extremada lhe custaria a permanência na Sibéria até 1919, ano em que o professor sofreu o congelamento de suas mãos e a perda de todos os dedos, sendo indultado por Lenin, que o recebeu solenemente no Soviete Supremo, durante a Festa da Safra do Feno de 1920, oportunidade em que o professor Kassov presenteou o líder revolucionário com alguns exemplares de sua única obra publicada em vida, o ensaio "As dimensões ortogenéticas e filogenéticas dos textos leninistas". Numa clara demonstração do quanto a obra impressionara Lenin, o professor Kassov foi nomeado vice-reitor da Universidade Agrícola de Srednekolymsk, na Sibéria.

Em 1935, quando preparava um estudo semelhante sobre os textos do líder Joseph Stalin, Kassov foi removido do posto, e, como já estava mesmo na Sibéria, foi nomeado almoxarife de um depósito de vodca em Bulun, onde ficou até final da Segunda Guerra Mundial. Os anos de almoxarife, ou "Ciclo de Bulun", como terminou conhecido esse período de sua vida, foi dos mais profícuos. Longe dos horrores da guerra, protegido do frio, Kassov desenvolveria a sua teoria das perpendiculares, inspirada pela topologia e pela enologia, produzindo mais de 1200 ensaios, que ficaram inéditos até 1984. O mais extraordinário dos trabalhos produzidos nesse período é o ensaio "Pulsões recalcadas em Dostoievski", onde aparece pela primeira vez a teoria das perpendiculares. Neste ensaio, Kassov traça linhas perpendiculares, ou cortes hipo-estruturais, cruzando os acessos místicos das personagens dostoievskianas com a epilepsia do autor e com as crises do feudalismo russo e da religião ortodoxa, sem esquecer a grande crise da vodca de 1867, como "ecos" (*ekoos*) intrapessoais das pulsações recalcadas que iriam gerar a revolução de 1917. No estudo "A sacralidade monárquica", escrito na mesma época, ele extrai os termos idealistas da alienação anglo-saxã como sinais da expansão do mercantilismo britânico em relação ao grande excedente de produção de uísque de 1598, analisando as tragédias e as comédias shakespearianas. O interessante desse ensaio, único nos anais dos estudos shakespearianos, é que, estando isolado em Bulun, cidade de duzentos habitantes e cuja biblioteca só contava com livros de doutrina política, Kassov foi obrigado a recorrer a uma tradução servo-croata do teatro de Shakespeare. Em 1964, durante o degelo do período Kruchev, Leopold Kassov foi reabilitado e trazido para Moscou, onde permaneceu como secretário-adjunto da Comissão do Plano Qüinqüenal de Literatura Infantil pela Paz até 1967. Naquele ano, como prêmio especial, foi enviado a Paris para participar do II Congresso Internacional dos Pós-Formalistas, oportunidade em que pediu asilo junto à embaixada da Índia, o que lhe foi negado com especial rudeza. Ficou em Paris, dando aulas na Sorbonne, e fazendo periódicos giros de conferências nos Estados Unidos e Inglaterra, mas, por ser um dissidente muito especial, aos poucos foi sendo abandonado, e só não mergulha na completa penúria porque cai nas graças de um empresário português, dono de um hotel nos Açores, que o contrata para escrever um trabalho sobre Camões. Durante um semestre, Kassov pesquisa e escreve no isolamento de seu quarto em Ponta Delgada, finalmente apresentando o esboço de um ensaio que se perdeu completamente, onde provava que o épico camoniano era uma contrapartida poética ao impulso que a produção da bagaceira experimenta no século XVI, quase como o principal carburante que movia os navegadores pelos mares desconhecidos, musa secreta e intoxicante das descobertas. O dono do hotel, ofendido ao ver o grande vate nacional ser tratado de forma tão pouco convencional, desiste de sua carreira de mecenas e abandona o atônito sábio russo, quase sem dinheiro, nas ruas de Lisboa. É salvo por um bolsista brasileiro, que o convida para trabalhar em seu país. O trabalho era dar aulas de russo no Departamento de Eslavo da Universidade do Amazonas, em plena selva tropical, convite que ele aceita com o mesmo estoicismo que um dia o ajudara a enfrentar anos de Sibéria.

Mas, ao chegar ao Amazonas, fica sabendo que não existe um Departamento de Eslavo na Universidade e nem há qualquer perspectiva de algum dia existir algo parecido. Para não morrer de fome, aceita trabalhar num programa de televisão sobre culinária eslava, onde preparava os pratos e tinha o direito de comê-los mais tarde. Infelizmente, o programa era semanal, e o professor acaba falecendo em 1978, de sucessivas crises de cirrose, seqüelas de sua estada forçada em Bulun e dos esforços que despendeu para desenvolver o seu último texto de análise, "Vinho caudaloso", onde traçava perpendiculares entre a oscilação na qualidade da poesia de Pablo Neruda e os altos e baixos da produção vinícola chilena.

A segunda parte do romance de Juan Sender inicia-se com a polêmica em torno da tradução dos textos de Kassov para o francês, editados em 12 alentados volumes. A obra aparece entre 1981—1984, organizada pelos críticos Jorge Gardel e Amparo Perón, do departamento de Altos Estudos Eslavo-Latinos da Universidade de Paris VII. O trabalho de organização e tradução, realizado por críticos argentinos, logo recebeu uma série de restrições da parte dos críticos chilenos, gerando uma dissidência kassoviana, conforme registram os anais do III Congresso Internacional de Estudos Kassovianos, realizado em Gênova, em fevereiro de 1986, ocasião em que o tradutor argentino, o eloqüente Jorge Gardel, foi hospitalizado com escoriações generalizadas após vigoroso debate com cinco teóricos chilenos.

Em linhas gerais, as divergências se baseavam na forma um tanto arbitrária pela qual os gerúndios e as segundas declinações da língua russa tinham sido tratados na tradução francesa, especialmente porque Leopoldo Kassov, em seu ensaio "O russo e a neurose dos gerúndios", de 1932, chamava a atenção para a questão dos gerúndios nos idiomas eslavos, particularmente no idioma russo do século XIX, e suas implicações icônicas nos morfemas configurados nos sintagmas poéticos de Pushkin, pedra angular da incapacidade do povo soviético de se livrar das estruturas burocráticas.

Na terceira parte do romance, Sender fazia um recuo no tempo e procurava tratar do período da "Tundra Vermelha", momento em que Kassov desenvolvera sua teoria dos contos de fadas *sikh*, uma prodigiosa união entre o elemento mítico irracional e irrefletido a se transmudar numa filosofia da natureza distante do psicológico, num estado de pré-consciência que fosforesce entre o ancestral e a modernidade, para se materializar nas mentes infantis como uma histeria binária que lembra a lógica de submissão dos mujiques russos depois de 1667.

Desse significativo ciclo, ressaltam muitas questões, como a do conceito hipoestrutural e a teoria das perpendiculares, matriz da visão científica capaz de realizar a junção entre o estético/psicológico com o histórico/econômico, e cuja obra básica é o surpreendente estudo intitulado "O tema do incesto burguês no trotskismo". A vertente final será o paralelismo do ensaio sobre Pablo Neruda, onde sua vivência nos trópicos lhe dá a visão iluminadora da afinidade entre "primitivo" e "civilizado" que alimenta a imodificada dicotomia da consciência de classe e recalques freudianos como reverso da materialidade. Assim, refutando o imobilismo formalista e o congelamento estruturalista, Kassov traça uma marca de ineliminabilidade do nexo moderno/arcaico presente na literatura como reprodução da dicotomia evolução/involução, metáfora desgastante dos poemas nerudianos que não são mais que fórmulas positivistas darwinianas.

O que mais arrasava Juan Sender, além dos constantes adiamentos da publicação, era o fato de receber queixosos memorandos do editor, sempre a se mostrar inconformado com o que considerava falta de cor local em seu trabalho. O problema é que não parece um romance latino-americano, repetia o editor a cada memorando, forma que encontrara para dialogar com Sender. Onde estão as borboletas amarelas, os crimes de honra, os camponeses de roupa branca e as cenas de vigorosos embates sexuais entre rudes fazendeiros e frágeis senhorinhas de vestidos rendados?

Era terrivelmente frustrante a pouca compreensão do editor inglês para o que Sender considerava profundamente latino-americano em seu romance. Porque, mais do que fazendeiros violando donzelas, a América Latina era um pesadelo teórico comparável àquele construído pelo sábio russo. Mais do que crimes de honra, de coronéis com frustrações postais e camponeses famélicos, o maldito subcontinente mais se parecia com uma invenção grotesca de algum destino perverso, exatamente igual ao sofrido professor Kassov.

Mas seu editor não entendia, insistia nos camponeses, queria mistério, pragas de insetos, e tudo o que sabia fazer era a cada memorando ameaçar de cortes drásticos o seu manuscrito, em nome da legibilidade, como se fosse possível escrever um verdadeiro romance latino-americano com total legibilidade.

Sender estava bastante desanimado, e cada vez que pensava em seus problemas com o editor sentia uma grande repugnância. Como se não bastasse, o estranho incidente da noite anterior, no andar inexistente do hotel, provocava-lhe uma espécie de espasmo emocional, uma sutil fisgada a indicar que certa realidade ainda mais inquietante o espreitava para além de seu drama de escritor. Ainda assim, não culpava ninguém, porque, desde que passara a ser arrastado pelos caprichos de Sir Delamare, sua vida perdera a incerteza prosaica e começara a ser bafejada por uma espécie de desconfortável celeridade, repleta de motivos de dispersão. Isso era letal para um escritor, e Sender quase tinha certeza de que Sir Delamare sabia disso.

Mas se o seu destino estava ligado de algum modo ao de seu personagem, restava apenas embarcar na próxima ciranda de surpresas, a bordo de um navio condenado, porque aceitara sem hesitar a companhia de Sir Delamare.

Leve como uma criança, Juan Sender deixou o quarto. Que viesse o desfecho, ele estava preparado. Da mesma forma que Kassov acabara seus dias naquela terra, ele bem podia encontrar em pleno Rio Amazonas a própria morte. Nada a lamentar, porque, ao menos no romance, a morte de Kassov não significava exatamente o fim do romance.

Como é mesmo?

Ah! leitores. Em que enrascada acabei por me meter, apenas para não contrariar uma matéria de jornal. Sim, eu sei que não é hora para arrependimentos, porque até mesmo as mentiras devem ter o seu arremate. E o que é um romance, se não a mentira bem arrematada. Perdão! Juro que daqui para a frente vou me abster de sentenças desse tipo. Melhor tratar de chegar ao final com o mínimo de coerência, se é que isso ainda é possível.

O certo é que, desde o início, eu já devia saber que trazer Jane Challenger para a linha do equador inspirava mais do que temores a respeito do clima e dos rigores ambientais. Outros problemas, não menos climáticos, deviam ter merecido a minha atenção. O mais preocupante, por exemplo, e que só agora começava a perceber, era a alta taxa de insalubridade dos romances neste final de século. Ah! se aquele jornalista soubesse de insalubridade dos romances neste final de século. Ah! se aquele jornalista soubesse.

Fosse outra a época, uma descendente do professor Challenger protagonizaria sem qualquer problema um bom e ingênuo romance de aventuras, daqueles que nossa memória juvenil sente saudades, com suas reviravoltas arrebatadoras, doses de ação e histamina, narrado com a exata simplicidade para tornar verossímil as piores sandices, sem perder a ironia. Sir Arthur Conan Doyle trilhara este caminho sem o menor remorso, porque teve a sorte de viver do outro lado do abismo que se abriu na literatura após agosto de 1917.

Olhando em volta, a impressão que se tem é que a cultura de massa capturou as histórias de aventuras. Basta ligar a televisão, e lá estão os seriados, os folhetins, tudo eletronicamente filtrado.

E nas livrarias, o que sobrou?

Para encontrar os romances de aventuras, é preciso buscar nas estantes dos gêneros "desprezíveis", perdidos entre as formas "baixas" das histórias de horror, policiais, espionagem, ficção científica, fantasias etc. O professor Challenger, personagem do século XIX, não estranharia a companhia, mas ficaria surpreso com o encaminhamento que a seleção natural tomou, no século atual, em relação ao romance. Durante a juventude do professor Challenger, nos tempos de Dickens, o romance não era considerado forma elevada de literatura. Os poetas é que costumavam ficar com todas as honras. Porém, estranhamente, ao decidirem conferir distinção ao romance, começaram ao mesmo tempo as tentativas para matá-lo, numa atitude em tudo parecida com a daqueles quebradores de máquinas da Primeira Revolução Industrial, só que com mais requinte. Tanta sofisticação primitiva não seria compreendida pelo professor Challenger, mas os resultados quase baniram a arte de contar histórias para a terra de Maple White.

Infelizmente, as conseqüências foram perversas, porque contar histórias quase se tornou uma exclusividade da cultura de massa, e os romances hoje mais parecem produtos pré-fabricados, utilitários e altamente perecíveis, necessariamente diluídos para atingir o mais amplo espectro do mercado, como é a regra no jogo industrial. O romance literário, portanto, precisava ficar distante dessa diluição, abdicando da popularidade que acabou nas mãos da indústria, que atualmente vende muito não exatamente porque é de massa, mas porque simulacro do grande romance popular.

Tudo bem, vamos esquecer o assunto. Somos todos pessoas finas e cultas, que jamais se dignarão a abrir esses calhamaços de capas de péssimo gosto. E não serei eu a obrigar a senhorita Challenger a freqüentar tais ambientes suspeitos. Impulsiva e arrogante como ela só, sem problemas de ascensão social, não teria mesmo muito o que fazer num desses romances onde a Amazônia, com certeza, acabaria sendo a principal vítima.

Mas há um aspecto positivo em toda essa digressão, porque o romance de massa, apesar de tudo, não deixa de ser um permanente desafio para que percamos a vergonha de contar histórias e busquemos os leitores do outro lado da página.

Se é este o prazer que vale, então Jane Challenger, que em breve vai encontrar Pietro Pietra Jr., fará a narrativa prosseguir mais um pouco. Gostaria que a cena fosse teatral mas despida de mistérios, porque os climas misteriosos carregados de mitologia acidental já ganharam nesta história quase a importância de motivos independentes. Sei, por antemão, que o mito será mais forte e seguirá dominando. O mito tem a capacidade de exercer o estímulo, composto de poesia e nostalgia primitiva, tão caro à sensibilidade atual. Por isso, nada mais a fazer que gozar essa peculiaridade estilística de nosso tempo.

O sol matinal, forte o bastante para invadir o quarto por uma pequena falha na cortina da janela, tinha sido o responsável pelo despertar de Jane. Viu que Lester ainda dormia, calmamente ressonando ao seu lado, e não gostou nem um pouco da idéia de ter de dividir a cama todas as noites com ele.

Em silêncio, vestiu-se e foi tomar café no restaurante, sentindo-se ligeiramente irritada com o que acontecera entre os dois na noite anterior. Mas não estava arrependida, só não queria que Lester interpretasse mal, porque era um desastrado sentimental capaz de dar importância exagerada ao que fora apenas um momento de fraqueza.

O restaurante do hotel ainda estava meio vazio, e Jane tomava o seu café, calmamente, articulando sua estratégia para convencer Lester a não ter ilusões, o que não seria exatamente fácil, ela bem o sabia. Seu amigo era uma daquelas criaturas bem-intencionadas que no fundo acreditava que todos nasciam com o mesmo defeito de fabricação. Não que fosse um ingênuo, mas quase sempre, ao descobrir que boas intenções eram um artigo quase em desuso entre os humanos, fechava-se numa carapaça e bramia contra o mundo cruel, contra a sociedade desigual, responsáveis pela existência dos interesseiros, invejosos e carreiristas. O pior é que nas questões de sentimentos ele beirava a imaturidade, o que transformava seus, felizmente, raros casos amorosos, que ela sempre acabava por saber, em verdadeiros desfiladeiros emocionais, onde ele escorregava até a total indolência, excesso de bebida, olhares vazios pela janela e compulsiva leitura de textos marxistas. Enfim, Lester era a última pessoa, a despeito da intimidade que há tanto tempo compartilhavam, com quem ela deveria ter ido para a cama. E sequer tinha sido muito bom, ela agora lamentava.

Jane seguia em seus pensamentos, com olhares de relance aqui e ali para o restaurante quase vazio, quando viu Sir Delamare entrar, atravessar o salão com as mesas postas à espera dos hóspedes e, como se não a tivesse visto, sair pela porta lateral. No momento inicial de surpresa, não fez nenhum gesto para atrair a atenção do velho, era o tipo da companhia que não desejava para o seu café da manhã. Depois, nem bem Sir Delamare tinha deixado o restaurante, ela começou a achar muito estranha aquela passagem. O velho parecia um sonâmbulo, as roupas mais desleixadas que o costume, e, para completar, ela agora tinha a impressão de que ele estava descalço. Intrigada, Jane se levantou e foi até a porta. O sol forte da manhã ainda não dispersara a névoa que formava um branco tapete, envolvendo as raízes e troncos das árvores, escondendo os arbustos mais baixos e submergindo parcialmente o bosque.

O que ela viu foi uma enternecida cena de idílio: Sir Delamare estava conversando animadamente com duas jovens nativas, sentados na grama úmida de orvalho. As duas nativas eram muito bonitas, indefesas como duas mariposas, e pareciam felizes. Entre as duas, Sir Delamare não se comportava como um homem de 90 anos, gargalhava com o deleite de um adolescente e vez ou outra acariciava as meninas, que correspondiam aos afagos com outros afagos. Não havia nada realmente estranho no que Jane estava vendo, um homem idoso se divertia inocentemente com duas garotas na relva. Ainda assim, a cena transmitia uma alegria hipnótica, uma força atrativa que a obrigava a seguir olhando, capturada pela felicidade que transmitiam.

Então, eles se levantaram. As duas meninas tomaram Sir Delamare pelas mãos e o conduziram para um inacreditável Rolls Royce que reluzia por entre a bruma, onde finalmente embarcaram e deixaram o hotel.

Jane saiu correndo e quase alcançou o Rolls Royce.

— Sir Delamare — ela gritou.

Mas o carro seguiu em frente, sem diminuir a marcha, os vidros escuros levantados para que ninguém pudesse ver o que se passava lá dentro.

Terrivelmente preocupada, Jane se deixou ficar no meio da pista, vendo o Rolls Royce desaparecer de vista.

— São duas idiotas — alguém disse, desdenhosamente.

Com um estremecimento, porque reconhecera a voz, Jane se virou. Era Pietra Jr., bastante abatido.

— O que foi que você disse? — perguntou Jane.

— Aquelas duas — ele repetiu — são idiotas.

— Quem são elas? Você as conhece?

— Não tenho certeza. Ontem elas tentaram me fazer de bobo. Não conseguiram.

— Como assim? Será que Sir Delamare corre perigo?

— Não creio. Elas são inofensivas.

— Mas quem são elas? — Jane insistiu.

— Desculpe a expressão, mas são duas putas — ele respondeu.

Jane balançou a cabeça, como se compreendesse, mas não fazia o menor sentido Sir Delamare sair de manhã cedo para uma farra com putas nativas.

— Putas! — ela exclamou, fixando os olhos em Pietra Jr. — Quer saber de uma coisa? Desde que cheguei aqui, venho pensando como agir no momento em que encontrasse com você, Pietra Jr.

— Espero que você não seja muito dura comigo.

Jane deu de ombros.

— Agora pouco me importa. Estou cheia de tudo, desta maldita terra, de seus malditos empresários e de sua maldita gente.

Pietra Jr. deu um suspiro e passou a mão no rosto devastado. Trazia enormes bolsas escuras sob os olhos injetados, a pele era terrosa e seca, e as enormes mãos pareciam tremer ligeiramente.

— Eu te amo, Jane — disse Pietra Jr.

Como se tivesse levado um soco na boca do estômago, Jane curvou-se e quase vomitou. Suas pernas perderam o tônus muscular, e ela quase desabou. Recompôs-se rapidamente e devolveu a declaração com uma expressão de asco, desprezo e total soberba, na qual era mestra consumada.

Pietra Jr. abriu a boca, mas preferiu se abster.

— Se você repetir novamente o que acaba de dizer — advertiu Jane —, não sei o que pode acontecer.

— Está bem — ele concordou, descaindo os ombros, ainda mais abatido. — Não vim aqui brigar com você. Queria apenas conversar. Talvez lhe dar uma carona até o porto.

— Conversar sobre o quê? Sobre a morte do senhor Duarte? Sobre os papéis que você levou do meu quarto? — ela provocou.

— Se é sobre esses assuntos que você quer conversar — ele respondeu.

— Não pretende conversar justamente aqui, agora — ela questionou.

— Onde você sugere? — quis saber Pietra Jr. — No seu quarto?

Enfurecida, Jane deu meia-volta e foi caminhando para o restaurante.

— Espere — ele gritou. — Não me entenda mal...

Mas Jane não parou. Antes que ela desaparecesse pela porta, Pietra Jr. se adiantou e pegou-a pelo braço.

— O que há com esses jornalistas de hoje? — ele disse. — Viram as costas para a notícia com a maior tranqüilidade.

— Já disse que não estou mais interessada — Jane respondeu furiosa, livrando-se dele com um safanão.

Pietra Jr. começou a rir, o que só contribuía para deixar Jane ainda mais enfurecida. As risadas dele soavam como as de um búfalo ensandecido.

— Venha comigo — ele ordenou, parando de rir. — Ou será que terei de arrastar você?

Antes que Jane tivesse tempo de raciocinar, ele tornou a agarrá-la pelo braço e cumpriu a ameaça, puxando-a com energia. Perplexa, ela se deixou levar sem reação até o estacionamento. Ali, Pietra Jr. abriu a porta de um carro e literalmente a empurrou para dentro, a seguir tomando a direção com uma surpreendente agilidade para um homem de seu tamanho. Atônita e amedrontada, Jane viu o carro arrancar e deixar a área do hotel em alta velocidade.

— Nunca vi ninguém mais cabeça-dura — ele resmungou.

Jane não respondeu. Era sempre assim; quando se defrontava com a violência física, ficava meio catatônica, perdia a petulância, o brilho verbal, e se tornava um manso cordeirinho.

— Em 1966, uma viagem semelhante foi organizada pelo governo — disse Pietra Jr. — A bordo do navio *Rosa da Fonseca*, navegando entre Manaus e Belém, discutiu-se amplamente o novo papel que a Amazônia devia assumir. Chamaram isso de "Operação Amazônia", e cinqüenta projetos de agropecuária, como açúcar, juta, arroz, oleaginosas, madeira e celulose, foram apresentados e apreciados pela seleta comissão de técnicos, especialistas, políticos e empresários, gente que vinha do centro-sul do Brasil, do Peru, México, Estados Unidos e Europa. O efeito não tardou a ser sentido. Grandes ranchos foram instalados aqui, estimulados pelos incentivos fiscais. Capitais industriais e agrários do sul foram investidos na produção de carne para exportação. Um ano depois, Manaus foi transformada em Zona Franca. Para desenvolver o transporte, comunicações e energia, o governo aplicou dois bilhões de dólares aqui. A prospecção dos recursos naturais recebeu um grande impulso. O negócio da carne, por exemplo, foi um sucesso. O Devil Internacional Ltda., um dos maiores bancos de investimentos privados do mundo, comprou a International Parrot Inc., através de sua subsidiária sul-americana, a Devil Pan-Americana. Com essa transação, ganhou o controle das *holdings* da Parrot na Goofy-Skimpy Company of Brazil, que já estava se juntando com a Crook Ranch of Texas, para estabelecer 176.000 acres de fazendas no sul da região. E tudo com dinheiro do governo brasileiro. Ao mesmo tempo, a Devil voltava os olhos para a Ilha de Marajó, pensando em mais carne. Com tudo isso, em três anos ela já controlava 30% das exportações brasileiras de carne, vendendo a seguir seus interesses na Goofy-Skimpy para a Rotrod e Litter, ficando apenas com a distribuição do produto no exterior.

Jane ouvia Pietra Jr. com uma expressão assustada, em parte porque ele continuava dirigindo em alta velocidade, mas também porque a torrente de informações se embaralhava na sua cabeça.

— Nunca houve um negócio como a Amazônia — ele prosseguiu, animado. — Quatro anos depois da viagem do *Rosa da Fonseca*, o governo lança o "Plano de Integração Nacional". O Brasil vivia tempos de euforia, de crescimento. Era preciso definitivamente rasgar a selva com estradas, derrubar os obstáculos ao progresso. E a resposta estava aqui. Em 12 meses, são aplicados três e meio bilhões de dólares na região. Além da pecuária, são os minérios que começam a atrair os investidores. Só em 1971 foram desmatados trezentos mil hectares de selva. Cinco anos depois: 11 milhões e meio. E, até hoje, um quinto da selva já caiu. Os espaços vazios foram sendo ocupados, as estruturas regionais se revitalizaram.

Pietra Jr. fez uma pausa, esperando uma reação qualquer da parte de Jane. Mas ela não se mostrava interessada, os braços cruzados e o rosto numa expressão de pânico a indicarem o medo em que estava mergulhada.

— Está bem, vou levar você de volta ao hotel — disse Pietra Jr.

Buzinas, freadas e pneus cantando se fizeram ouvir, porque impulsivamente Pietra Jr. manobrou o carro em alta velocidade, passando para a outra pista.

— Que diabo você está pretendendo fazer? — gritou Jane, apavorada.

— Então não perdeu a língua — disse Pietra Jr., estabilizando o carro e imprimindo mais velocidade.

— Você matou Duarte, não foi? — disse Jane, recobrando um pouco de seu autocontrole.

— Não, não fui eu — Pietra Jr. respondeu, veemente. — Ele se feriu com um dardo envenenado. Duarte queria morrer, não agüentava a idéia de perder a direção da fábrica. Para ele, os negócios funcionavam como um título de nobreza. Nunca foi um empresário de verdade.

— Só você acredita nisso — rebateu Jane. — Por que se mataria? Isso seria facilitar a vida do seu maior inimigo.

— Que sou eu, não é? Mas você está enganada.

— Então por que levou os papéis que ele havia me dado?

— Puro negócio. Os papéis tinham informações preciosas. Só eu tinha conhecimento. Nem sei como ele descobriu. E eu não podia deixar a coisa vazar antes do tempo. Significava perder alguns milhões de dólares.

— E você tem coragem de dizer que não o matou.

— Eu bem que tive vontade. Não uma vez, mas várias vezes nos últimos meses. O velho era ardiloso, sempre me tratou com desprezo. Nossa luta ia acabar assim, com um de nós morto. Mas não o matei. E dentro em breve você e todas as pessoas vão ficar sabendo o que continham aqueles papéis que levei do seu quarto.

— É o que você pretende fazer durante a viagem?

— Exatamente. Os empresários japoneses e coreanos estão participando do projeto. É negócio para mais de 100 bilhões de dólares. Posso fazer um resumo do negócio. Os detalhes, você vai receber numa pasta que será entregue aos jornalistas que participam da viagem.

O carro atravessou a barreira da entrada do Hotel Tropical, e Pietra Jr. estacionou. No mesmo instante, Jane saltou e deixou apressada o estacionamento.

— Ei, espera. Não quer ouvir o resto? — ele gritou.

Jane não parou, obrigando Pietra Jr. a abandonar o carro com a porta por fechar e correr para alcançá-la. Ofegante, ele conseguiu emparelhar com Jane quando ela já ia entrar no elevador.

— Não estou interessada, já disse — Jane falou com bastante rispidez.

Pietra Jr., no entanto, não se intimidou.

— É o seguinte — disse, mais uma vez puxando Jane pelo braço, desta vez obrigando-a a se sentar num dos sofás que se espalhavam pela entrada do hotel. — Vamos construir uma hidrelétrica no Rio Amazonas.

Jane revirou os olhos numa expressão de impaciência.

— Você já imaginou? No Rio Amazonas. Pense nisso!

— Grande merda — ela disse.

— Vai ser uma merda mesmo, quando os ecologistas descobrirem. Vamos matar a galinha dos ovos de ouro deles.

— Você está louco.

— A barragem da hidrelétrica será construída no estreito de Breves, no estado do Pará. As terras já pertencem a um consórcio japonês. Ali, o Rio Amazonas tem apenas três quilômetros, mas seremos obrigados a fazer um dique três vezes mais largo. Será o maior do planeta, capaz de formar não um lago, mas um mar interior.

— Eu já ouvi essa história antes — retrucou Jane.

— É claro que ouviu. Mas não tiveram colhões para levar adiante. E sabe por quê? Porque o projeto acaba definitivamente com a questão amazônica. Acaba também com a cultura da miséria. Quando o lago estiver inundado, todo o clima da Terra será modificado. Não haverá mais faixa tórrida, entende? Todo o planeta será temperado ou glacial. Nada de calor, só temperaturas civilizadas. Será o fim do Terceiro Mundo. O fim das miseráveis civilizações subdesenvolvidas que sobrevivem graças ao calor tropical. Com o clima frio, a negrada vai ter de trabalhar para comprar agasalho, combustível para o aquecimento. Adeus ao ócio das favelas, com os vagabundos o ano inteiro de calção e sapato de pano.

— Mas que diabo você está falando? — ela disse, espantada com a veemência dele.

— É o que você está ouvindo. O Terceiro Mundo e os trópicos historicamente miseráveis estão com os seus dias contados. Nosso projeto vai começar em noventa dias, os recursos estarão disponíveis no mesmo prazo. Em mil dias, os liberais, os ecologistas e os cultivadores de ações caridosas não terão mais razão de ser. Você entende por que eu não podia deixar que a notícia saísse antes do tempo? Esses sacerdotes do atraso são muito poderosos, tratariam de mover as maiores pressões sobre os governos e os grupos envolvidos...

— Você está brincando comigo — disse Jane, irritada.

— Brincando? Espere só para ver.

— Uma barragem no Rio Amazonas! — ela exclamou, incrédula.

— E um mar interior, de águas calmas, navegável, uma mistura de todos os rios amazônicos. A formação desse mar, mais do que a eletricidade gerada pelas turbinas da hidrelétrica, será a coisa mais importante do projeto. Pense, Jane! Um planeta de clima temperado.

— Nos anos 70 — disse Jane, ainda cética —, quando o Herman Kahn fez a proposta, alguns cientistas chamaram a atenção para as graves conseqüências ambientais. A mata submersa, por exemplo, com o processo de apodrecimento, liberaria gases tóxicos na atmosfera.

— Bobagem!

— A rotação da Terra atrasaria em dois segundos, se bem me recordo.

— O que seria muito bom, uma vez que só foi possível a evolução das espécies porque a rotação da Terra foi freada gradualmente pela aproximação da Lua.

Jane mais uma vez olhou para Pietra Jr. com incredulidade.

— Sabe como vou batizar esse novo oceano?

Ela sacudiu a cabeça com ar de pouco-caso.

— Oceano Demência! — Jane se adiantou, quase gritando.

Pietra Jr. deu uma gargalhada e foi saindo.

— Oceano Challenger, está ouvindo? Oceano Challenger!

Jane sentiu as mãos ficarem subitamente umedecidas de suor.

O EFEITO JIHAD JÍVAROS

O transatlântico *Leviatã*, de bandeira panamenha, era o maior, o mais moderno e o mais luxuoso navio de passageiros jamais construído. Este colosso flutuante pesava 80 mil toneladas, media 350 metros de comprimento e contava com quatro tombadilhos, três piscinas, duas quadras de tênis, oito pistas de dança, cinco restaurantes, um salão de conferências para 500 pessoas e 150 camarotes. Em seus cruzeiros normais pelo Caribe, ou nas travessias do Atlântico, uma passagem não custava menos de 100 mil dólares. O enorme casco pintado de branco estava atracado diretamente no píer flutuante do porto de Manaus. Mas desta vez, ao contrário dos costumeiros passageiros, milionários sul-americanos, sexagenárias norte-americanas e casais em lua-de-mel, o navio estava recebendo gente bem diferente. Irritadiços xeques sauditas, ataviados em seus costumes, executivos japoneses sorridentes, ianques avermelhados pelo sol e europeus em processo de desidratação em seus ternos de casimira subiam a bordo ao som de uma banda de música, sob chuva de confetes e serpentinas. A expedição de Sir Delamare não era menos estranha, com o próprio cavalheiro do império britânico a emitir resmungos e imprecações, sem esquecer o sinistro mutismo de Spender e o sorriso enigmático de Jane Challenger.

O estado de ânimo de Lester também não era dos melhores. De alguma forma, toda a sua solidariedade em relação ao Terceiro Mundo desaparecera após o ataque do comando Jihad Jívaros. Além do mais, movido por um humor perversamente fora do tempo, Sir Delamare obrigara os membros da expedição a usar o que ele chamava de roupas especiais para os trópicos. E as tais roupas tropicais, para desgosto generalizado, não passavam de engomados trajes cáqui de safári, completados por anacrônicos chapéus de cortiça pessoalmente encomendados por ele a um chapeleiro especializado em figurinos de época. Aquelas bermudas de vinco pontudo, os coturnos e as grossas meias de algodão chegando aos joelhos, além dos óculos escuros que Lester se via obrigado a usar, já que o olho esquerdo amanhecera violeta devido ao impacto do *Gundrisse*, conspiravam para tornar ainda mais sombrio o seu humor. Sentia-se grotesco como um escoteiro às portas da aposentadoria, e a sensação de ridículo aumentava a índices insuportáveis quando seus olhos caíam sobre Jane Challenger, exemplo de independência, que expunha as pernas alvas e algo mais num *short* curtíssimo e bustiê sumário, óculos escuros de aros vermelhos de acrílico e um chapéu de palha. Mas o pior de tudo era ver a lamentável figura de Spender, quase afogado por uma roupa grande demais para o seu tamanho, o que lhe dava o ar de uma grotesca caricatura de explorador vitoriano, um Sir Richard Burton em processo de encolhimento.

Mas todas essas sensações que o assaltavam eram irrelevantes frente ao tumulto que tomava conta do transatlântico. Por algum mistério da informática, o computador de bordo resolvera fazer nos camarotes um absurdo congraçamento, hospedando israelenses com iraquianos, senegaleses com afrikâners e outras inusitadas e explosivas justaposições. Spender, para variar, viu-se instalado com um gordíssimo japonês fabricante de componentes eletrônicos, e Lester acabou num camarote onde já pontificava um paranóico texano fabricante de defensivos agrícolas, cuja bagagem mais parecia um mostruário de alguma fábrica de equipamentos bélicos que a de alguém no ramo da agricultura.

A partida seria retardada por cinco horas, tempo que os funcionários do governo brasileiro levaram para acomodar os exaltados passageiros. Mas a sorte não foi generosa com Billy Lester, e ele acabou alojado num camarote inferior, com o taciturno e sombrio Spender. Mal a porta do camarote foi fechada, e dando pouca importância ao silêncio obstinado de seu editor, Lester tratou de se ver livre daquela roupa ridícula que lhe queimava o corpo. Depois, metido em *jeans* e uma camisa leve de algodão, deixou-se ficar no beliche, procurando superar as recentes atribulações da viagem. O camarote não era muito grande, mas tinha uma boa refrigeração. O clima ameno, por certo, contribuiu para que adormecesse. Ou pelo menos o que se passou, ele supunha, era um sonho. As luzes tornaram-se subitamente baças, e um homem simpático e de expressão terna entrou. A princípio, julgou que fosse um membro da tripulação, ou funcionário do governo anfitrião. Ele fechou a porta com cuidado e, depois de contemplar Spender, que parecia dormir profundamente, sorriu para Lester. Soube, pelo sorriso, talvez, ou por algum sinal ainda mais misterioso, que aquele homem era Muhamed Azancoth, líder dos Jihad Jívaros.

— Já esteve em Highgate? — o intruso perguntou.

Lester acordou e pulou do beliche. Não havia nenhum estranho no camarote, mas a pergunta ficou martelando na sua cabeça. Que diabo ele queria dizer com Highgate?

— O que foi? — gemeu Spender.

— Desculpe — disse Lester. — Acho que sofri uma alucinação.

— Não se preocupe com isso — disse Spender —, eu não tenho feito outra coisa que sofrer alucinações por aqui.

— Foi uma coisa tão nítida! Parecia tão real!

— Tudo parece muito real aqui — disse Spender, levantando-se. — Acho que vou morrer.

— O que é isso, Spender? Um pouco mais de coragem.

Spender deu de ombros e passou várias vezes as mãos pelo rosto. Suspirou de uma forma pungente e voltou a deitar no beliche.

— O que foi que você viu, Lester? — quis saber Spender.

— Pensei que tinha entrado um cara aqui no camarote.

— Um cara! Você viu um cara e está reclamando! Precisava ver as minhas alucinações. Desde ontem que o meu pau fala comigo.

— Como é que é?

— É isso mesmo. Nem posso mais mijar tranqüilo, que o maldito pau começa a falar. E tem uma maneira petulante de dizer as coisas.

— Não quero ser indiscreto, mas o que ele diz exatamente?

— O filho-da-puta diz que eu sou um bosta porque nunca fui a Highgate.

— Highgate?

— Highgate, a porra do cemitério. Só me faltava um pau necrófilo.

— Engraçado, o cara abriu a porta e também me perguntou sobre Highgate.

— Que cara?

— O cara da minha alucinação.

— Outro necrófilo, não é?

— Bem, não sei. Nunca tinha visto o tipo antes.

— Lester, pelo amor de Deus, vamos sair daqui — suplicou Spender.

— Highgate, o que tem em Highgate? — disse Lester. — É onde está enterrado Karl Marx — ele se lembrou.

— Você tem razão, Lester. O cemitério é famoso pelo túmulo do Marx.

— É um centro de romaria da esquerda — disse Lester.

— Está querendo dizer que a porra do meu pau é comunista?

Lester não respondeu, ficou prestando atenção à paisagem que lenta e inexorável passava pela escotilha: um barranco avermelhado, rasgado na encosta verde da selva, expunha-se como uma pele escarificada. Em cima do barranco, uma serraria engolia troncos majestosos e cuspia fiapos de madeira e fina serragem que escorria pela encosta como pó de arroz sobre uma ferida.

— Não vi o chileno embarcar — disse Spender.

— Ele está a bordo. Mas não sei o camarote dele.

Spender levantou do beliche, ajeitou a horrenda bermuda, calçou as meias e as botinas, e abriu a porta do camarote.

— Quero saber se instalaram condignamente Sir Delamare — ele disse.

— Acho que vou com você — aderiu Lester, que não estava disposto a ficar sozinho com suas alucinações. — Aproveito e vejo como está Jane.

— Lester, não sei se vamos sair vivos disso aqui — disse Spender —, mas se algum dia eu conseguir pisar em Londres, vou fazer o que o meu pau me sugeriu hoje cedo.

— Quem sugeriu? — espantou-se Lester.

— O meu pau, ora. Ele agora fala, eu não contei?

— O que foi que ele sugeriu?

— Disse para largar tudo, pegar o dinheiro da poupança, vender as propriedades e ir para Monte Carlo.

— Você não está falando sério, está?

— Claro que sim. Ele me garantiu que o maldito principado é o lugar onde se encontra a maior concentração de rabos do mundo. Vou matar o filho-da-puta de tanto trabalhar.

Os dois caminharam pelo estreito corredor, sempre cruzando com atarefados moços de convés. Perguntavam por Sir Delamare, por Jane Challenger, por Juan Sender, mas ninguém sabia dar uma resposta conclusiva, a maioria tirava o corpo fora, respondia com evasivas e desculpas, mergulhando a seguir em suas frenéticas atividades.

Um andar abaixo daquele, seguindo logo atrás de um roliço camareiro que empurrava com elegância o carrinho de bagagem, ia Sir Delamare. O andar era bem modesto e mais parecia uma terceira classe, se ela existisse num navio de luxo como o *Leviatã*. Mas Sir Delamare não reclamava, estava cansado, era um dos últimos a receber seu camarote após horas de conflitos e desordem. Nenhuma desculpa seria suficiente para apagar os transtornos pelos quais passara, mas Sir Delamare queria sossego, um banho quente e uma chávena de chá bem quente.

O camareiro estacionou o carrinho e abriu uma porta, fazendo uma espécie de mesura para que Sir Delamare entrasse. O velho olhou a exigüidade do camarote e estancou.

— Epa! Espere aí, espere aí! Este não pode ser meu camarote!

— É, sim, senhor. Cabine 58, senhor.

— Cinqüenta e oito! Um número bem grande para um cubículo como este.

O camareiro acomodou a bagagem e se despediu. Sir Delamare mal podia mover-se, porque a bagagem, uma daquelas grandes e anacrônicas malas-armário, do tempo em que só se viajava de navio, ocupava quase todo o espaço útil do camarote. Trauteando uma melodia e com inesperado bom humor, Sir Delamare subiu na cama e destrancou a mala. Para seu espanto, um homem saiu do meio de suas roupas.

— Olá, patrão! — disse o homem.

— O que faz aqui? — disse Sir Delamare, perdendo o bom humor. — Já vi que vai ser a viagem perfeita. E esta é a minha bagagem.

— É sua mesmo — confirmou o homem, abrindo a gaveta rente ao chão e revelando um outro homem que ali estava placidamente adormecido.

— Não me lembro de ter empacotado vocês — disse Sir Delamare.

— Não o acorde, ele sofre de insônia, e só agora conseguiu dormir.

— Essa é a coisa mais suspeita que eu já vi — disse Sir Delamare.

Sorridente, o homem procurou retirar o companheiro da gaveta, mas de uma forma tão desajeitada que o primeiro impulso de Sir Delamare foi descer da cama e esboçar um gesto de ajuda. Desistiu, no entanto, a meio caminho, porque o sujeito saiu da gaveta como um molengo boneco de pano, desabando sobre o companheiro, sempre ferrado no sono. Embora sofresse de insônia, aparentemente tinha um sono muito pesado.

Sir Delamare observou com preocupação o estabanado esforço do homem para amparar o dorminhoco.

— Ponha ele ali — ordenou Sir Delamare, apontando para a cama.

Sem se fazer de rogado, o indivíduo atirou o companheiro sobre a cama, mas o dorminhoco não acordou, apenas deu uns roncos de contentamento e se aninhou nos lençóis.

— Estamos aqui porque reconhecemos o quanto temos sido complacentes — disse o homem, com um sorriso de satisfação.

— Desculpe, não entendi! — exclamou Sir Delamare.

— Sempre fomos muito cordatos, senhor comandante. Mas a nossa cordialidade é um abismo que tem engolido todas as nossas possibilidades.

— O senhor podia ser mais claro? — suplicou Sir Delamare.

— Este é o camarote do comandante, não é?

— Não, não é.

— Então o senhor não é o comandante deste navio?

— Não, não sou — disse Sir Delamare, desconfiado.

— Tem certeza?

— Absoluta.

O homem olhou para o outro que dormia e balançou a cabeça.

— Outra falha. Assim não é possível! — disse o homem, com amargura, perdendo o sorriso. — Que posto o senhor ocupa neste navio? — ele perguntou um tanto ríspido para Sir Delamare.

— O posto de passageiro — o velho *lord* respondeu, orgulhoso.

— Passageiro? E o que faz num camarote reservado à tripulação?

— Bem — tentou explicar Sir Delamare —, foi para onde me trouxeram depois de horas de espera.

— Entendo — respondeu o homem, meditando sobre o assunto durante alguns segundos. — Mas este devia ser o camarote do comandante. É o camarote 48, não é?

— Cinqüenta e oito — corrigiu Sir Delamare.

— Cinqüenta e oito, mas não é possível. Será que não acertamos uma?

— Posso saber o que está acontecendo? — disse Sir Delamare.

O homem olhou o relógio de pulso, deu um suspiro e novamente balançou a cabeça desalentado.

— Está vendo este buraco aqui perto do ar-refrigerado? ele disse, mostrando um pequeno orifício de bordas cromadas ao lado da tela do ar-refrigerado. — É a saída do purificador de ar. Este é um barco muito sofisticado, senhor...

— Delamare.

— Senhor Delamare. O computador de bordo controla tudo, até mesmo o trabalho dos exaustores de ar de todos os ambientes fechados. Periodicamente, o ar viciado é substituído, e por este buraco é borrifada uma fragrância de flores silvestres que se pode sentir em qualquer lugar em que se esteja a bordo.

— Muito engenhoso — concordou Sir Delamare, um tanto apreensivo.

— Dentro de meia hora, o botijão de perfume será trocado por gás hilariante.

— Deus do céu! — espantou-se Sir Delamare.

— Mas não se preocupe, este é o único camarote onde o gás não vai chegar. O nosso pessoal tinha ordens para obstruir a canalização do camarote para onde a bagagem do senhor fosse encaminhada.

— Queira Deus que eles dessa vez acertem — augurou Sir Delamare.

A reação do homem foi observar desconfiado para o ameaçador orifício. Nesse momento, a campainha da porta tocou, e Sir Delamare, muito tranqüilamente, foi atender.

— Finalmente o encontramos — disse Juan Sender, animado, na companhia de Jane Challenger. — Perdemos quase uma hora para localizar o senhor.

— Entrem, temos companhia — disse Sir Delamare, fechando a porta.

— Companhia? — estranhou Jane, observando o homem que placidamente dormia na cama, em posição fetal.

Novas batidas na porta, e Sir Delamare tornou a atender. Dois jovens e uma mulher entraram.

— Serviço de limpeza — disse a mulher. — Viemos trocar os lençóis e varrer o chão.

— É serviço de limpeza ou de prevenção? — espantou-se Sir Delamare. — Nem tivemos tempo de sujar qualquer coisa.

— Esperem! — exclamou Jane Challenger. — Mas eu conheço vocês.

Sir Delamare voltou-se para examinar melhor a equipe de limpeza.

— O que foi, senhorita Challenger? — perguntou.

— Estivemos juntos ontem — respondeu Jane, insegura, logo se dirigindo aos três que se diziam da equipe de limpeza. — Vocês disseram que não iam embarcar, que não tinham aceitado participar...

— Mas o que é que está acontecendo aqui? — insistiu Sir Delamare

— São índios — disse Jane, sem esclarecer muito.

— Não estamos participando — disse a índia tukano. — Queremos apenas ver de perto o que vai acontecer.

— O nosso pessoal ocupou as cinco pistas de dança — informou o tikuna.

Sir Delamare ia abrir a boca, mas a campainha da porta soou mais uma vez. Jane se adiantou e atendeu. Duas jovens, acompanhadas de um homem corpulento, entraram.

— Meu nome é Iaci — uma se apresentou.

— Eu sou Ceuci — disse a outra.

— E este é Pietro Pietra Jr. — disse a primeira, passando carinhosamente a mão no rosto do homem. Este se limitou a fazer um leve cumprimento com a cabeça.

— O que tem este camarote de tão especial? — disse Sir Delamare. — Este é o maior transatlântico do mundo, e todos acabam aqui!

— Estou enjoado — disse Pietro Pietra Jr. — Não gosto de viagens de navio.

Alguém tocou a campainha da porta, mas desta vez ninguém se moveu. Insistiram, e o homem que estava na mala de Sir Delamare, abrindo espaço entre a pequena multidão, foi atender.

— Entrem logo — disse o homem, puxando Lester e Spender para dentro do camarote. — Daqui a pouco, este vai ser o único lugar seguro neste navio.

— Mas, mas — balbuciou Lester, arregalando os olhos ao perceber que, no meio daquele espaço congestionado, estavam Jane Challenger e Sir Delamare.

— Será que ainda falta alguém? — foi a pergunta que Sir Delamare fez, sem esperar por resposta.

A porta do camarote se abriu, empurrando Spender para cima das duas garotas, e Henry Amazon se enfiou por baixo das pernas de Juan Sender, emergindo perto da cama onde o homem ressonava.

— Agora nem ao menos tocam a campainha — reclamou Sir Delamare, buscando uma posição mais confortável entre a parede de músculos de Pietra Jr. e os tremores de Spender.

— Este é Muhamed Azancoth — disse Lester, tentando apontar sem sucesso o homem que dormia na cama. — Mas não me peçam para explicar como é que eu sei.

— É ele mesmo — confirmou Henry.

Muhamed Azancoth esticou o corpo, espreguiçou-se e pôs-se de pé sobre a cama. Seu companheiro, mais do que depressa, colocou-se ao lado do líder.

— Camaradas, queiram sentar — disse o comandante Azancoth, abrindo um bocejo. — Dentro de alguns momentos, os canais de comunicação deste vapor estarão transmitindo nossa mensagem para o mundo. E vocês todos são reféns do comando Jihad Jívaros. Mas não fiquem em pânico, nem tentem qualquer movimento traiçoeiro, e não sairão feridos. Nós saberemos respeitar a integridade de cada um.

— Isso é um absurdo — esbravejou Sir Delamare. — O que pretendem com esse ato tresloucado?

— Nossa mensagem é muito clara a respeito — prosseguiu o comandante Azancoth, pouco se importando com a agitação no ambiente. — Desde o século XIX, e por um espaço de tempo que ainda nos atinge, a Amazônia passou a integrar a divisão internacional do trabalho, sendo então agregada ao mercado mundial na definida faixa de área fornecedora de matéria-prima.

— Silêncio — exigiu o companheiro do comandante Azancoth, que o ouvia com ar de profunda adoração.

— As contingências históricas impediram até mesmo a agricultura entre nós — prosseguiu o comandante, levantando a voz para se fazer ouvir acima do burburinho que tomava conta do camarote. — Os nossos sonhos agrícolas foram varridos pela avidez com que o mercado mundial consumia a nossa borracha. Implantou-se, dessa maneira, sem deixar de aproveitar as cômodas vértebras do colonialismo português, uma forma social conhecida pelo nome de, de?

— Extrativismo — respondeu o outro, pressuroso para mostrar o quanto conhecia o pensamento do grupo.

— Um subsistema perfeitamente compatível com o papel internacional que o Brasil desempenha até hoje. Assim, uma parte substancial do território nacional passou a servir de fonte extrativista, enquanto o país inteiro dormitava no sistema da monocultura. Num país essencialmente agrário, emergíamos pela forma mais primitiva de fornecer a nossa produção, dependentes completos da natureza e impossibilitados de dominar, transformar e domesticar em nosso proveito essa mesma natureza. As propostas de política agrícola que se sucedem ao longo do tempo, todas prematuramente abortadas, tornam-se pesadelos ideológicos. Não fomos impedidos apenas de plantar batatas, fomos incapacitados de estabelecer uma base econômica contínua e livre da dependência.

— Vocês estão enganados — aparteou a índia tukano. — Ainda não descobriram que a nossa salvação não é tão fácil.

— Nem dependemos de atos messiânicos — completou o tikuna.

— Prestem atenção — interveio Iaci —, porque há um vício básico em todo o sistema que tem sustentado vocês.

Muhamed Azancoth levantou os braços, calando os aparteadores.

— Por isso, nossa tarefa é enfrentar um novo aprendizado nas variantes da História. Já sabemos que a História caminha rápido, ela pode dilacerar mais uma vez a nossa esperança já dilacerada. Nossos caminhos, temos de reconhecer, cruzam-se nos subúrbios, nossa cara está mais próxima da cara dos oprimidos do que da arrogância dos opressores.

— Esse é um dos erros — gritou Ceuci. — Querer se parecer com os oprimidos em busca de solidariedade.

— Assim, vão viver sempre com um pé colocado taticamente atrás — gritou Iaci.

— Por que se condenar a buscar o futuro com a angústia da miséria? — provocou Ceuci. — Por que levar apenas amargas recriminações e muitas feridas abertas sobre o corpo?

— É que, por enquanto — defendeu-se o comandante Azancoth —, não podemos mudar o curso da História, obrigando a nos restituírem aquilo que nos tiraram.

— Mas o que foi que tiraram de vocês? — perguntou o índio tikuna. — Se foram vocês que chegaram aqui e cortaram o nosso caminho. Como podem agora reconhecer nos espoliados a natureza de suas angústias?

— E chamam isso de busca da solidariedade — interveio o índio parakanã. — Mas não existe solidariedade. Ninguém é solidário com os fracos. Quem diz que é solidário está mentindo. Mentindo! Está ouvindo?

— Porque a solidariedade entre os miseráveis — completou a índia tukano — acaba virando um contágio. Todos acabam famintos, pobres, torturados e revoltados.

— Quem se mistura com pobre — interveio o tikuna — acaba por colar sobre a cara a máscara da pobreza. E quem espera solidariedade dos ricos acaba se exilando de si mesmo.

— Mas que diabo está acontecendo aqui? — esbravejou Sir Delamare, sem compreender uma palavra do que aquela gente falava. — Será que não se pode mais fazer um bom e honesto cruzeiro pelos trópicos?

— Ora, por que o senhor não fica calado? — disse Lester, ríspido. — Por acaso não percebe o que está acontecendo? Será tão insensível que não sente a angústia dessa gente?

— Bobagem — respondeu Sir Delamare —, essa gente vive resmungando porque resmungar é muito lucrativo e dá menos trabalho.

— A História — disse o comandante Azancoth, solene — é uma categoria e um conceito a ser construído. O conhecimento da História, como dizia Marx, é um processo de síntese de uma multiplicidade de determinações. Nesse sentido, as nossas características são reais, concretas e singulares, nossa perplexidade tem motivos verdadeiros.

— Só há um problema — disse Lester. — Vocês estão equivocados a respeito do potencial revolucionário. Porque a persistência de formas de produção atrasadas apenas se choca com as formas operacionais do modelo capitalista atualmente vigente no Brasil. Isso não propicia uma situação revolucionária.

— Quer fazer o favor de não alisar a minha coxa! — exigiu a índia tukano, afastando a mão de Spender.

— Desculpe — respondeu Spender. — Mas não estava alisando a sua coxa, apenas tentava coçar a minha perna.

— O teu cotovelo está esmagando meus seios — reclamou Ceuci, empurrando Sender, que ouvia tudo com uma expressão de alheamento.

— O que acontece — prosseguiu Lester, entusiasmado — é que a economia de vocês não pôde resistir ao grande capital. Porque sempre foi de gerar excedentes econômicos pela exportação de produtos primários. O crescimento deve ter apresentado um desempenho sem flexibilidade, bem difícil mesmo, pois o processo de substituição dos produtos no mercado é muito rápido. Além do mais, as técnicas econômicas são obsoletas, e o sistema só sobrevive porque aglomera muitas formas de produção.

— Nós sentimos isso na pele — disse o comandante Azancoth —, porque a produção é mantida à custa de abusos sociais.

— Nunca existiu o operário clássico fora da Inglaterra — proclamou Pietra Jr., calado até então. — E numa terra como esta é preciso exigir que o homem trabalhe, porque são indolentes, atrasados e de pouca inteligência.

Sir Delamare tentou acender um cigarro, mas Jane Challenger não permitiu.

— Não cabe mais nem fumaça aqui, se o senhor me permite — disse Jane.

— Um trabalhador inglês de 1880 — disse Lester, tomado de súbito entusiasmo — estava obrigado a uma jornada de trabalho em torno de 10, 12 e 15 horas, contra as 15, até 20 horas do trabalhador amazonense. Deve ficar claro, também, que, se o operário inglês contava com leis que garantiam a sua jornada de trabalho, aqui nunca se preocuparam com a questão, ficando a critério do patrão e do mercado.

— O patrão amazonense — disse o comandante Azancoth — nunca precisou dos expedientes de seus congêneres ingleses, que, para ampliar a jornada de trabalho, praticavam o roubo de míseros minutos de seus operários. Aqui, a mais-valia sempre foi retirada de uma maneira extorsiva, porque o trabalhador amazonense é pouco organizado.

— Quer parar de passar a mão na minha bunda! — protestou Spender, fazendo o possível para se afastar de Pietra Jr.

— Eu diria que o problema está na economia do país — intrometeu-se Sir Delamare. — Nos países subdesenvolvidos, a economia é um monstro de pernas inchadas, que engorda estatísticas e lucros, mas com a cabeça de um mosquito.

— O senhor deve saber o que está dizendo — retrucou o Jihad Jívaros. — Como inglês, conhece muito bem os meandros da pirataria econômica.

— Evidente, meu caro jovem — atacou Sir Delamare. — Acontece que vocês pirateiam vocês mesmos, sobrevivem pela contínua estagnação, garantindo uma mentalidade que transforma, por exemplo, a racionalidade do sistema capitalista em puro espírito extorsivo. E sabe para quê? Para preservar a concentração da renda, do poder político e das funções sociais do prestígio. E para se manter no campo volúvel do mercado internacional. O que é muito bom para nós, enquanto existirem países com classes dominantes imediatistas como a de vocês.

— O senhor acertou no alvo — aplaudiu Jane Challenger. — A última coisa que se deve oferecer a quem persiste na miséria é a clemência.

— Isso é um absurdo — protestou Lester.

— Por que absurdo? — provocou Jane. — Por acaso a minha posição denuncia os seus bons sentimentos? Mas não fique preocupado, Lester, ter pena dos pobrezinhos é uma forma de sublimação igual a qualquer outra. Ajuda a alma, mas não ajuda as almas.

— Você tem um belo corpinho — disse Pietra Jr., comprimindo Spender junto a um canto do camarote. — Mas garanto que ouve isso de todo mundo!

Os despropositados galanteios de Pietra Jr. calaram por alguns instantes o debate. Foi então que um terrível alarido vindo de fora se fez ouvir no camarote, seguido de coisas caindo, gente correndo e estranhos ruídos.

— Ouçam — disso o comandante Azancoth —, o gás acaba de ser liberado. Neste instante, os sistemas de comunicação do *Leviatã* estão transmitindo a seguinte mensagem. — Meteu a mão no bolso da calça amarfanhada e dali retirou um papel não menos amarrotado.

Desdobrou o papel e pôs-se a ler: — Às autoridades brasileiras e internacionais. O movimento revolucionário Jihad Jívaros, vanguarda das massas amazônicas, acaba de tomar posse do transatlântico *Leviatã*. Todos os passageiros são reféns da revolução amazônica que neste instante começa. A tomada do *Leviatã* é um símbolo e um ato concreto do poder popular glebário. É um símbolo, porque o leme do transatlântico, antes a serviço dos interesses espúrios e estrangeiros, passa para o comando dos povos da floresta. É um ato concreto, porque a tomada do transatlântico representa a reconquista do Rio Amazonas pelos nativos das barrancas. O *Leviatã* e seus passageiros ficarão sob o nosso controle até que todos os brancos, negros e mulatos se retirem da região amazônica, restando no grande vale apenas os povos indígenas, os mamelucos e cafuzos. O prazo para a completa retirada é de dez dias, improrrogáveis e inegociáveis. A integridade do transatlântico, bem como a dos reféns, será de inteira responsabilidade dos governos do Brasil e dos demais países envolvidos. Até a vitória final. Viva a Amazônia!

— Do ponto de vista literário, é muito pobre — disse Sender. — Sempre achei que o português não é tão bom para manifestos quanto o espanhol.

— Cale-se — ordenou o comandante Azancoth.

— Se for por minha vontade — disse Sir Delamare — deixo esta região agora mesmo.

— Eu também — apressou-se Spender.

Os quatro índios que estavam no camarote pareciam em estado de choque.

— E vocês — quis saber Iaci —, como vão fazer? Pelo que sabemos, não há nenhum índio entre os Jihad Jívaros.

— Sairemos também — disse o comandante Azancoth, vamos nos exilar no Irã. Temos tudo acertado.

— Sabe o que acontece com eles? — disse Ceuci, apontando para o comandante Azancoth, que a tudo observava com alvar candura. — Exageraram demais nos limites teóricos.

— Eles se chamam Jihad Jívaros — prosseguiu Iaci —, menos pela guerra santa dos muçulmanos que pela fama dos caçadores de cabeças. Só que os Jívaros de verdade encolhiam as cabeças dos adversários mortos.

— Enquanto eles — disse Ceuci — decidiram encolher as próprias cabeças para estreitar suas posições ideológicas.

— Temiam cair em tentação reformista — disse Iaci.

— Todos os grupos dogmáticos no fundo fazem isso — disse Ceuci —, mas apenas os Jihad Jívaros o fazem literalmente.

— Em nossas cabeças cabe apenas o desejo de libertar o nosso povo — respondeu o comandante Azancoth, retirando o que todos pensavam que fosse o rosto dele mas que não passava de uma engenhosa máscara de látex. Por baixo, como uma reprodução em miniatura da flácida pele que agora pendia de sua mão, estava a verdadeira cabeça, pequena, de olhos argutos e ralos fios de barba. — Não precisamos de mais nada.

— Isso não passa de leseira, maninhos — disse a índia tukano.

A porta do camarote foi aberta com um empurrão, e um homem com os olhos marejados de lágrimas, rindo como um louco, entrou. Era o delegado Rubens.

— A porta — alguém gritou.

— O gás — advertiu o comandante Azancoth, tapando o seu narizinho de brinquedo.

Mas era tarde, o camarote aos poucos foi sendo invadido pelo gás.

— Eu descobri, eu descobri — gritava e gargalhava o delegado. — Eu sei o que o Pietra Jr. planejava. Ele queria construir uma hidrelétrica no estreito de Breves, para canalizar o Rio Amazonas num grande lago interior. Vocês podem acreditar? Podem acreditar? Não é engraçado? Um lago que na verdade é um mar, com a hidrelétrica definitiva construída com recursos capazes de gerar o lucro definitivo e acabar definitivamente com a região amazônica, fazer os trópicos virarem região temperada e ainda atrasar a rotação da Terra em dois segundos. Que tal, não é uma grande piada?

Não se sabe se foi o efeito do gás, mas todo o camarote se transformou numa sonora gargalhada, que foi se unir à grande gargalhada geral, uníssona e majestosa, ruidosa como o rebojo daquela nave magnífica que navegava Rio Amazonas abaixo, despertando a curiosidade dos ribeirinhos, dos pescadores, dos moleques de beiço roxo de frio que nadavam nas águas amarelas, das lavadeiras, dos viradores de tartarugas, dos juteiros, dos plantadores da várzea, enfim, daquela gente filha do ciclo das águas.

Quase chegando ao final do romance *O mundo perdido*, Sir Arthur Conan Doyle levanta algumas conjecturas sobre o destino do pterodáctilo levado para Londres pelo professor Challenger. Segundo determinadas informações, ele teria sido visto num certo telhado em Queen's Hall. Outras diziam que um monstro alado fizera um pobre soldado desertar do posto de sentinela no portão da Marborough House. Mas uma notícia parecia dizer que a cidade de Londres é que se mostrara assustadora para o réptil voador. O transatlântico *S. S. Friesland*, estando cerca de 10 milhas a boreste com Star Point, em pleno Oceano Atlântico, cruzara com algo parecido a um bode com asas de morcego. A estranha criatura voava numa velocidade prodigiosa.

Voava para sudoeste.

Regressava às terras do sem-fim.

Singrando ao oriente, quase desabrigado de todo governo, indo assim determinado a varar aqueles confins, sem as mercês divinas que não contemplam mais tais navegantes, fazendo-lhes brandos ventos ou bonanças, seguia o *Leviatã* sem voz de comando ou demais oficiais de nau ou piloto de vigília, apenas o riso constante a lavar os tombadilhos e cobertas, distante que estava do Cabo da Boa Esperança ou das correntes antes dos trópicos, arribado na falsa alegria daquelas gargalhadas.

Enquanto navegava a corrente do rio-mar, qual nave onde imperava a bonomia em seu extremo, o rumor da alegria despertava o mesmo ânimo nas margens, espalhando-se pelas barrancas acima, subindo à terra firme, galgando as serras e morros e morretes, atravessando os igarapés, os igapós e os paranás, atolando-se nos garimpos e ardendo nas queimadas. O riso . . . .
. . . .
. . . .
. . . .
. . . .
. . . .
. . . .
. . . .
. . . .
. . . .
. . . . e toda a Amazônia gargalhava.

Pois então que fiquem sabendo os leitores que ousaram chegar até aqui, depois de enfrentar tantos contratempos e as excessivas digressões, demonstrando paciente perseverança e condescendência admirável, que neste preciso e exato momento as correntes do mar levam entre os risos e as procelas de suas mentes desvairadas, tendo atravessado sem perigos ou arranhões a corrente do amarelo Rio das Amazonas ou Mar Dulce espanhol, e perdidos em algum lugar do Oceano Atlântico sem nenhuma lei ou comando e à deriva, os desafortunados passageiros do belo transatlântico chamado *Leviatã*, oh! moderno bergantim, e sendo assim,

fim

Este livro foi composto na tipologia
Humanist525 Lt BT, em corpo 10,5/16, e impresso
em papel off-white 80g/m² no Sistema Cameron da
Divisão Gráfica da Distribuidora Record.